★世界著名战争回忆录丛书（插图本）★

波斯帝国

Reminiscences 王位[illegible]录

Anabasis Of Persian E[illegible]01–400 BC)

（古希腊）色诺芬◎著　张静端　孙立佳　徐秉鹏◎译

人民东方出版传媒
東方出版社

图书在版编目（CIP）数据

波斯帝国王位争夺战回忆录 /（古希腊）色诺芬著；张静端，孙立佳，徐秉鹏译. — 北京：东方出版社，2015
（世界著名战争回忆录丛书：插图本）
ISBN 978-7-5060-8345-4

Ⅰ. ①波… Ⅱ. ①色… ②张… ③孙… ④徐… Ⅲ. ①回忆录—古希腊 Ⅳ. ①I198.454

中国版本图书馆CIP数据核字（2015）第168929号

波斯帝国王位争夺战回忆录
（BOSI DIGUO WANGWEI ZHENGDUOZHAN HUIYILU）
（古希腊）色诺芬 著　张静端、孙立佳、徐秉鹏 译

策划编辑：李　斌
责任编辑：杨朝霞
出　　版：東方出版社
发　　行：人民东方出版传媒有限公司
地　　址：北京市东城区朝阳门内大街192号
邮政编码：100010
印　　刷：龙口市新华林文化发展有限公司
版　　次：2015年9月第1版
印　　次：2019年5月第2次印刷
开　　本：710毫米×1000毫米 1/16
印　　张：26
字　　数：371千字
书　　号：ISBN 978-7-5060-8345-4
定　　价：68.00元

PREFACE
序 言

一、关于色诺芬

色诺芬是古希腊著名的历史学家、军事家。他生活的时间范围大致在公元前430年到公元前354年之间。

他出生在雅典阿提卡一个富裕的家庭。他的幼年、少年和青年时期，雅典与斯巴达正在进行争霸战争，持续了将近30年（公元前431年到公元前404年）。他曾经为雅典大军效力，退役后，投入思想家苏格拉底门下，是苏格拉底较为出色的学生之一。当时，雅典的政局云谲波诡，执政的右翼人士纷纷失势，极端民主势力登上政治舞台。色诺芬与这种政治制度格格不入。最后，他选择流亡国外。公元前399年，他获悉恩师苏格拉底被处死的消息，悲痛之余，对雅典极端的民主政治制度更加厌恶。

此时，色诺芬正在波斯帝国的王子小居鲁士的希腊雇佣军中服役，参加了波斯帝国王位争夺战。这场战争结束后，色诺芬相继在保加利亚和小亚细亚从戎。

在小亚细亚，他与斯巴达国王阿格西劳斯二世一见如故，成了亲密无间的好友。他参加了阿格西劳斯二世指挥的科罗尼亚之战，给以雅典为首的希腊联军沉重的打击。

这次战役之后，在阿格西劳斯二世的邀请下，他随同前往德尔菲，并向这里的阿波罗神献祭。色诺芬的所作所为激怒了雅典，雅典颁布了对色诺芬的放逐令。

斯巴达国王阿格西劳斯二世非常欣赏色诺芬，不仅给他提供住所，令他安居，还给他地产，让他乐业。色诺芬生活在奥林匹亚附近的斯奇卢斯。在这里，他平静地生活了约二十年。

色诺芬在斯奇卢斯娶妻生子，生活很幸福。公元前365年，面对共同的敌人底比斯的威胁，斯巴达和雅典尽弃前嫌，结成同盟，一致御敌。在这种情况下，雅典解除了对色诺芬的放逐令，色诺芬得以回国。

晚年，他写作了《波斯帝国王位争夺战回忆录》（或名《远征波斯帝国战争回忆录》《远征记》《长征记》）《希腊史》《斯巴达的政体》《居鲁士的教育》《回忆苏格拉底》《阿格西劳斯二世传》《经济论》《雅典的收入》等传世佳作。

其中，《希腊史》记载了公元前411年到公元前362年的希腊历史。《斯巴达的政体》是一部斯巴达政治制度史著作，色诺芬一方面将斯巴达的政治制度理想化，一方面对其加以抨击。在《居鲁士的教育》一书中，色诺芬借波斯帝国开国君主居鲁士之名，撰写了自己的政治理想。《回忆苏格拉底》是色诺芬为老师苏格拉底撰写的一部回忆录。他在书中对苏格拉底的学问、道德和口才作了精彩逼真的描述。《阿格西劳斯二世传》是色诺芬为知己好友斯巴达国王阿格西劳斯二世撰写的一部传记。在书中，他感激阿格西劳斯二世的知遇之恩，对其赞赏有加。《经济论》是色诺芬非常著名的一部著作，该书论述了奴隶主如何管理农庄，如何增加具有实用价值的财富。色诺芬十分重视农业，他认为农业是希腊自由民的最好职业，这对古罗马的经济思想和日后法国重农学派都有影响。色诺芬晚年，雅典政府取消了对他的放逐令后，或许是作为回报，色诺芬写了《雅典的收入》，这是一份提供给雅典政府的经济上的建议书，也可以看作最早的政治经济学论文。

二、本书故事梗概

公元前401年，波斯帝国西部小亚细亚的长官小居鲁士在希腊招募雇佣军。色诺芬听到这个消息后，欣然前往应募。这支雇佣军最终的规模在一万人左右。

当时，希腊雇佣军并不知道小居鲁士的战略打算。希腊雇佣军糊里糊涂地在小居鲁士的带领下进入了波斯帝国的腹地，这才得知小居鲁士的真实想法——争夺波斯帝国的王位。到这时，希腊雇佣军面临进退两难的境地。接下来，小居鲁士给了他们许多承诺。于是，希腊雇佣军继续前进，最终到达巴比伦附近。

遗憾的是，在一次战役中，小居鲁士阵亡。此时，群龙无首，又深陷波斯帝国腹地，因此，希腊雇佣军处境十分危险。新推举的首领不久被波斯总督诱杀。色诺芬受命于危难之际，在大家的拥护下，他担任了希腊雇佣军的新统帅。接下来，在色诺芬的带领下，希腊雇佣军开始了一场拼杀数千里、返回希腊的悲壮历程。公元前400年年初，他们历经艰辛，穿越大半个波斯帝国，终于回到了久别的故乡——希腊。

三、作品影响

《波斯帝国王位争夺战回忆录》是色诺芬最受好评、流传最广的著作。这部名著为后人提供了有关希腊雇佣军与波斯帝国的许多真实细节，而且还记录了雇佣军所经过地区的地理风貌和人情习俗，有很高的史料价值。

另外，此书还是一部不可多得的古代军事教科书，向后人提供了古代希腊人的用兵之道以及许多实际战例，对后来的希腊兵法产生了深远的影响。据说，亚历山大大帝率领大军攻打波斯帝国时，把这部书看作战地手册，让将士们传阅。从军事学角度上说，有人甚至称赞道：“经过了23个世纪，还没有比《波斯帝国王位争夺战回忆录》更好的军事教程。”

CONTENTS

目 录

卷三

卷四

卷五

卷一

第一章　居鲁士聚集军队

大流士和帕莉萨蒂斯夫妇生了两个儿子。大儿子是阿尔塔泽西斯，小儿子是居鲁士。时光流转，身患重病的大流士感到自己即将走到生命的尽头，很渴望两个儿子都能陪在自己身边。大儿子刚好就在身边；居鲁士在一个省当总督，便派人去传他回来。在那时，居鲁士已经被父亲任命为集结在卡司特卢斯草原上的所有军队的司令官。居鲁士遵循父亲的意愿起程回家，他的朋友蒂萨弗尼斯和帕拉西亚的泽尼亚斯领导的三百希腊将士随行。但大流士逝世后，阿尔塔泽西斯登上了王位。蒂萨弗尼斯在阿尔塔泽西斯面前控告居鲁士，说他意图谋反。阿尔塔泽西斯也相信蒂萨弗尼斯说的话，他下令逮捕了居鲁士并想将其处死，但他的母亲苦苦哀求他不要杀害居鲁士，于是，居鲁士就被遣回他自己的领地去了。

遭遇到这样的危险和羞辱，居鲁士离开以后，就开始琢磨有什么办法可以不用再对他的哥哥俯首称臣，并且如果可能的话，取而代之，自己当国王。他们的母亲帕莉萨蒂斯是倾向于支持居鲁士的，因为她爱居鲁士胜过坐在王位上的阿尔塔泽西斯。不管国王派遣什么样的信使来拜见居鲁士，他都

图为大流士二世的坟墓

不让他们离开，直到这些信使更倾向于和他而不是和国王阿尔塔泽西斯做朋友。他也给予和他在一起的波斯人以同样的关注，这样一来，在战场上时，这些人就会更倾向于帮他。他尽可能秘密地聚集他的希腊军队，这样他就可以让毫无准备的国王大吃一惊。

居鲁士是用下面的方法来聚集部队的：他以蒂萨弗尼斯要谋夺他的城镇为借口，给他所管辖的所有城镇的要塞司令员下达了命令，要他们各自征用尽可能多的伯罗奔尼撒人，因为他们是最好的士兵。

国王原指定由蒂萨弗尼斯来管辖爱奥尼亚，但现在除了米利都[①]之外的其他所有城市都叛归了居鲁士。

伯罗奔尼撒是希腊南部的一个半岛，在希腊历史上扮演着重要的角色。图为伯罗奔尼撒的美丽风景

蒂萨弗尼斯发现米利都的人们也想归顺居鲁士之后，就处死了其中一些人，并把另外一些人驱逐出去了。

居鲁士接纳了这些流放者，将他们保护在自己的羽翼之下，又聚集了部

① 米利都，爱奥尼亚的一个城市。——译者

爱奥尼亚是古希腊时代对今天土耳其安纳托利亚西南海岸地区的称呼。图为爱奥尼亚遗址

队，从海上和陆地上包围了米利都，并竭尽所能让这些流放者重回故地；而且，这样他也为自己军队数量的增加找到了另一托词。然后，他给国王写信要求道，因为他是国王的弟弟，爱奥尼亚的城市都应归他所管而不是归蒂萨弗尼斯所管，在这一点上，他们的母亲也支持他。这样国王就不会怀疑他是在谋反，而是猜想他是因为和蒂萨弗尼斯不和，所以花了大笔资金在军队上以防有一天要和蒂萨弗尼斯交战，尤其是当居鲁士把蒂萨弗尼斯所管辖的城市的贡品交给国王之后，国王就更没有疑心了。

另外一支军队在阿拜多斯①对面的半岛上聚集起来，这些军队是以下面的方式聚集的：克利阿科斯②刚好被流放在外，居鲁士遇见他之后，对他很

① 阿拜多斯，小亚细亚古城。——译者

② 克利阿科斯，拉西第蒙将领。——译者

是敬佩，于是送给他一万达里克[①]作为礼物。克利阿科斯一收到这些金子，就将其用作军费，在一次率领军队去半岛外短途旅行时，他向赫勒斯庞特[②]的色雷斯人开战，这场战役帮助了希腊人。这样一来，赫勒斯庞特的所有小镇都心甘情愿为他的军队捐赠资金。这支军队也成为居鲁士秘密保留的一支军队。

塞萨利位于希腊中部偏北，图为古遗址

塞萨利人阿里司提鲁斯碰巧是居鲁士的朋友，迫于国内内战的压力，他来找居鲁士，请求他借两千雇佣军和三个月的军饷救急，好像这样他就可以打败他的敌人了。居鲁士给了他四千雇佣军和六个月的军饷，并希望他在未和自己商量之前不要结束战争。这样一来，又有另外一支军队在塞

① 达里克，古波斯的货币单位。——译者

② 赫勒斯庞特，赫勒斯滂的古希腊名。——译者

萨利[1]秘密地支持着他。

然后，居鲁士以庇西狄亚人侵犯他的领土为由要向他们开战。他请求普罗克西努斯带着尽可能多的军队加入他，普罗克西努斯是一个愚笨的人，也是他的朋友。此外，居鲁士以代表米利都的流放者们向蒂萨弗尼斯开战为托词，要求他的两个朋友司腾法利亚的索菲涅图斯和阿加亚的苏格拉底都带尽可能多的士兵前来；他的两个朋友也各自按照他的吩咐做了。

① 塞萨利，希腊城市。——译者

第二章　居鲁士进军西里西亚

当居鲁士认为是时候挺进大部队时，他以想把庇西狄亚人彻底驱逐出他的领土为借口来解释他的行为，好似他是为了攻击庇西狄亚人。他召集了所有在场的军队，不管是波斯军队还是希腊军队。

居鲁士送信给克利阿科斯让他带着他手头上的所有军队前来加入他；他带信给阿里司提鲁斯，让他尽快把内战的事情处理好，然后把他的军队还回来。他还下令让替他管辖各城雇佣军的阿卡狄亚人泽尼亚斯带着军队前来，只留下些卫戍部队就可以了。

此外，他召集了正在包围米利都的军队，号召这些流放者和他一起远征，并向他们保证：如果他成功地实现远征的目标，他会立刻帮他们重返家园。这些流放者很乐意地同意了，因为他们相信他，然后他们带着武器在萨迪斯加入了他的大军。

泽尼亚斯带着各城的总共四千重甲步兵也来到了萨迪斯。普罗克西努斯带来了一千五百重甲步兵和五百轻甲士兵；司腾法利亚人索菲涅图斯带来了一千重甲士兵；阿加亚人苏格拉底带来了五百重甲士兵；迈加拉的帕西昂带来了五百重甲士兵和五百轻甲士兵。帕西昂和苏格拉底都在米利都的军队里任职。

这些军队都在萨迪斯加入了居鲁士。蒂萨弗尼斯观察到了这些动静，考虑到居鲁士所带军队的数量超出了攻击庇西狄亚人所需要的，于是，他带着五百骑兵以最快的速度出发前去将此事告知国王。国王一听到蒂萨弗尼斯所说的居鲁士的军队准备情况，立刻就开始筹划如何应敌。

走在所有军队最前面的居鲁士就从萨迪斯开始了他的远征之旅，然后经过三天的行军，走了二十二帕勒桑[①]的路程才穿过了吕底亚，到达米安德河。米安德河的宽度大概是二普勒特隆[②]，河上有一座由七艘船搭建的桥。

穿过这条河以后，他们开始穿越弗里吉亚。一天的行程下来，他们走了八帕勒桑，到了科洛萨克，这是一个人口众多、富饶且极其重要的城市。

居鲁士在此休整了七天。在此期间，塞萨利人梅浓刚好带着一千重甲士兵和五百轻甲士兵加入了居鲁士，梅浓的军队里有多罗庇亚人、埃尼安尼亚人和奥林修斯人。

然后，居鲁士又继续行军三天走了二十帕勒桑到达塞莱尼。塞莱尼是弗里吉亚一个人口众多十分富饶的大城市。

居鲁士在此有一座宫殿和一个面积很大的公园，公园里到处都是野兽。当他想要施展自己的马术时，他都习惯于到这里骑马射猎。米安德河流经这个公园的中心地段， 河源在宫殿下面；河水也流经塞莱尼市，大王[③]在塞莱尼也拥有一座宫殿，位于城堡下面的马尔叙亚河的发源地附近。

马尔叙亚河也流经塞莱尼市，并流入米安德河。马尔叙亚河的宽度是二十五英尺。据说，阿波罗曾在此和马尔叙亚比音乐技能，阿波罗胜出后和

---

① 帕勒桑，古代波斯的距离单位。——译者

② 普勒特隆，古代波斯的距离单位。——译者

③ 大王，指波斯国王，被希腊作家称为大王。——译者

马尔叙亚争执打斗，最后阿波罗将马尔叙亚的皮剥下来挂在了洞穴中，这条河的源头也就在这个洞穴里，也是因为这个原因，这条河才被命名为马尔叙亚河。据说，当时的泽尔士[①]在战争中遇到挫折后就从希腊辗转回国，然后建造了这所宫殿和塞莱尼城堡。

居鲁士在塞莱尼停留了三十天。在此期间，拉西第蒙流放将领克利阿科斯带着一千重甲士兵和八百色雷斯轻盾兵，以及两百克利特岛弓箭手加入了居鲁士。

与此同时，叙拉古人索西斯带来了三百重甲士兵。另外，阿卡狄亚人索菲涅图斯带来了一千重甲士兵。居鲁士在这里的公园里检阅了所有的希腊士兵并清点了他们的数量；这些军队加起来一共有一万一千重甲士兵和两千轻甲士兵。

然后，从这里出发，经过两天的行军，走了十帕勒桑的路程，到了人口密集的佩尔太市。他们在这里停留了三天，在这三天里，阿卡狄亚人泽尼亚斯庆祝了神圣的吕凯亚节[②]，并在此举行了公众运动会，赢了的人会得到纯金的刮身板。

居鲁士作为观众出席了公众运动会。然后，他们又从这里出发，经过两天的行军，走了十二帕勒桑的路程来到了另一座人口密集的城市赛拉蒙那戈刺，这是往米西亚[③]一带去的最后一座弗里吉亚城市。

他们由此出发，经过三天的行军，走了大概三十帕勒桑的路程来到了司特汝佩迪安，这也是一个人口众多的城市。居鲁士在这里停留了五天；而此时，居鲁士已经欠了军队三个月的军饷，各军队也频繁地去居鲁士的营帐里询问军饷的事。居鲁士说了给他们希望的话把他们支开了，但很显然，他心

---

① 泽尔士，即波斯王。——译者

② 吕凯亚节，纪念吕凯亚宙斯，即阿卡狄亚境内吕凯亚山的宙斯神。——译者

③ 米西亚，小亚细亚的一个古国。——译者

阿波罗是希腊神话中的光明之神、文艺之神。图为古罗马时期的阿波罗雕像

里还是很着急；因为他根本不是那种想去欠军饷的人，如果他有军饷的话，他肯定早就发下去了。不过，在此期间，西里西亚[①]的叙涅西斯国王的王后爱匹亚克萨拜访了居鲁士，据说她还给了他一大笔钱。居鲁士就用这笔钱支付了军队四个月的军饷。西里西亚王后只带了一支由西里西亚人和阿司盆都人组成的护卫队前来；据传居鲁士和这位王后关系密切。

居鲁士又出发了。行军两天后，他们走了十帕勒桑来到人口密集的太摩布琉市，路边有一眼泉水，叫弗里吉亚国王米达斯[②]之泉。据说米达斯在泉水里掺了酒，由此俘获了萨梯[③]。

居鲁士又行军两天，走了十帕勒桑，到了人口众多的城市蒂里亚本古。居鲁士在此驻留了三天。据说西里西亚王后要求居鲁士向她展示他的军队。

居鲁士答应了王后的请求，在平原上检阅了所有的士兵，包括希腊士兵和波斯士兵[④]。他命令希腊军队就像即刻要迎战一样站好队列，各司其职，每一位首领管好自己的兵。

按照居鲁士的命令，军队开始沿四个方向站立不动；梅浓和他的军队站成整个军队的右翼；克利阿科斯及其军队站成左翼；其他的将领站立在中间。

居鲁士首先对波斯士兵进行检阅，波斯士兵和战马在他前面站立着，然后对希腊士兵进行检阅，坐在二轮战车上的居鲁士和坐在带篷小车上的西里西亚王后一起阅兵。士兵们都戴着黄铜质的头盔，穿着红色的战衣和护胫甲，还拿着光亮的盾牌。

当居鲁士坐着二轮战车走过所有军队后，他在队形的前面停住，让翻译

---

① 西里西亚，小亚细亚东南部古国，濒临地中海。——译者

② 米达斯，希腊神话人物。——译者

③ 萨梯，希腊神话中的森林之神，嗜酒。——译者

④ 波斯士兵，指异族人的军队，不是波斯国家的军队。——译者

官庇格瑞斯前去给希腊军队首领带话，让他们展示矛和盾并和整个军队一同前行。

首领们把这些命令传下去了，当号角吹响的时候，士兵们就一边展示矛和盾一边前行。然后，他们以较快的步伐大声呼喊着前行，士兵们都自愿地开始跑步行走了，这样一来就快速地逼近了波斯人的营帐。

见到如此情形，波斯军队开始恐慌起来，西里西亚王后弃车逃走了，集市里的人也把东西一扔拔腿就跑；而希腊军队则笑着行进到营帐里。西里西亚王后见到这样声势磅礴、纪律严明的军队不由得萌生崇拜之情，而当居鲁士看到波斯军队被希腊军队吓着时也感到很欣慰。

居鲁士又从这里出发，经过三天的行军，走了二十帕勒桑的路程，来到了依孔纽姆[①]，在此，他停驻了三天。

接着，经过五天的行军，走了三十帕勒桑，他们穿越了吕考尼亚[②]，而且，因为这个国家是敌国，所以他允许希腊军队实施掠夺。

居鲁士安排西里西亚王后走捷径回西里西亚，并派遣梅浓及其军队护送她回去。

居鲁士和余下的军队继续前行穿越卡帕德西亚，经过四天的行军，走了二十五帕勒桑的路程，来到达纳，这是一座人口密集、广袤而富饶的城市。

居鲁士在达纳停留了五天。在此期间，他处死了一个叫麦加弗尼斯的波斯人，因为他佩戴了只有皇家的人才能佩戴的紫色的饰品；居鲁士还处死了某个掌权的人，他是主要的管理人之一，被指控密谋造反。

他们试着进入西里西亚，但唯一的入口宽度只够一辆四轮马车通过，而且这里地势陡峭，如果有敌军埋伏的话，军队想要通过是不切实际的。除此之外，据说叙涅西斯在高地上站岗，保卫这个峡谷；也就是因为这个原因，

① 依孔纽姆，弗里吉亚的最后一个小城。——译者

② 吕考尼亚，小亚细亚南部古国名。——译者

居鲁士在平原上停留了一天。第二天，信使来告诉他叙涅西斯已经离开高地了，因为他接到消息说梅浓的军队已经进入西里西亚的山区，又听说塔摩斯有几艘大帆船从爱奥尼亚向西里西亚返航，而这几条船归拉西第蒙人和居鲁士所有。

于是，居鲁士在没有任何人阻碍的情况下挺进了山区。接着，他下山来到一片宽广美丽的大平原，这里水分充足，周围都是各种各样的树和攀缘植物。这里也盛产芝麻、小米、薏米、小麦和大麦。一座座高高的山丘从各个方向将这片平原包围起来。

居鲁士从这片平原下去，经过四天的行军，走了二十五帕勒桑的路程，来到了西里西亚一座又大又富裕的城市塔尔苏斯。西里西亚国王叙涅西斯的宫殿就坐落于此。

有一条名叫赛德努斯的河流经这座城市的中央，这条河宽二普勒特隆。除了那些拥有商铺的人之外，这座城里的土著居民和叙涅西斯都没在城里，而是逃离到了山上的大本营。沿海索利和依苏斯两地的人也留下没走。

叙涅西斯的妻子爱匹亚克萨比居鲁士提前五天到达塔尔苏斯城。但在经过那片平原周围的山丘时，梅浓军队的两个连牺牲了。一些人说他们因为实施掠夺被西里西亚人剁成肉酱了；而另一些人则说他们因为走在后面被遗忘了，他们又找不到大部队，就那样乱走而最后丢了性命。他们是一百个重甲士兵。

当梅浓剩余的军队到来时，他们心中因同情死去的同胞而充满怨恨，于是他们对塔尔苏斯城及其宫殿大肆劫掠。居鲁士一来到塔尔苏斯就派人去请叙涅西斯来见他；但叙涅西斯的回答是，他绝不会去见势力比自己大的人免得自己受人控制；直到他的妻子说服了他，保证他会非常安全，要不然他还是不会同意来见居鲁士。当他们见面后，叙涅西斯赠送了一大笔资金给居鲁士以资助他的军队开销；而居鲁士作为回礼赠了他只有国王才配拥有的东西，那就是一匹戴黄金马嚼子的马、黄金链子、黄金手镯和一套波斯礼服。居鲁士也向他保证他的国家再也不会被侵略，并且如果叙涅西斯遇到那些被俘虏的奴隶，他可以将他们带回来。

第三章　克利阿科斯的演讲

居鲁士和军队在塔尔苏斯城逗留了二十天，因为士兵们拒绝继续前行，他们现在开始怀疑他们是在为讨伐国王而行军，然后他们说他们成为雇佣兵不是为了去做这样的事。克利阿科斯是第一个尽力迫使士兵前行的人；但他一前行，士兵们就用石头砸向他和他的行李车。事实上，在这一次事故中，克利阿科斯差一点就被石头砸死了。

最后，他明白靠武力是不能解决问题的，便召集士兵开了一次会；并且，他第一次站在他们面前掉眼泪并持续了好大一会儿，此时他的士兵们觉得很奇怪，于是他们就保持沉默。然后，克利阿科斯就对他们说了大意如下的话：

“士兵们，不要觉得奇怪，这次事件让我感到骑虎难下；因为当我流放在外时，居鲁士曾热情地帮助过我，送给了我一万达里克，并且他非常尊重我。一收到他给的这笔钱，我并没有将其珍藏起来以备我自己的不时之需，也没有奢侈地将其挥霍，而是分给你们大家了。我先是向色雷斯人宣战，在你们的帮助下，我们把色雷斯人驱逐出了半岛，为希腊人报了仇，要不然色雷斯人就会占领半岛，将其从希腊殖民地里分割出来。当居鲁士召唤我时，我带着你们出发去加入他，我想的是，如果他需要我的帮助，我会为他效劳以报他当日帮助我的恩情。不过，既然你们不愿随他去远征，我就只有两种选择，要么我为了保住我和他之间的友谊而抛弃你们，要么我跟随你们而对他背信弃义。我不知道我选择哪个才是正确的决定，但我更愿意选择和你们在一起，也愿意和你们一起承担任何后果。今后也不会有人说，我把希腊军队带入了波斯国家就抛弃了他们而去和波斯军队交好。

“然而，既然你们拒绝服从于我，或者说拒绝追随于我，我就和你们一起走，一起接受命运的安排。因为我把你们看作我的同胞、我的朋友和我的战友，而且，不管我身在哪里，你们都会尊重我。如果和你们分离的话，我既不能给我的朋友提供帮助，也不能对我的敌人进行报复。所以，我很确定，不论你们去哪里，我都决定跟随你们。”

士兵们一听到他这样的保证，都为他鼓掌，说他不会是朝国王进军，不管是他麾下的士兵还是其他士兵都是如此；并且，泽尼亚斯和帕西昂麾下的两千多士兵带着他们的武器和行李都来追随克利阿科斯。

发生如此多的事让居鲁士不知所措，他派人去叫克利阿科斯来；但克利阿科斯并没有去，而是在士兵们毫不知情的情况下，派了一个信使来告诉居鲁士让他静观其变，因为事情会朝着他希望的方向发展。他也要求居鲁士再次请他前来，当居鲁士按照他所要求的做了以后，他还是拒绝前来。然后，他把他自己的士兵、投靠他的士兵及任何想要出席他会议的人聚集在一起，说了大意如下的话：

“士兵们，很显然，居鲁士对我们的态度和我们对他的态度是一样的；因为既然我们拒绝追随他，我们就不再是他的士兵，他也不再是我们的雇主。然而，我心知肚明，他已经觉得受到我们不公正的对待了。

“所以，即便他派人来请我前去，我也不愿意去见他，主要是我觉得惭

色雷斯人是古代色雷斯地区的居民。图为前 5 世纪——4 世纪的色雷斯轻盾兵

愧，因为我意识到我在各方面都对他不忠了。

“另外，我也担心他会因此事受到的伤害迁怒于我，趁我还是他手下对我进行报复。所以，依现在的形势看来，我们没时间休息，我们不能忽略我们的安全问题；反之，我们应该考虑我们必须做些什么事情。

“只要我们待在这里，我们就有必要考虑怎样才能保证我们的安全。或者，如果我们决定马上离开，我们应该想想怎样才能安全离开，还有怎样得到口粮。因为没有口粮的话，我们每个人都没精力做任何事情。

“居鲁士对自己的朋友会重情重义，但对自己的敌人不会心慈手软。他也有这个实力，正如我们都知道的，他有步兵、骑兵，还有海军；我们离他也不远，他随时可以包围我们。所以现在是大家出谋划策的时候了。”说完这些话以后，克利阿科斯就开始保持沉默。

见此情景，几个人就开始发表意见，一些人主动地发表了自己的想法；而另外的一些人，克利阿科斯提前指示过他们，让他们陈述，如果不经居鲁士的同意就止步不前或离开会遇到些什么困难。

他们其中的一个人假装急切地想要回到希腊，他建议说，如果克利阿科斯不愿意带领他们回去，他们应该另择其他的将领带他们离开。他还建议说，他们应该购买口粮，整理行李，因为在波斯军队的营地里有一个市场，可以在那儿购买口粮。他还建议说，他们应该去找居鲁士，让他给他们提供船只以便他们回家；如果他不能给他们提供船只，他们应该乞求居鲁士派给他们一个向导以防他们走入不友好国家的国界。但如果居鲁士连一个向导都不派给他们，他们就应该立刻进入备战状态，先派一支小分队去占领高地以免居鲁士或者西里西亚人占了先机。他还说：“西里西亚人和他们的财物已经被我劫掠了。”他说完之后，克利阿科斯说了如下的话：

“你们任何人都不要让我来担此重任；由于种种原因，我不能当你们的司令官。不过，我保证，不管你们选谁来领导你们，我会尊重他，我会像其他任何人一样服从于他。”

克利阿科斯说完以后，又有另一个人说话了。他指出刚才建议向居鲁士要船只的那个人是愚蠢的，还指出让居鲁士派一个向导来是多么的愚蠢。他说：“我们对居鲁士派来的向导的底细又不了解，万一我们信任了他，他却出卖我们，让居鲁士先去占了高地怎么办？就我而言，我不会乘坐居鲁士派给我们的船只以免他把我们和船只都葬入海底；我也害怕跟随他派来的任何向导以免他把我们带入绝境；比起在居鲁士不同意的情况下离开的话，我更愿意悄悄地离开，但这是不可能的。所以我说那些建议都是愚蠢的。我的建议是，选一个合适的代表团陪同克利阿科斯去见居鲁士，并询问居鲁士他雇佣我们是要去做什么。如果我们的任务和他雇佣的那些波斯军队的任务相似的话，那么我们也应该追随他，并表现出我们不会像先前跟随他的军队那样胆小。但如果他现在的目的比原来更宏大、更困难、更危险的话，要么他说服代表团让我们跟随他，要么代表团劝服他给我们一条活路。因为这样的话，如果我们追随他，我们会像朋友和热情的支持者那样追随他；而如果我们要离开，也能保证我们的安全。然后代表团回来告诉我们对于这些要求居鲁士的答复是什么，我们再根据他的回复采取相应的措施。”

他们采纳了这些建议，选好代表团后，克利阿科斯就和代表团带着提前商量好的问题去询问居鲁士了。居鲁士的回答是，他的敌人阿布罗考玛斯在幼发拉底河河岸，离他们现在的所在地还有十二天的行军路程。他说他是在向阿布罗考玛斯进军，如果阿布罗考玛斯还在那儿，他希望报复他。“但如果他撤退的话，”他又说，“我们再在那儿考虑，怎么前行。”

代表团听到这些回答后，就将其转告给士兵们了。他们仍然怀疑居鲁士是在向国王进军，尽管如此，他们还是决定跟随他。然后，他们要求增加军饷，居鲁士承诺在以前的基础上再增加一半，也就是说，他们每个士兵一个

幼发拉底河是中东名河，与位于其东面的底格里斯河共同界定美索不达米亚。图为此河风景

月会得到一点五个达里克而不是原来的一个达里克，但没有一个人听到居鲁士公开地说他是在向国王进军。

第四章 向阿拉伯进军

居鲁士从塔尔苏斯继续前行，经过两天的行军，抵达了普萨鲁斯河，河宽三普勒特隆。然后他又继续前进，经过一天的行军走了五帕勒桑的路程，抵达皮拉木斯河，河宽一司塔迪亚姆[1]。又从这里出发，经过两天的行军，走了十五帕勒桑的路程，抵达西里西亚最后一个城市依苏斯，这个城市坐落在海岸上，是一个人口密集，幅员辽阔，十分富饶的地方。

居鲁士在这里停留了三天，在此期间，从伯罗奔尼撒半岛运来的三十五艘船只也抵达了，拉西第蒙人毕达哥拉斯是这些船只的总指挥。他们是由埃及人塔摩斯从以弗所[2]领航来到依苏斯的。塔摩斯带管着另一支属于居鲁士的二十五艘船组成的舰队，他曾为了居鲁士用这些船只封锁了在蒂萨弗尼斯管辖下的米利都，与其对抗。拉西第蒙人客里索普斯带着七百重甲士兵也随这些船只来了，他称这些兵是居鲁士的军队，其实他是居鲁士派人前去叫来的。船只都停在居鲁士所住的营帐对面。同样也是在这里，阿布罗考玛斯的

① 司塔迪亚姆，古希腊距离单位。——译者

② 以弗所，古希腊小亚细亚西岸一个重要的贸易城市。——译者

四百重甲希腊雇佣兵弃他而去，转而投奔了居鲁士并加入了向国王进军的远征队伍。

米利都是位于安纳托利亚西海岸的一座古希腊城邦，靠近米安德河口。图为古遗址

然后，居鲁士又继续前行，经过一天的行军，走了五帕勒桑的路程来到了西里西亚和叙利亚间的关口。这些关口有两道墙，在西里西亚这一边的由叙涅西斯和一队西里西亚守备军把守，而在那一边的据说是由一队国王的警备队守卫。两关之间有一条河名为卡苏斯，河宽一普勒特隆。两关之间的距离是三司塔迪亚姆；想要强行通过是根本不可能的；因为通道很窄，两边的墙一直延伸到海底，海面之上是悬崖峭壁。两面城墙上都有用于守卫的哨楼。也就是因为这些原因，居鲁士才调派船只过来以便能把重甲士兵送到两城之间和更远的地方来制伏守卫叙利亚门户之敌。居鲁士希望阿布罗考玛斯

守卫叙利亚门户，因为他有一支大部队。但阿布罗考玛斯并没有守卫，当他听说居鲁士在西里西亚时，就撤退出了腓尼基，据说是带着三十万人马投奔国王去了。

腓尼基是古代地中海东部的重要国家，总督为阿布罗考玛斯，航海业非常发达。图为腓尼基航船

因此，居鲁士就穿过了叙利亚，经过一天的行军，走了五帕勒桑，来到了米利安都斯。这是一座靠海的城市，居住着腓尼基人。这个地方也是一个贸易地点，许多商船停泊在这里。他们在此地停留了七天。也就是在这儿，阿卡狄亚人将领泽尼亚斯和迈加拉人帕西昂带着他们最值钱的财物坐船逃走了。大多数人认为，是嫉妒促使他们这么做的，因为他们的士兵归附了克利阿科斯是想再回希腊，而不是前去向国王进军，但居鲁士允许克利阿科斯收留了这些士兵。他们离开的消息一传开，军队里面到处都有流言说居鲁士会坐上战船去追回他们。一些人还希望他们被抓回来，因为他们这种背信弃义

的行为是可耻的；而另外一些人又很同情他们，担心他们被抓回来后的命运。

居鲁士把所有的将领召集到一起对他们说："泽尼亚斯和帕西昂已经离开我们了，但让他们放心，他们并不是秘密地逃走的，因为我知道他们走的是哪条路。他们也没有逃出我所掌控的范围，因为我有三列桨的战船可以追上他们的船只。不过，神灵作证，我肯定不会去追他们。任何人也不能说，只要一个士兵留下来，我会利用他的服务，而当他想要走时，我会抓住他、虐待他并掠夺他的财产。就让他们走吧，他们的良心会告诉他们，是他们负了我们而不是我们负了他们。其实，他们在特莱勒斯的妻儿都在我的掌控之下，可我不会伤害他们的妻儿，而是鉴于他们以前对我的服务，我会善待他们的家人。"当希腊人听闻居鲁士的所作所为后，即使是以前那些不是很愿意继续远征的希腊士兵也比较乐意追随他了。

发生这些事情以后，居鲁士又继续前行，经过四天的行军，走了二十帕勒桑的路程，来到了卡卢斯河，河宽一普勒特隆。河里有许多大鱼，叙利亚人把这些鱼当作神一样对待，不准任何人伤害这些鱼。叙利亚人对鸽子也是如此。他们选择在这里的村庄驻扎营地，这里的村庄归属于帕莉萨蒂斯。

从卡卢斯河出发，居鲁士经过五天的行军，走了三十帕勒桑的路程来到了达达斯河源，达达斯河宽一普勒特隆。这儿有叙利亚以前的国王贝尔叙斯的宫殿，还有一座又大又漂亮的花园。但居鲁士损毁了花园，烧毁了宫殿。

然后，居鲁士又继续前行，经过三天的行军，走了十五帕勒桑的路程，来到了幼发拉底河，河宽四司塔迪亚姆，一座又大又富饶的城市塔波萨库斯坐落于此。军队在此驻留了五天。居鲁士派人去请所有的希腊将领前来，告诉他们，他的行军是直抵巴比伦，针对国王的，并且他希望他们把他的发言转达给士兵们并劝服他们追随他。

将领们聚集了各自的部队，把这个消息告诉了士兵们。士兵们对他们的

古巴比伦城遗址

长官表现出不满的情绪，并说长官们早就知道了这个消息，但隐瞒了消息。士兵们拒绝前行，除非像上次随行那样得到金钱。那次是居鲁士奉父王召见，士兵随行，而不是去打仗，却还得到了赠金。将领们向居鲁士转述了士兵们的这些条件。于是居鲁士承诺说，当军队抵达巴比伦时，他就给每个士兵五迈纳[①]银币。另外，当他把希腊军队重新带回爱奥尼亚时，他会把士兵们应得的所有军饷发给他们。这样一来，希腊军队的大部分士兵都被说服去随他征战了。但在其他士兵还没有被说服之前，梅浓就聚集了他的部队，说了如下的话：

“士兵们，如果你们遵循我的建议，你们将不费吹灰之力得到居鲁士的垂青。那么，我给你们的建议是什么呢？居鲁士此时此刻正忙着劝服希腊军队随他向国王进军，所以，我的建议是，在其他希腊军队还没有答复之前，

① 迈纳，一种古代重量及货币单位。——译者

你们应该率先渡过幼发拉底河。因为其他军队如果决定跟随居鲁士的话，你们率先渡过幼发拉底河这件事看上去就是他们作出那个决定的原因；而且，你们这样奋力向前，居鲁士会觉得他自己有义务报答你们，没有人比他更赏罚分明了。但如果其他的希腊军队决定不再跟随他的话，我们所有人再回来也就是了。不过，因为仅有你们遵循了他的意愿去行事而且最值得他信任，他会让你们担当要职；并且，不管你们向他要求什么，作为居鲁士的朋友，我敢担保，你们都会得到你们想要的东西。”

听到这些建议以后，士兵们立刻就按照这些建议去做了，在其他军队还没有作出答复之前，他们就渡过了幼发拉底河。当居鲁士知道他们渡河以后，大为高兴，他派格卢斯给梅浓的军队带去消息说：“朋友们，我赞赏你们的行为。我应该想到你们是赞同我的，并把我当朋友看待。”听到居鲁士这样说，士兵们备受鼓舞，祈祷着他能够成功，而且据说居鲁士把最显赫的礼物赠给了梅浓。处理完这些事务后，居鲁士就过河了，所有余下的军队也随他过河，并且过河时没有任何人被水湿到胸部以上。塔波萨库斯人说，以前从来没有人徒步渡过这条河，除非是坐船过去，而在居鲁士来到之前，阿布罗考玛斯为阻止他渡河，已经将渡河所用的船只烧毁了。所以，似乎是有神灵的庇佑，他们才如此顺利，也似乎可以说这条河在为未来的国王居鲁士让路。

然后，居鲁士继续进发，穿过叙利亚，经过九天的行军，走了十五帕勒桑的路程，来到阿拉克赛河，这附近有一些村庄储藏了谷物和酒。军队在此驻留了三天，并收集了粮草。

第五章　克利阿科斯和梅浓不和

居鲁士现在开始穿越阿拉伯半岛，经过五天的行军穿越了沙漠，走了三十五帕勒桑的路程。在这个地区，地全是平的，地面与海面平行。这片地区到处都是苦艾和其他各种各样的灌木丛和芦苇，散发出像香水一样的芬芳。但这里没有树。倒是有各种各样的野兽，数量最多的当属野驴，也有许多鸵鸟、大鸨和羚羊，军队里的骑兵有时会去射猎这些动物。不管是谁去追赶野驴，它们都会向前跑很远，然后站立不动。野驴比马跑得快，当战马靠近它们时，它们也会这样。要想抓住野驴，几乎是不可能的，除非每隔一定的间距安置一个骑兵连续不停地追赶野驴。射猎到的那些动物的肉看起来像鹿肉，但比鹿肉鲜嫩。没有人能成功地捕猎到鸵鸟。那些准备去捕猎鸵鸟的骑兵很快就断了念想，因为它不但健步如飞，而且伸展双翅，像风鼓动船帆那样前进。虽然无法捕捉到鸵鸟，不过如果行动足够敏捷的话，可以捕捉到大鸨，因为它的飞程很短。如果突袭的话，或许还可以抓到羚羊。因为羚羊像鹧鸪一样跑很短的路程就没力气了，而且羚羊的肉非常美味。

穿过这片地区以后，他们来到了马司卡斯河，河宽一普勒特隆。这儿有一座名为科尔索提的废城，四周被马司卡斯河包围。他们在这里停留了三天，补充了一些必备物资。

从科尔索提城出发，经过十三天的行军，走了九十帕勒桑的路程，他们终于穿越了沙漠，来到一个叫作皮莱的地方，不过仍然在幼发拉底河左岸。在穿越沙漠的路程中，许多驮着重物的牲畜都饿死了。因为路途中没有草，也没有树，整个地区都是光秃秃的。至于这些军队，谷物缺乏，并且买不到任何补充，除非是从居鲁士的波斯军的随军——吕底亚人供应市场上以四西格卢的价格买到一卡皮特的小麦粉或大麦面。一西格卢相当于七个半雅典奥勃尔，一卡皮特相当于二雅典考尼克。在这种情况下，士兵们只能靠吃捕猎到的动物的肉来维持生命。

当居鲁士想找到水源和食物时，行军的速度就会很慢。有一次，走到一条狭窄泥泞的小路时，四轮马车过不去，居鲁士就停在那儿，命令格卢斯和庇格瑞斯带着波斯军队的一支小分队去帮助马车通过。但因为这些人做事看起来拖拖拉拉的，居鲁士又生气地命令他随从里最高贵的波斯人去快速帮助马车通过。然后，大家就看到了波斯人随时准备好服务的样子：他们站在原地脱下外衣，穿着昂贵的背心和带有刺绣的裤子，有些人脖子上还戴着链子，手腕上戴着手镯，跑着冲向陡峭的滑坡，像是在参加比赛一样快，直接跳入泥中，使马车以让人难以想象的速度快速通过。

总体上来说，居鲁士显然是以最快的速度在行军，并且没有延迟，除非是停下来去找些生活必需品或者是为了其他必要的目的。他想着他行军的速度越快，国王迎战的准备工作做得就越少；如果他行军的速度越慢，国王聚集的军队数量就会越多。留意观察的人都会发现国王的帝国优势在于领土的辽阔和居住者的数量方面，但如果有敌军以很快的速度侵略的话，国王的劣势就在于路途遥远，军力分散。

在穿越沙漠的过程中，他们发现在幼发拉底河的另一岸有一座既富裕又幅员辽阔的城市，这座城市叫卡尔曼德，士兵们就是从这座城市买来了生活必需物资。他们是以这样的方式坐筏渡河的：他们在给原本用来遮营帐的皮子里装满干草，然后用针线把皮子合起来缝上，这样干草就不会被水打湿。他们就是靠这些皮囊渡河，买到诸如棕榈树、果酒和谷物之类的必需品。在卡尔德曼这些东西很多。也是在这里，梅浓的士兵和克利阿科斯的士兵因为某些事情起了争执，克利阿科斯判定是梅浓的一个士兵做错了事，就用鞭子抽打了他。挨了打的士兵回到自己军队的驻扎地告诉他的同伴们发生了什么事，他的同伴们听了他的倾诉就对克利阿科斯产生了怨恨。也是在同一天，克利阿科斯带着几个随从视察完市场后，正骑马回自己住处，途经梅浓的住处。这时居鲁士还没有回来，而且仍然还在河的对岸。当梅浓手下一个砍柴的士兵看见克利阿科斯骑马经过他们的住处时，他将斧头朝克利阿科斯扔去，不过没有砸中目标；然后另外一个士兵又朝克利阿科斯扔去了石头，接着又朝他扔了好几块石头，随之而来的是士兵们的一阵骚动。克利阿科斯到了自己的住处寻求庇护，立刻召集他的士兵武装起来，命令他的重甲士兵留在原地拿好盾牌准备迎战，而他自己则带着四十多个色雷斯人和骑兵向梅浓的军队逼近。这样一来，梅浓的士兵和梅浓自己都害怕到了极点，派了一位上将前去迎战，而一些士兵站着一动不动，不知道在这种情势下该怎么办。这时普罗克西努斯带着许多重甲士兵从后面走上前来，又立刻带领他们走到梅浓军队和克利阿科斯军队之间，让他们都放下武器，乞求克利阿科斯放弃他正在做的事情。不过，克利阿科斯心里还是愤愤不平，因为他刚才被人用石头砸时险些丧命。普罗克西努斯把他的遭遇说得轻描淡写，所以克利阿科斯希望他不要挡在中间碍事。

在这关键时刻，居鲁士出现了，询问了事情的原委后，立刻将标枪拿在手中，带着和他在一起的官员骑马走进希腊军队中，对他们说："克利阿科斯和普罗克西努斯，还有其他在场的希腊士兵，你们根本就不知道自己是在做什么。因为如果你们在这里互相残杀的话，那么很快就到我的死期了，而我要是死了，你们不久也会被杀。如果我们连自己内部的事务都处理不好，所有这些在你们眼前的波斯军队将会成为比国王的军队还危险的敌人。”克利阿科斯一听到这些劝告就停止争吵了，把武器存放在各自的营地中了。

第六章　奥戎塔斯的背叛

居鲁士带着军队继续向前出发，他们发现路上有马蹄印和马粪，从这些踪迹来推算，前面大约有两千骑兵。那些人走在前面，把路上所有的牧草还有一切对居鲁士有用的东西都给烧了。

也是在这个地方，居鲁士发现算是最能征善战的一个波斯亲贵奥戎塔斯是个叛徒。其实，居鲁士和奥戎塔斯以前就不和，只是后来才勉强交好。奥戎塔斯告诉居鲁士说，如果居鲁士给他一千骑兵的话，他要么通过伏击消灭掉那些烧毁一切的骑兵，要么让他们大部分都沦为阶下囚，这样就没有人能毁坏路上对他们有用的东西了，也没有人能去向国王通风报信说他们看到居鲁士的军队了。居鲁士听完他的建议，觉得是对自己有利的，就让他去各个将领处调走了一些兵。

奥戎塔斯想着他已经得到了骑兵，就写信给国王说他会带着尽可能多的马匹去投靠他，并希望国王示意属下骑兵他是自己人。同时他在信中写了些能让国王想起他们以前的友谊和他以前的忠心的话。

奥戎塔斯把这封信交给了一个他认为可以信任的人，但这个人一接到信，就把信带给了居鲁士。

居鲁士读完这封信后立即派人去把奥戎塔斯抓了起来，又把地位最高的七名波斯亲贵大臣召集到他的营帐开会，并要求希腊将领们带一队全副武装的重甲士兵守在他的营帐周围。

希腊将领们按照他的要求做了，带了三千重甲士兵前来。居鲁士也叫克利阿科斯来出席会议，因为他和其他人都认为克利阿科斯是希腊士兵中最有声望的将领。后来，克利阿科斯在散会后，告诉他的朋友们居鲁士是如何审

古希腊地图

判奥戎塔斯的，因为这时也不用保密了。他说，居鲁士就这样开始会议：

“朋友们，我请求你们与会是想和你们商量关于奥戎塔斯背叛我这件事，我要怎样处理他才会让大家觉得是公正的。起初，我的父亲任命他为我的下属。后来，正如他自己所说的那样，在我哥哥的命令下，他镇守萨迪斯城堡，并向我开战。我也拿起武器与他对抗，并让他决定停止与我交战；然后我收到他的好意，作为报答，我也向他伸出了友谊之手。自从那次以后，”他继续说着，“我还做过什么让你觉得委屈的事情吗？”奥戎塔斯回答说没有做过。居鲁士又继续问他：“你承认我没对你造成伤害，可你后来就没有投奔米西亚人并运用你手中的权力在我的领土上作恶吗？”

奥戎塔斯承认了。

居鲁士又继续说：“当你作恶以后，难道没有来到阿尔忒弥斯祭坛处忏悔，并通过乞求说服我让我们彼此重修旧好并互相信任吗？”

奥戎塔斯也承认做过这样的事情。

居鲁士继续说：“那么，到底我对你造成了什么伤害以至于你现在第三次做背叛我的事情？”奥戎塔斯说居鲁士没有做过什么伤害他的事情。居鲁士又问他：“那么，你承认是你对我不忠不义了？”

“我不得不承认了。”奥戎塔斯回答说。

接着，居鲁士又询问道：“你现在还是不能与我的哥哥为敌而忠于我吗？”

奥戎塔斯回答说：“居鲁士，即使我能这样，恐怕你也不会再相信我了。”

这时候，居鲁士又对在场的人说：“以上就是这个人做过的事和他的忏悔。现在，克利阿科斯，你第一个来说说你的意见，应该怎样处置他？”

克利阿科斯说：“我建议以最快的速度让这个人消失。这样，我们就再没有必要花时间提防他，我们就有时间去关心那些愿意成为我们的朋友的人。”

克利阿科斯发表了他的意见，在场的人也都同意。然后，在居鲁士的示意下，所有的人，即使是和奥戎塔斯有关系的人，都站立起来，抓着奥戎塔斯的腰带，这样做是表示他即将被处死；而那些被授意的士兵则带着他离开。

当那些以前看见奥戎塔斯都习惯于鞠躬的人看见他经过时，他们还是像以前一样鞠躬，即使他们知道他是被带去处以死刑。

奥戎塔斯被带进阿尔塔帕特斯的营帐，阿尔塔帕特斯是居鲁士最信任的近侍官员，自此以后再没有人见过活着的或者死了的奥戎塔斯，也没有人说起过他是以何种方式被处死的。关于他的死有各种各样的猜想，但没有人见过他的墓地。

第七章 巴比伦阅兵

居鲁士继续行军三天，走了十二帕勒桑的路程，穿过巴比伦。在第三天行军结束时，大概午夜时分，他在平原上阅兵，预料在黎明时国王会率军队来与他开战。他任命克利阿科斯为军队右翼司令，塞萨利人梅浓为左翼司令，而他指挥他自己的军队。

阅兵结束后，黎明到来时，一些国王的叛党来了，告诉居鲁士关于皇家军队的消息。随后，居鲁士召集了所有的希腊将领和长官与他们一起商量如何迎战，接着，居鲁士又对他们说了激励他们斗志的话："希腊将领们，我并不是因为缺波斯军队才雇佣你们，而是因为我认为，与其说你们是一群蛮族人，不如说是有能力的可造之材。瞧，你们自己也证明了你们是值得拥有现在的自由的，我也尊重你们这些拥有自由的幸运人。我确信，我喜欢自由胜过我拥有的一切，也胜过其他价值连城的东西。

"不过，你们要知道你们将要面对的是什么样的敌人，我会以我自己的切身经历来告诉你们。敌军的数量庞大，一边进攻一边大声喊叫；但如果你们保持一颗坚定的心来与之抗衡的话，你们也会发现这个国家的士兵也有怯懦的时候，连我也为之感到羞耻。如果你们是真正的男子汉，能在战场上证明自己是勇敢的人，那么我保证会让你们当中想回家的人衣锦还乡；不过那时，我会劝说你们大多数人留下来追随我，因为追随我会比你们回到家乡更有前途。”一听到这些话，一个在场的居鲁士信任的萨摩斯流放者高利特说道：“居鲁士，一些人说你现在之所以给我们这么多的承诺，是因为你即将面临危险。如果一切进展顺利，你就不会记得你曾作过的承诺。也有一些人说，即使你记得这些承诺也愿意去实现，你也没有能力实现你许下的所有承

萨摩斯位于北爱琴海、希俄斯岛以南，帕特莫斯岛和多德卡尼斯以北，东临安纳托利亚海岸，风景优美。图为萨摩斯海岸风光

诺。”听到这些，居鲁士说：“朋友们，在我们面前的是我父亲的帝国，它横贯南北，南可以延伸到最热的地方，北可以延伸到最冷的地方；而在这两极之间的所有地区是由我哥哥的朋友们在做总督。但如果我们征服了这片土

地，那么让我自己的朋友统领这些地区是合情合理的。所以，如果我们成功的话，我担心的不是我没有足够多的东西可以分给我的每一个朋友，而是我没有足够多的朋友来分享我拥有的一切。到那时候，我会给你们每一个希腊士兵一顶金冠。”

在场的希腊人听到这一番话都备受鼓舞，并把他们听到的告诉了其他士兵。长官们和一些其他的希腊人还来到居鲁士的营帐，询问如果成功的话，居鲁士给他们的具体奖赏是什么。居鲁士给了令他们所有人满意的答复。

不过，所有这些和居鲁士说过话的人都力劝居鲁士不要亲自参战而是做幕后指挥。同样，也是在这时候，克利阿科斯问了居鲁士一个问题：“居鲁士，你认为你哥哥会和你交战吗？”居鲁士回答说：“如果他的确是大流士和帕莉萨蒂斯所生的，并且是我的亲哥哥的话，我只有通过战争才能获得这个国家。”

武装的希腊士兵清点下来，数量是一万零四百重甲士兵和两千四百轻甲士兵；居鲁士手下有十万波斯军队和二十辆滚刀战车。

据说敌军的数量有一百二十万，还有两百辆滚刀战车。除了这些，还有阿尔塔泽西斯率领的六千骑兵，他们集结于国王跟前。皇家军队共有四位将领，分别是阿布罗考玛斯、蒂萨弗尼斯、戈布律亚斯和阿巴赛斯，每位将领带兵三十万。但参战的只有九十万士兵和一百五十辆滚刀战车；因为阿布罗考玛斯从腓尼基带兵而来，双方交战五天后，他才赶到。

交战之前，国王的一些叛党把这个信息带给了居鲁士，这与交战之后被俘敌人的交代一样。

然后，居鲁士带着所有的军队又行军一天，走了大概三帕勒桑的路程，军队行军时是以准备迎战的顺序排列开的；因为居鲁士预计国王会在今天与他交战。在行军的中途，他们看到了一条很深的壕，宽约9.25米，深约5.55

米。这条深壕穿过平原，长度大概是十二帕勒桑的样子，一直延伸到米底亚的城墙。这儿还有由底格里斯河供水的四条运河，每一条运河都有一普勒特隆宽，并且很深，用来运送谷物的船只就沿着运河而行。运河彼此相距一帕勒桑，运河的水最终流入幼发拉底河，运河上面还有桥。在幼发拉底河与深壕之间有一条狭窄的通道，宽约二十英尺。当国王听说居鲁士要向他进军后，就修了这条深壕来御敌。居鲁士带着军队从那条狭窄的通道前行，进入壕沟以内之地。这一天国王并没有带着军队前来交战，倒是一路上有许多人员和战马撤退的迹象。

居鲁士派人去叫来了安布拉喜阿预卜官西拉努斯，赏了他三千达里克。因为在十一天前，在祭牲时，他就已经告诉居鲁士，国王在十天之内不会动兵。当时居鲁士就大声喊道："如果他十天之内都不和我交战的话，那他就不会再战了。但如果经过时验证你的预言是真的，我向你承诺我会打赏你。"所以，十天之后，居鲁士就赏了他这些钱。

国王在居鲁士经过深壕时，都没有带兵前来阻挡他们的去路，所以居鲁士和其他人都想着国王是不是打算放弃交战了。于是，在接下来的一天行军中，居鲁士的警惕性也没那么高了。接着在第三天中，居鲁士坐在他的二轮战车上继续行军，他前面只有一小队军队；大部分士兵也没有按照准备迎战的顺序前进，并且许多士兵都把武器放在四轮马车或者是牲畜上面。

第八章　居鲁士与国王交战

快到正午了，离他们打算歇脚的地方也不远了，而就在此时，居鲁士的心腹之一波斯人帕提基亚斯出现了。他骑着马以最快的速度飞奔而来，边走边用波斯语和希腊语对他碰到的所有人喊道："国王带着数量庞大的军队向我们靠近了，准备迎战。"接着，军队处于一片混乱之中，因为希腊军队和其他人都猜想在他们还没有列好队伍之前，国王就会突然袭击他们。居鲁士从他的二轮战车上跳下来穿上他的铠甲，然后骑上战马，手里还拿着标枪，接着他对所有的人下达命令，让他们武装好自己，站在各自的位置，各司其职。所有的士兵按照居鲁士的命令以最快的速度站好队伍，克利阿科斯带着军队站在右翼部队的最右边靠近幼发拉底河的地方，普罗克西努斯和克利阿科斯紧挨着，其他的将领按照顺序依次排开。梅浓和他的军队占据希腊军队的左翼位置。

至于波斯军队，大约一千伯罗奔尼撒骑兵在靠近克利阿科斯的位置；希腊轻盾士兵在右边；左边是阿里柔斯带领的其余的波斯军队，阿里柔斯是居鲁士的中尉。居鲁士带着大约六百骑兵位于队伍的中央，骑兵们都身穿保护上身、腿部及头部的铠甲，只有居鲁士没有。因为居鲁士要以不怕死的决心准备迎战，据说其他的波斯人也是以这样的决心准备迎战。

和居鲁士一起的所有骑兵的马也戴着保护前额和胸部的盔甲，并且所有的骑兵都佩着剑。

到了正午，还没有出现敌人的影子。但到了下午的时候，出现了尘土，像一片白云；不一会儿，又出现了黑压压的一片，一直延伸到平原上很远的地方。不久，当那黑压压的一片靠得越来越近时，黄铜质的盔甲闪闪发光，也可以看见长矛和军队了。在军队的左边是大量身穿白色铠甲的骑兵，据说蒂萨弗尼斯是他们的司令官；与骑兵挨着的是拿着柳条质盾牌的军队；接着是拿着木盾牌的重甲士兵，木盾牌长得都到脚了，据说这些士兵是埃及人；然后是其他的骑兵和弓箭手。这些军队按照自己国家的方式向前行军，各国队伍间有一定距离，但同属于一个国家的士兵彼此是紧挨着的。在他们的前面，每隔一段间距都安置了滚刀战车。他们在战车的轮轴上安插了长柄大镰刀，并且在驾驶员座位下面也向下安插了长柄大镰刀来砍掉一切挡路的东西。设计滚刀战车就是为了深入希腊军队并割裂其队形。

当把希腊士兵召集到一起的时候，居鲁士曾劝告他们听到波斯军的喊叫时不要轻举妄动，不过，在这一点上面他被欺骗了。因为现在他们不是喊叫着而是悄无声息地靠近，走路的步子都是匀速而缓慢的。与此同时，居鲁士带着翻译官庇格瑞斯和三四个人骑着马召唤克利阿科斯带领军队攻击敌军的中心，因为国王就在那里。“如果，”居鲁士说，“我们在敌军的中心取得胜利的话，我们的目标就全部完成了。”尽管克利阿科斯看见敌军战线的中央有密集的军队，还从居鲁士那儿听说国王还在希腊军队左翼部队的左边（因为国王军队的数量比他们多出了太多，所以，尽管国王在自己部队的中间位置，从居鲁士这边看的话，他仍然离希腊军队的左边很远），他仍然不情愿调遣出他靠河的右翼部队，担心会被两边包围，并且他回答居鲁士说：

“我会小心行事让一切顺利。”

在此期间，国王的军队步伐一致地向前行进，而仍然待在原地的希腊战线也随着不时赶上的军队逐渐形成。居鲁士骑着马在离他自己军队不远的位置俯瞰两条战线，看了自己的战线，也看了敌军的战线。雅典人色诺芬从希腊战线中看到了居鲁士，于是骑马前去见居鲁士并询问他是否有什么指令。居鲁士告诉色诺芬，他想要他去转告每个人祭牲的预兆是吉利的。他在说这个事的时候，听到军队里有人在低语传话，就问色诺芬他们在说什么。色诺芬回答说：“是军队第二次在传口令。”居鲁士想知道是谁给出的这个口令，还问口令是什么。色诺芬回答说：“保护者宙斯，胜利！”居鲁士听了说：“我想这是一个好预兆，就让他们这么传吧。”说完这些后，他骑着马回到他应该待的地方了。当希腊军队唱着赞歌开始行军迎敌时，两军相距也不过三司塔迪亚姆。在他们行军前进时，因为步伐不一致，一些士兵落在了后面，那些落在后面的士兵开始跑步前进；与此同时，他们还高声呼喊着，就像平时敬战神时那样呼喊，接着，所有的士兵都步调一致地跑起来。一些人说，他们还用矛击打盾制造噪声来使敌人的战马心惊胆战。但敌军在还没有交战之前就后撤逃跑了。然后希腊军队动用所有力量去追他们，一边追，一边互相喊着，不要乱跑，有序地追。那些被驭手丢弃的战车，一些还在敌人自己中间疾驰，一些冲到了希腊军队中。当希腊士兵看见战车开过来时，他们就分开队形让它们通过。只有少许士兵被战车吓到并被撞上，就像在赛马场可能会发生的一样，还好并没有造成重大损害。据说除了军队左翼的一个士兵被箭射死以外，没有任何其他希腊士兵在这场战役中受伤。

居鲁士看到希腊军队取得胜利并乘胜追击敌人，这样的景象令他很高兴。而且他周围的人已经开始称呼他为国王，但他没有随大流去加入追击队伍，而是始终让他的六百骑兵在他近身待命。他聚精会神地观察着国王的动向，深信国王肯定在波斯军队的中央。

色诺芬（约前 427—前 355），雅典人。军事家、文史学家。以记录当时的希腊历史、苏格拉底语录而著称。图为其头像雕塑

实际上，所有波斯军的指挥们带领军队打仗时都置身他们自己人的中央。这样在左右都有军队主力的情况下，他们才是最安全的。而他们要下达命令的话，他们的军队也会很快收到命令。在当时的情况下，尽管国王在他自己军队的中央，从居鲁士这边看来，他仍然在居鲁士左翼部队的左边。但因为没有人上前攻击他或攻击集结在他前方的部队，他开始坐着战车兜圈，好像是要包围居鲁士。居鲁士担心国王会袭击希腊军队的后方并将他们碎尸万段，因而，他带着他的六百骑兵直接冲向国王，并击溃了国王前面的军队，使其身边的六千护卫队落荒而逃。据说他还亲手杀掉了护卫队的指挥阿尔塔革赛斯。

当敌人开始逃跑时，居鲁士的六百骑兵就分散开来急切地追过去了。他的身边只剩下几个和他同甘共苦、荣辱与共的人。

这时，他发现了国王和他的近身侍卫。他立即丧失了自控，大声喊道："我看见他了。"然后，他冲向国王，刺中了他的胸部。据医官克台西亚说，居鲁士刺穿了国王的胸铠，因为当时是他给国王处理的伤口。克台西亚还说，居鲁士出击时，有一个人用标枪重重地击中他的眼睛下方；国王、居鲁士和分别护卫他们的随从一场混战，国王的身边死了许多人，克台西亚是和居鲁士在一起所以知道情况。居鲁士也被杀了，并且他的八个最高侍从倒在他的尸体上也死了。据说，当居鲁士最忠诚的臣子阿尔塔帕特斯看到他倒下的时候，立刻从马上跳下扑倒在主人身上。有人说国王命令人把他杀死在居鲁士尸体上。但其他人说他在居鲁士的尸体上拔出匕首自杀。他身边有一把金质匕首，像最尊贵的波斯人那样，他也戴着项链、手镯等佩饰；因为他忠心耿耿，居鲁士奖赏了他这些东西。

第九章 居鲁士的性格

居鲁士就这样结束了他的一生。自大居鲁士之后，在所有的波斯人中，居鲁士是最有王者风范也是最配统治帝国的人选，所有了解他为人的人都同意这一点。当他还是一个小男孩的时候，他和他的哥哥以及其他的孩子一起接受教育，他就在各个方面超越了他们。所有波斯贵族的孩子都在国王的宫殿里接受教育。在这里他们可以学到许多正确的行为，而不受任何可耻行为的沾染。在这里孩子们看到一些人受国王尊敬，另外一些人遭国王贬黜，也听说了这些人的事迹。这样一来，他们在童年不仅学会了统治，也学会了服从。

首先，居鲁士的谦逊在同龄人中是最引人注目的，他甚至比那些地位比他低的人更懂得如何服从长辈；其次，他的另一大特点是喜欢马并能出众地驾驭它们。人们也发现，他非常渴望学习，并勤于练习箭术和投掷标枪。当他的年龄到了可以去射猎的时候，他变得非常喜欢射猎，也喜欢不畏艰险地去与野兽交战。有一次，在一只袭击他的母熊面前，他没有退缩，而是从马背上下来与母熊扭打在一起。他受了些伤，那伤疤现在还在他身上，但他最终杀死了那头母熊。另外，他总是对那些帮助他的人以礼相待。

当他被他的父亲任命为吕底亚、大弗里吉亚和卡帕多西亚三省总督时，他也同时被任命为卡斯特卢斯平原上所有军队的司令官。不久他的一个特点就显现出来了，那就是，如果他和任何人结成联盟或订有契约或许下承诺，他认为最重要的一点就是不违背自己的诺言。

吕底亚是小亚细亚中西部的古国（前7世纪—前546），濒临爱琴海，位于今天小亚细亚的西北部。图为其古遗址

那些受他管辖的州郡和老百姓都特别相信他的能力，而且如果谁成为他的敌人的话，大家都确信，任何一个敌人只要居鲁士和他签订协议，他就不用担心会有违约的事。所以，当居鲁士与蒂萨弗尼斯作战时，除了米利都之外的其他所有城市的人都自愿选择追随居鲁士而不是蒂萨弗尼斯。但米利都的人都害怕他，因为居鲁士不会放弃米利都的流放者。因为他说过也用行动

表明了他绝不会遗弃他们，因为他曾是这些流放者的朋友，即使流放者的数量越来越少，情况越来越糟，他仍然不会放弃他们。

不管任何时候任何人对他施以恩惠，他都急于滴水之恩涌泉相报，如果任何人对他有所伤害，他也会急于加倍把伤害还给他。有人曾提到过他的一个愿望是“他想要活得足够长，这样他就可以加倍地报答对他好的那些人，也能加倍地报复那些伤害他的人”。所以，我们时代唯有他一人，大多数的人都愿意付出自己的一切为他效力。

关于居鲁士，没有人有根据说他会容忍藐视他权威的罪犯或不诚实。因为他是最能毫不留情地惩罚那些犯错的人；在道路上人们常常可以看到有些人脚被剁了，有些人手被砍了，有些人眼睛被挖了。这样一来，在居鲁士的领土上，任何人，无论是希腊人还是波斯人，只要没有做坏事，他爱去哪里就可以大胆地去哪里，觉得带什么方便就可以带什么。

要承认的一点是，居鲁士会对那些在军事上有能力的人青睐有加。他第一次打仗是与庇西狄亚人和米西亚人交战，并亲自进入了这些国家。当他看到有些人冒着生命危险奋勇杀敌，就会任命这些勇敢的人为所征服地区的地方长官，并且还会在其他方面奖赏他们。

这样一来，勇敢的人看来会成为最幸运的人，而懦弱胆小的人只能成为这些人的奴隶。所以，越来越多的人在他们认为居鲁士可以看到他们的努力的时候都自愿以身赴险。

说起正直，如果有人在他看来拥有这项美德，他会重视他们并让他们变得比那些赚取不义之财的人更加富有。

因此，在他把许多其他方面的事务管理得井井有条的同时，他同样拥有一支称得上正义的军队。

那些从异国他乡来的将领和长官并不是为了钱才为他效力的，而是因为他们深信一点，只要在居鲁士手底下好好干，他们得到的会比做雇佣军多得多。

此外，如果任何人出众地执行他的命令的话，他会给予奖赏。所以，据说那些有能力的官员在每一项任务里都积极做准备以协助他。

如果他注意到一个富有正义感的管理能手管理着大片土地并从中获利的话，居鲁士绝不会从他手中夺走这些，而是更愿意再奖励些东西给他。

于是，大家都乐此不疲、满怀信心地去挣自己的财富，也不向居鲁士隐瞒自己所拥有的东西。因为居鲁士看上去并不是那种会嫉妒别人公开积聚财富的人，相反他会尽力把那些隐瞒自己财富的人的财产收来利用。

大家都不得不承认的一点是，不管他交的是什么朋友，那些和他性情相仿的人也好，那些他认为可以在他想要完成的事情上助他一臂之力的人也好，居鲁士都能成功地让他们喜欢上他。因为他认为自己需要朋友，那就是，他需要合作伙伴来和他一起完成大业。也是基于这个原因，他总是尽力帮助他的朋友们实现任何他认为他们想要完成的事情。

由于种种原因，居鲁士获得的礼物可能比其他任何人都多，并且他能根据每个朋友的性格和需求来很好地把这些礼物分配给他们。在这一点上，他比任何人做得都好。

任何人送来的佩饰，不管是作战时佩戴的，还是用来装饰的，居鲁士通常会说，他不会用这些东西装饰自己，他认为能拥有几个有不同能力的朋友才最能给一个人增光彩。

居鲁士最令人佩服的一点实际上不是他给予他朋友的东西比他朋友给他的更多，因为他比他们更有能力这样做；而是他比他的朋友们更加体贴周到。

通常，当他得到一大壶好酒的时候，他会把其中的一半送给他的朋友，并带话说："居鲁士有一段时间没有喝到这么美味的酒了，所以就派人送来了一半给你并请求你在今天和你最爱的人一同品尝。"

他也经常和他们分享鹅肉、烤肉还有其他一些吃的东西，并让送东西过去的人说："居鲁士吃到这些东西时很高兴，所以也希望你们尝尝鲜。"

当粮草紧缺时，因为他有很多侍从，也因为他注意这个问题，他总能获得一些。他会把他得到的分发给他的朋友们，并希望他的朋友们拿给他们的坐骑吃，这样他的朋友就不会骑着挨饿的战马了。

当居鲁士骑马出去的时候，许多人都会看见他。这时，他会把他的朋友叫到身边来并和他们亲密交谈，这样大家就知道他看重的是谁了。而且据我所听说的，我认为没有人能比他更受人拥戴了。

从下面所述也能证明这个事实，除了一个臣子之外没有任何人抛弃居鲁士去投奔国王（只有奥戎塔斯这样做过，但他不久就发现他最信得过的人其实更忠于居鲁士），相反，当居鲁士与国王反目成仇后，有许多人从国王那边来加入居鲁士，其中包括一些国王喜欢的人。因为他们觉得，如果他们成为居鲁士手下的勇士的话，他们能得到与他们的功劳更对等的回报，而这些从国王那里是得不到的。

居鲁士死时发生的事情可以证明他是一个积过德的人，也可以证明他能正确地选出值得他信赖和青睐的忠贞不渝的人。因为当他被杀时，所有和他在一起的挚友都为了护他而牺牲了，除了阿里柔斯之外，因为他被安排带领左翼部队的骑兵了。当他听说居鲁士的死讯后，带着他手底下所有的军队逃走了。

第十章　希腊军击退波斯军

居鲁士的头和右手被砍下了。国王和他的军队开始乘胜追击，攻击居鲁士的营地。此时，阿里柔斯和他的士兵没有坚守阵地，而是从他们的营地逃到了他们上次出发的地方，据说两地相距四帕勒桑的距离。

国王和他的随从们夺到了许多东西，并且抓到了居鲁士的妻子。她是福西亚人，据说她不仅能干而且漂亮。

国王的士兵还押着居鲁士的那位更年轻点的妻子，她是米利都人，挣脱着逃到一队希腊士兵中去了。那是一队拿着武器保卫军队辎重的士兵，他们立刻进入防卫状态，杀死了掠夺者中的几个士兵。不过他们自己也有伤亡，但他们并没有逃跑，最后不仅救下了她，也救下了他们营地中其他的人员和财产。

国王和希腊军的主力相距不过三十司塔迪亚姆。那些去追击的希腊军觉得好像已经征服全世界；那些参与洗劫营地的波斯军也认为他们完全胜利了。但当希腊军发现国王及其军队在他们的辎重队中时，国王方面也从蒂萨弗尼斯那里听说希腊军击溃了他的一部分战线并在进行追击，国王开始聚集他的部队，再一次筑起战线。

克利阿科斯也叫来了刚好在他不远处的普罗克西努斯，和他商量着应该派一支分队还是全军出动去营地解围。

与此同时，他们发现国王又在向他们靠近，似乎是向他们后方靠近。

希腊军觉得国王会从后方袭击他们，于是开始准备迎战。但国王并没有从后方袭击他们，而是带着他的军队从左翼部队外面他先前经过的那条路线离开了，带着那些在交战时逃向希腊军的士兵和蒂萨弗尼斯及其军队。

蒂萨弗尼斯在双方交战开始的时候并没有逃走，而是从靠河岸最近的希腊士兵的防守中冲出。

不过，在突围中，他没有杀掉一个希腊士兵，因为希腊军散开队列用剑刺他的军队，并投掷标枪。这支希腊队伍的将领安菲玻里的埃皮忒尼斯也证明了自己出色的作战能力。

受到重创的蒂萨弗尼斯并没有回击，而是继续前行进入希腊军的营地并在那里遇到国王，然后他们把军队合在一起摆出作战队形一起往回走。

当他们走到希腊左翼军队的对面时，希腊军担心他们会攻击左翼部队，并且会从两边包围歼灭他们，所以他们认为撤退并以河为后方是上上策。

当他们正在计划怎样调遣部队时，国王的军队已经过来了，就在他们跟前，并且摆着国王刚交战时的队形。当希腊军看见敌人就在眼前，而且摆出了作战的队形，他们再一次唱起了赞歌，并以更饱满的精神状态前进着。

另一方面，国王的波斯军在希腊军还没有到跟前来攻击之前就逃跑了。希腊军追着他们，一直追到了他们停留的一个村子，因为村子的前面是一座小山，国王的军队在小山上制止了他们。尽管小山上没有步兵，但山顶上到处都是骑兵；此时，希腊士兵有些不知所措了。他们说他们看见了皇家军，他们的盾牌上盘踞着一只金色展翅的鹰。

不过，正当希腊士兵即将向小山上行军时，骑兵也离开小山了。他们不是一起离开的，而是一些人从这个方向走，一些人从另外的方向走。渐渐地，山上的骑兵全部消失了。但克利阿科斯并没有向小山上行军，而是让军队停留在小山脚下，只派了叙拉古人吕修斯和另一个人上山查探，并命令他们从山顶上观看完情形后回来向他报告。于是，吕修斯骑马上了山顶，观察了一番后回来禀告说敌人逃跑了。不久，太阳也下山了。

希腊军在小山底下放下武器休息了一会儿，同时他们都很奇怪，为什么现在还没有看到居鲁士的影子，而且也没有任何他身边的人来给他们传消息。因为他们现在还不知道居鲁士已经被杀，而是猜想着他要么是去追击敌人了，要么是救人去了。然后，他们开始斟酌他们应该待在现在这个地方去

叙拉古是意大利西西里岛上的一座沿海古城，位于岛的东岸。图为其遗址

拿些辎重过来，还是应该回到营地去，最后他们决定还是回去。当他们到达营帐时，已经是晚饭时间。这一天就结束了。

他们发现几乎所有的辎重包括食物和水都被洗劫一空，那些装满小麦和酒的马车也被国王的士兵抢走了。居鲁士准备这些食物是为了当军队出现粮草紧缺的情况时，可以将这些食物分发给希腊士兵，据说一共有四百辆这样的马车。所以，大部分希腊士兵没有吃晚饭，他们也没有吃午饭。因为在军队还没有停下来吃午饭前，国王就出现了。那个晚上，他们都饿着肚子。

卷二

第十一章　国王传给希腊军的消息

在卷一中，我们讲了居鲁士怎样聚集希腊军队，他什么时候开始远征，在他向波斯王国行军的过程中发生的事情，战争是怎样发生的，居鲁士是怎样被害以及希腊士兵怎样回到营地休息，并相信他们已经完全胜利，而对居鲁士的死讯全然不知。

天亮了，将领们聚集到一起，说出了心中的疑惑，为什么居鲁士既没有派任何人前来指示他们下一步的行动，也没有看到居鲁士本人。所以，他们看来应该收拾行李，武装好向前行进直到和居鲁士会师。

不过，就在太阳升起来他们准备出发的时候，透忒拉尼亚地方长官普罗克利斯（拉西第蒙人达马拉图斯的后裔）和塔摩斯的儿子格卢斯出现了。他们俩告诉他们居鲁士已经战死沙场，逃走的阿里柔斯带着剩余的波斯军队待在他们前一天出发的地方。他们还说，阿里柔斯说如果希腊军队今天去找他的话，他会等他们；但阿里柔斯还说，明天就起程回爱奥尼亚去。

将领们将听到的这些消息也告诉了所有的士兵，大家都感到非常悲痛。

克利阿科斯说：“既然居鲁士已经不在了，回话给阿里柔斯，至少我们打败了国王，并且从现在的情势来看，没有敌人要和我们打仗。而且要是你们没来的话，我们应该向国王进军了。如果阿里柔斯来到这里的话，我们保证会拥他为王，因为胜者为王。”

说完这些话后，他让信使们离开了，还派了拉西第蒙人客里索普斯和色雷斯人梅浓同他们一同前去。梅浓是自己要去的，因为他和阿里柔斯是要好的朋友。

当他们带着任务离开后，克利阿科斯在原地等着。士兵们竭尽他们所能把驮运辎重的那些牛和驴杀了当食物，并走到前面打仗的地方收捡了大量的箭支、波斯军的柳条质盾牌还有埃及军的木质盾牌回来当柴火。战地上还有许多其他的轻小盾牌和空马车可以带走。他们用这些材料做好了饭，缓解了饥饿。

到了下午，国王和蒂萨弗尼斯派来的使者团到了。这些使者除了一个名叫法利努斯的之外都是波斯人，法利努斯曾偶然与蒂萨弗尼斯相遇并得到他的器重，因为他自负自己很擅长布置军队和指挥重甲士兵。

这些人到了后，要求和希腊军将领们谈判，告诉他们：“因为国王已经取得胜利并杀死了居鲁士，所以他命令希腊军队缴械投降并去国王宫殿试着得到国王的青睐。”

国王的使者如是说着。希腊军将领们甚是关切地听着。而克利阿科斯只说：“赢家怎么能交出武器呢？”他继续说：“将领们，你们各自给出你们自己认为最不失自尊也最合适的答复吧。我去去就来。”

刚才有一个侍者来请他去视察牺牲品的内脏，因为克利阿科斯刚好在准备献祭的事宜。于是，将领中的最长者阿卡狄亚人克里安诺说：“除非我们死了，我们才会交出武器。”“就我而言，”底比斯人普罗克西努斯说，“法利努斯，我想知道国王是作为胜者来命令我们交出武器的，还是让我们交出武器当作礼物来换取他的友谊。因为如果是作为胜者的话，他何必要求我们交出武器而不是自己来把武器夺走呢？但如果他希望通过劝服我们而得到武器的话，请他告诉我们，如果士兵们在这一点上满足了他，士兵们将剩下些什么呢？”

法利努斯回答说：“因为国王杀死了居鲁士，所以他认为自己是胜者，现在你们这儿谁还敢跟国王争夺王位呢？而他也把你们看作他的俘虏，因为你们现在在他的领土范围还被一条不能通行的河包围着，并且他能带大部队来与你们对抗，就算他让你们留着武器，你们也不可能打败他。”

底比斯位于希腊中部皮奥夏地区，于公元前 4 世纪达到极盛，但在公元前 336 年被亚历山大大帝毁灭。图为底比斯古国的一处遗址

他说完后，雅典人条波普斯说：“法利努斯，正如你所看到的，我们现在除了武器和勇气可用之外，已没有其他的东西了。我们只有留住武器，才有可能依靠我们的勇气来为自己谋利；但如果我们交出了武器，我们连我们的命都保不住了。所以，不要以为我们会把我们拥有的唯一有价值的东西

交给你。只要我们手里有武器，我们甚至可以争夺你们所拥有的有价值的东西。”

听到他这样说后，法利努斯笑了笑，然后说：“年轻人，你看上去像一

雅典是世界上最古老的城市之一，有记载的历史就长达三千多年。图为著名的雅典卫城

个哲学家，并且很优雅地表达了你的想法。但如果你想依靠你们的勇气来打败国王的话，我确定你一定是失去你的理性了。”

不过，据说某些胆小的将领说他们忠于居鲁士，如果国王愿意与他们成为朋友的话，他们也会同样地为国王效劳。他们还问国王是否希望雇佣他们在某些职位供职，或者加入征讨埃及的远征，他们愿意为国王在这方面分忧。

这时候，克利阿科斯回来了，并询问他们是否给出了答案。法利努斯回答说：“克利阿科斯，你的同伴们给出的是截然相反的答案，现在告诉我们

你的答案吧。”

克利阿科斯说：“法利努斯，很高兴见到你，我相信所有其他人也很高兴见到你。因为你是希腊人，而我们也都是希腊人。而且，正如你所看到的这么多的希腊人在这样的环境下，我们愿意和你商量关于你带来的消息，我们应该怎样答复。当着神灵的面，我恳求你给我们一个于你而言最不失尊严的最有利的建议，一个将来会带给你荣耀的建议，当人们提到国王派法利努斯去命令希腊军交出武器时，希腊军询问法利努斯时他给出的建议。因为你知道，不管你给出什么建议都会被传到希腊去。”

克利阿科斯巧妙地提出了这个建议，因为他想要作为国王使者的这个希腊人建议他们不要交出武器，这样希腊士兵才会对未来抱着更好的希望。

然而，法利努斯巧妙地回避了他的请求，说出了与他期望相反的话：“如果通过与国王交战你们有万分之一的希望拯救自己的话，我就建议你们不交出武器；但如果反对国王不会获得一丝安全的希望，我还是建议你们通过交出武器这唯一的方法来保全你们自身。”克利阿科斯又说：“那么，这就是你的建议了。请你代我们转告下面的答复，我们的主张是，如果我们想要和国王成为朋友，我们保留武器比我们交出武器更能成为他有价值的朋友；但如果我们必须向他宣战，我们留住武器比我们交出武器更能很好地与他交战。”

法利努斯说：“我会转告你们的答复，不过，国王要求我们告知你们，只要你们待在这里一天，双方之间就算有一个停战协定存在；但你们前行或者后退的话就是在宣战。所以在这一点上，请你们也给出你们的答复。你们是要留在这儿与国王停战还是让我回去禀告国王你们要宣战。”克利阿科斯回答说：“转告说，在这一点上我们的决定和国王的决定是一样的。”“那到底是什么呢？”法利努斯说。

克利阿科斯回答说：“如果我们留在这里，就是停战的意思；但如果我们前行或者撤退，就是宣战的意思。”

法利努斯再一次问他：“那我要转告的到底是停战还是宣战呢？”

克利阿科斯再次作出同样的回答：“如果我们待在这儿，停战；撤退或前行，宣战。”不过，他并没有暗示他到底是怎样打算的。

第十二章 阿里柔斯和希腊军结成联盟

法利努斯和他的同伴离开了，此时普罗克利斯和客里索普斯见完阿里柔斯后回来了，梅浓留在了阿里柔斯那里。他们禀告说："阿里柔斯说有许多波斯人的地位在他之上，如果拥他为王的话，这些人会不服。但是如果你们想要和他一起返回故乡，他希望你们今天晚上就与他会合。如果你们今晚不去，他说他明天一早就自己出发。"克利阿科斯回答说："那么，如果我们决定和他一起走的话，我们必须按照你们说的做。如果决定不和他一起走的话，你们自己采取你们认为对自己最有利的措施。"连对他们，克利阿科斯也没有透露他的打算。

但后来，当太阳下山的时候，聚齐了所有的将领和长官后，他说了如下的话："朋友们，当我献祭时，从被杀死的牲畜所表现出的迹象来推断，如果我们向国王进军将会对我们非常不利，事实上我们也有理由相信是这样。因为我现在意识到，我们和国王之间夹着一条只有船只才能通行的底格里斯河，而我们没有船只。要我们留在这儿也是不可能的。因为我们没有办法获得食物。但献祭时出现的迹象表明，如果我们去居鲁士的朋友那里，将会对我们非常有利。我们必须按照下面说的来做：当我们分散时，我们每个人必须吃晚饭；当号角吹响时，开始打包行李；当号角第二次响起时，把行李放在驮兽身上；当号角第三次响起时，跟着带队的人走，让驮着行李的牲畜走靠河的那一边，而重甲军队走最外边。”

所有的将领和长官听完他的这番话后离开了，并按照他说的去做了。从那时开始，他指挥，其他人遵从，其实也并没有选他当司令官，只是觉得只有他才具备一个领导者的素质，而其他的人相对他来说经验不足。

从爱奥尼亚的以弗所到发生战争的地方的路程大概是五百三十五帕勒桑或者说是一万六千零五十司塔迪亚姆，他们行军九十三天才走完这段路程；而从发生战争的地方到巴比伦的路程是三百六十司塔迪亚姆。

当天黑下来的时候，色雷斯人弥尔托西特带着手下四十匹战马和三百色雷斯步兵向国王逃去。克利阿科斯走在按规定顺序站好的余下军队的前面带路，在半夜到达阿里柔斯的所在地并与他的军队会合。所有的希腊将领和长官一起来到阿里柔斯跟前，站在一边，阿里柔斯和他的主要官员站在另一边，他们一起发誓绝不互相背叛，要结为真正的联盟；而波斯军队也发誓他们不会有背叛行为。他们发这些誓言之前还在盾牌上宰杀了一头牛、一头狼和一头野猪，希腊人是把剑插入血中发誓，波斯军将长矛浸入血中发誓。

当这些表示互相忠诚的誓言说完以后，克利阿科斯说：“阿里柔斯，从现在开始，我们就是同一条路上的人了，告诉我们，关于我们的路线你是怎么想的。我们是沿着我们来的路返回，还是你想出了其他更好的路线？”阿里柔斯回答说：“我们沿原路返回的话，会饿死。因为我们没有储备食物。在刚过去的十七天的行军中，即使是我们来到了这里，我们也不能从我们所经过的国家中获得食物。或者说，如果我们能找到吃的东西，那我们在路上就吃光了。现在我建议我们走一条更长的路线，走这条路我们不会缺乏食物。我们必须在第一天尽我们所能走得越远越好，这样我们就离国王的军队越远。如果我们一天走了两三天的路程的话，国王再也不可能赶上我们。因为他不敢带着小部队追我们；而他如果带上数量庞大的军队追我们的话，行军速度又不够快，还有可能遇到缺乏粮草的问题。”“这些就是我的想法。”他总结道。

这种行军方案适用于成功地脱逃，不管是秘密地还是公开地脱逃。如果运气好，天一亮他们开始向北行军，到日落时就能抵达巴比伦的一些村庄，也就是带着这份希望他们才没有灰心。到了下午的时候，他们以为看到了敌人的一些骑兵，那些刚好没有在队伍中的士兵跑回了他们的位置；阿里柔斯也从车上下来穿上了他的盔甲（因为他受了伤所以他坐在马车上），和他在一起的人也下车穿好盔甲。这时，派出去的侦察员回来说，他们看到的不是骑兵，而是正在放牧的用来驮行李的牲畜。这下，每个人都觉得是国王在附近扎营。

从一些不远的村庄也可以看见冉冉升起的炊烟。克利阿科斯没有带他的军队去迎敌（因为他意识到士兵们很疲乏并需要食物，而且现在天也晚了），也没有改变路线，而是沿路继续行军，并在日落时在附近的村庄宿营。村庄里房屋的木材都被国王的军队搬走了。走在前面的部队像往常一样扎营；而走在后面的军队就在黑暗中摸索着随便找个地方扎营，并制造出不少噪声以至于敌人都听到他们的说话声，那些离他们最近的敌人都从自己的营地中逃走了。第二天，他们看到的景象证实了事情就是这样。因为他们在附近再也没看到任何牲畜、任何营帐或者炊烟，似乎希腊军队的突然到来把国王吓着了。在接下来的一天，国王所做的事情也证明了这一点。

但那天晚上，希腊军队内部发生了一阵恐慌，营地里出现了就像遇到突发恐怖事件后发生的骚动。一看到这种情况，克利阿科斯命令刚好和他在一起的最好的传令官托尔米德前去命令大家肃静，并声明：“将领们通知，谁说出那个引起骚动的人的消息将会得到银条作为奖励。”发出这个声明后，士兵们才深信他们没有理由恐慌，而且他们的将领们也很安全。第二天，天亮后，克利阿科斯对希腊士兵发出命令让他们以作战时的阵势武装前行。

第十三章　希腊军继续撤退

上一章我们提到过，国王被希腊军的出现吓着了，从他后来的行事也能看出来。虽然前一天他还派人前去让希腊军队交出武器，但是在日出时就派传令官去商谈停战协议。

这些传令官一到前哨站就要求见将领们。哨兵去通传，正在视察军队的克利阿科斯让哨兵回传令官稍候一会儿，待他有空了再谈。当他把军队排成一个紧凑的方阵且每一个士兵都武装好后，才邀请传令官进来。他站出来，身边是几个配有精良武器、长相英俊的士兵，而且他还告诉其他的将领也这样做。

当他见到传令官时，便问他们来干什么。他们回答说他们全权代表国王来和希腊将领们商谈停战协议，并且也代表希腊将领们回去与国王协商。克利阿科斯回答说：“那么，回去告诉国王，我们必须先交战。因为我们没有早饭吃，如果不先给我们供应早饭，谁也甭想和我们谈休战协定。”

一听到这个回答，传令官们都离开了，不久他们又回来了。他们显然是从国王或者国王派来谈判的某个人那里回来的。他们带回来的话是，国王认为克利阿科斯说得很合情理。他们还带来几个向导，如果双方签好停战协议，向导们会带领希腊军队去一个能获取食物的地方。

克利阿科斯询问传令官，国王只把签订休战协定的好处授予克利阿科斯及其身边的人，还是给所有的希腊士兵。传令官们回答说："是针对所有希腊士兵的。"然后，克利阿科斯示意传令官们离开，接着便和其他将领商量此事。他们建议立刻签订休战协定，然后去寻找食物补充体力。克利阿科斯说："我的意见也是这样，但我不会立刻宣布我们的决定，而要等到传令官们开始惴惴不安时再宣布，以免我们又决定不签订休战协定。但是，"他说，"我猜想我们的士兵同样也会开始心神不宁。"所以当他觉得合适的时机到了，就对传令官们宣布同意休战，并命令向导们立刻前来带他去有食物的地方。

于是，向导们就带路了，克利阿科斯也签了停战协议。但他让军队保持作战阵式，并带领着后方部队。

他们在路上遇到了几条积满水的沟渠和运河，没有桥的话，根本不能通过。不过，他们把倒下来的棕榈树和砍掉的一些树制作成木筏横渡到对岸去了。

在这儿，我们看到了左手拿长矛、右手拿棒子的克利阿科斯是怎样执行司令官的职责的。如果被命令去做木筏的士兵看上去是在那儿混时间，他会拿出手中的长矛或棒子打他以此作为惩罚，然后他来到干活的人群中去帮忙，这样一来不好好干活的人都感到很羞愧。

克利阿科斯只安排了年龄在三十岁或三十岁以下的士兵干这个活；而年龄稍大的士兵看到克利阿科斯都在帮忙，他们也去帮忙。克利阿科斯一边干活，一边猜想还不到灌溉季节，这些沟渠怎么会有这么多水。他想一定是国王放水在平原上，这样他就达到了让希腊军队觉得行军困难重重的目的。

走着走着，他们到达了一些村庄，向导们指着这些村庄说他们可以在这儿获取食物。这些村庄里有大量的谷物和枣椰子酒，还有一种通过煮沸枣椰子而制的带酸味的饮料。

说到枣椰子，这里的人把我们在希腊看到过的那种枣椰子储存起来给仆人们食用。但那些被主人们储藏起来的枣椰子是上好的枣椰子，外形好看并且很大，颜色也不像那些琥珀色的枣椰子。他们把这些枣椰子中的一些晒干作为蜜饯储藏起来。这些蜜饯是很好的下酒菜，但容易引起头痛。士兵们也在这儿第一次尝到了长在棕榈树顶部的树芽菜，树芽菜的外形和奇特甜味让大多数的士兵都感到震撼。不过，这种食物也非常易于让人产生头痛的症状。那些被摘掉树芽菜的棕榈树不久就会枯萎。

希腊士兵们在这里待了三天，然后国王派来的蒂萨弗尼斯到了，和他一起来的还有国王妻子的弟弟以及其他三个波斯人，还有一大队的随行人员照顾他们。见着所有的希腊将领们，蒂萨弗尼斯说："希腊将领们，我居住在你们国家附近，当我意识到你们陷入重重困境时，我想，要是我无论如何能够力劝国王答应让我带你们安全回到希腊的话，也算是做了一桩善事。因为我想我这样做的话，或者你们，或者希腊人会感激我的。考虑到这些，我就向国王提出了我的请求，并向他指出他有合理的理由来帮我这个忙。因为我是第一个带给他居鲁士在向他进军这条消息的人，并且在告诉他这个消息的同时，我带了辅警队给他；因为在所有与希腊军队对抗的将领中，只有我没有逃跑，相反，我还从希腊军队中突出重围，并在你们的营地中与刚杀死了居鲁士的国王会合；还因为，我带着现在和我在一起的这些人，这些国王最忠诚的奴仆，追击了居鲁士军队中的波斯军队，国王答应考虑我的请求，同时他命令我们来问你们，基于什么样的原因，你们要向他开战。我建议你们回答时注意措辞，这样我才能更容易地尽我所能地从国王那里为你们争取对你们有利的条款。"

然后，希腊将领们离开了，商量了一会儿后给出了答复。克利阿科斯代

图为枣椰树，果实称枣椰子，为希腊雇佣军远征波斯时的补给品

表他们回答："我们既没有以向国王进军为目的而编成队伍，也不知道我们行军是为了与国王为敌；而是正如你们所知道的一样，居鲁士为他的行军编了许多借口，这样他既可以让你们惊讶也可以带我们走远。但后来，当我们看到他处于困境中，在神灵们面前，我们会为抛弃他而感到惭愧，因为他以前帮助过我们。不过，居鲁士现在已经死了，我们既没有争夺国王的王位，也没有理由在国王的领土上作恶；我们既不希望杀害国王，也不希望有人在我们回家的路上骚扰我们。不过，我们会报复那些伤害我们的人。而对帮助过我们的人，我们也会竭尽所能报答他。"克利阿科斯说了如上这些话。蒂萨弗尼斯说："我会把你的答复转达给国王并把他的回复带给你们，在我还没有回来之前，休战协定继续有效，而且我们将会为你们提供一个集市。"

第二天，蒂萨弗尼斯没有回来，希腊将领们开始有些焦虑。但他在第三天回来了，并说国王已经允许他帮助希腊军队。尽管有许多大臣反对他的提议说，放虎归山与国王该有的行事不相称。他总结说："你们现在已得到我们庄严的承诺，那就是，我们会命令你们将要经过的国家的人对你们友好，并给你们提供购买食物的机会，让你们安心回国；在我们没给你们提供购买食物机会的任何地方，我们会让你们从邻邦得到食物。另一方面，你们的责任就是，你们必须向我们发誓，你们在回乡路途中，不许在我们的领土上做出任何伤天害理的事情，只能在我们没给你们提供购买食物机会的情况下才能夺取食物；但如果我们给了你们这样的机会，你们必须通过买卖来获取食物。"希腊将领们同意了这些条件，也发了誓，然后蒂萨弗尼斯与国王妻子的弟弟和希腊将领们握手言和了。接着，蒂萨弗尼斯说："现在我该回到国王身边去了，等我一完成我希望实现的事情，并做好相应的准备，我就回到这儿来带领你们回国，也回到我管辖的地方去。"

第十四章　希腊军抵达扎帕塔斯河

发生这些事之后，扎营在彼此附近的希腊军和阿里柔斯等了蒂萨弗尼斯二十多天。在这期间，阿里柔斯的兄弟们和其他的亲戚们，还有某些其他的波斯人来拜访阿里柔斯和他的同伴们，带给他们一些振奋人心的消息。来拜访的人中也有一些是国王的亲信，这些人告诉他们，国王已经忘了他们曾在居鲁士的带领下向他进军的事情，也忘了过去发生的一切。

这些事发生后，阿里柔斯的下属们开始不重视希腊军队。由于这个原因，大多数的希腊士兵对他们很不满。他们中的许多人去克利阿科斯和其他将领们那儿说："我们为什么要留在这里？难道我们没有意识到国王最希望发生一些事情来摧残我们的意志吗？这样我们就会害怕与他交战。目前，他狡猾地延长我们停留的时间，因为他的军队还是分散的。当他的军队聚在一起后，他很有可能攻击我们，也有可能他现在正在挖某个战壕或建某个城墙，这样我们回家的路就不再顺畅。因为他永远不会同意，至少不会心甘情愿地同意我们回到希腊去告诉别人，我们在国王的领土上是如何以寡敌众打败了他，并且还回来了。"

克利阿科斯回答刚发言的士兵们说："我也考虑到了你们说的这些事情，但我认为，如果我们现在走了的话，他们会认为我们想要发起战争，并且违背了休战协定的条款。此外，首先，将没有人给我们提供市场或其他一些获取食物的方法；其次，没有人会引导我们回国；再次，如果我们这样做了，阿里柔斯会与我们分离，这样一来我们就没有一个盟友了，而且我们过去的朋友便会变成我们的敌人。我并不知道我们的前路是否还有其他的河需要我们过，但我知道一点，如果有敌人阻止我们的话，我们不可能渡过底格里斯河。还不只这些，如果我们要打仗的话，我们没有战马，而敌人的精良骑兵数不胜数。这样一来，即使我们胜利了，我们又能杀掉多少敌人呢？而如果我们失败了，我们将无一人生还。至于国王这一边，他有这么多的有利条件，如果他希望消灭我们的话，那他为什么要发誓向我们伸出援手，在神灵面前发假誓而又对希腊士兵和波斯士兵不守信用呢？"他还说了许多诸如此类的话。

这时，蒂萨弗尼斯带着他的军队到来了，他们看上去是要回乡的样子，还有奥戎塔斯也带着军队来了。奥戎塔斯还带着国王的女儿，现在是他的妻子。然后希腊军队开始行军返乡，蒂萨弗尼斯给他们带路并帮他们争取到购买食物的机会；阿里柔斯也带着居鲁士的波斯军队与蒂萨弗尼斯和奥戎塔斯一起行军，并和他们在一起扎营。

对这些人有所怀疑的希腊军队，开始在他们自己向导的带领下单独行军。他们总是在离蒂萨弗尼斯大军一帕勒桑远的地方扎营，并且双方都对彼此警惕起来，就好像他们是敌人一样，这增加了他们之间的隔阂。当他们在同一个地方收集燃料、粮草或其他诸如此类的东西时，他们打过不止一次架，这也让他们之间的怨恨越来越深。

行军三天以后，他们来到了米底亚城墙，并走到了城墙的另一边。这座城墙名副其实，它由烧砖敷以沥青砌成，厚度是二十英尺，高度是一百英尺，长度据说是有二十帕勒桑，而且，这座城墙离巴比伦不远。从这里出发，经过两天的行军，他们走了八帕勒桑的路程。

图为流经摩苏尔的底格里斯河

在这期间，他们跨过了两条运河，其中一条是从河上正式的桥走过去的，另外一条是从七艘船临时搭建的桥走过去的。这些运河的水来自底格里斯河。从这些运河又挖出了很多沟渠伸入这一地带，起初比较宽，接着逐渐变窄，最后成为像灌溉希腊田地的那种小沟渠。然后，他们抵达了底格里斯河。河附近有一座人口密集、幅员辽阔的城市叫作西塔斯，这座城市离河岸只有十五司塔迪亚姆。希腊军队在这座城市附近扎营，旁边有一个又大又漂亮的公园，公园里种满了各种各样的树。尽管波斯军队刚刚通过底格里斯河，但现在已不见他们的踪影。

晚饭过后，普罗克西努斯和色诺芬刚好在武器堆放处的前面散步，这时，一个人出现并询问哨兵，他在哪儿能见到普罗克西努斯或克利阿科斯。尽管他从阿里柔斯那边来，但他没有要求见阿里柔斯的亲密朋友梅浓。普罗克西努斯回答说："我就是你要找的人。"那个人说："居鲁士的忠诚朋友阿里柔斯和阿尔陶组斯为你们的利益考虑，派我前来劝告你们小心以免波斯军队会在晚上攻击你们。因为他们的大部分军队在你们邻近的公园里。他们也建议你们派哨兵去底格里斯河的桥上防卫，如果可能的话，蒂萨弗尼斯会在晚上将桥毁掉。这样，你们就没办法过河而被包围在底格里斯河和运河之间。"

听了这个人带来的消息，他们就把他带去见了克利阿科斯，并告诉克利阿科斯他说了什么。当克利阿科斯听完后，非常焦虑和担心。

不过，一个当时在场的年轻人对这件事情略加思考后，说道："把攻击和毁桥这两个阴谋放在一起看的话，它们的目的并不是一致的啊，因为，如果他们攻击我们，他们要么胜利，要么失败。如果他们攻击我们取得胜利的话，何必要毁掉桥呢？因为就算有很多桥，我们也无处可逃；但另一方面，如果他们失败而桥也毁了的话，他们也断了自己的退路，而且就算在河的对面有再多的军队想要帮助他们，当桥毁灭了，他们也爱莫能助啊。"

听到这些分析后，克利阿科斯询问信使底格里斯河和运河之间的区域有多大。他回答说："这之间有很宽广的地方，并有几个村庄和几个大镇。"

然后，克利阿科斯马上断定是波斯军队派这个不怀好意的信使来的，毁掉桥后，他们不想让希腊军队继续待在这儿。因为在这儿，他们一方面受底格里斯河的保护，一方面受运河的保护，还可以从这两条河之间的宽广地区获取足够的食物；此外，这里也可以成为任何有意骚扰国王的人的避难所。

然后，希腊军队准备休息了，但他们也没有疏忽，而是派了护卫队去桥上盯着。不过据这些护卫队回来说，没有人要在任何地方攻击他们，也没有任何敌人来到桥附近。

黎明一到来，他们就过了由三十七艘船搭建的桥。过桥时，他们十分小心，因为蒂萨弗尼斯派来的一些希腊人说敌人打算在他们过桥时袭击他们。这个说法也是错误的。

然而，他们过桥时，看见格卢斯带着其他一些人出现了。格卢斯在察看希腊军队是否在过河，当他证实了希腊军队正在过河后，就骑马离开了。

过了底格里斯河后，他们继续出发，经过四天的行军，走了二十帕勒桑的路程，来到了斐司库斯河，河宽一普勒特隆，河上有座桥。

这儿有一座大城叫奥匹斯。居鲁士和阿尔塔泽西斯的私生兄弟在这附近，他带领着来自苏萨和埃克巴塔纳的数量庞大的军队要去帮国王。当他遇到希腊军队后，他让他的军队停下来观察正在路过的希腊军队。克利阿科斯让士兵两两并列站成一排行军，并时而在路上停下。

只要军队的先锋一停下，就有很长的一条线停下。所以，即使是希腊士兵也觉得他们的军队很庞大，而且波斯人看见这样的场面也很惊讶。

接着，他们穿越了米底亚，经过六天的行军，走了三十帕勒桑的路程，走过了一片荒漠，来到了居鲁士和国王母亲的家乡帕莉萨蒂斯村。为了嘲讽居鲁士，蒂萨弗尼斯允许希腊军队在这里掠夺除了奴隶之外的一切东西。

他们在这里找到了大量的谷物、绵羊，还有其他的财产。然后，他们又行军五天多，走了二十帕勒桑的路程才走出沙漠。此时，底格里斯河在他们的左侧。

在第一天行军快结束时，河对岸有一座又大又富饶的名为该涅的城市，波斯军队乘坐用兽皮制作的筏子去那里带回了面包、奶酪和酒。

第十五章　克利阿科斯和蒂萨弗尼斯的对话

不久之后，他们抵达了扎帕塔斯河，河宽四普勒特隆。他们在这里停留了三天，在此期间，两军之间的猜疑仍然持续着，只是没有出现公开的背叛行为。所以，克利阿科斯决定去和蒂萨弗尼斯会面，如果可能的话，争取在公开的敌对状态发生之前消除两军之间的猜疑。于是，他先派人去说他希望和蒂萨弗尼斯见面；蒂萨弗尼斯马上请求他去。当他们见面后，克利阿科斯说了如下的话：

“蒂萨弗尼斯，我明白我们在神灵面前发过誓言，发誓友好相处，我们不会伤害彼此。虽然如此，我还是察觉出你们在提防我们，就好像我们之间是敌人一样；而察觉出这一点的我们也在提防着你们。但在细心观察之后，我发现你们也没有企图伤害我们，而我也确定，我们也没有要伤害你们的意图，所以我觉得来和你商量一下是合适的，这样如果可能的话，我们也许可以结束我们之间的不信任。因为以前我知道一些事例，一些人由于别人直接的控告或仅仅由于怀疑而害怕对方，他们急于先下手为强，所以他们对对方作出了无法挽回的恶行，而其实对方并没有打算或希望如此伤害他们。想着这样的误会最好通过彼此的沟通来消除，所以我来到这里并希望使你信服你们没有合理的理由不信任我们。我们在神灵面前发过的誓言禁止我们成为彼此的敌人，我从来都不认为那些公然漠视神灵给予的责任的人值得羡慕。神灵给予的报应，我知道不管是谁以任何速度都逃不脱的，别想说躲进一个黑暗的角落或负隅顽抗，因为所有地方的所有事物都受神灵管制；同样，神灵也支配世界上任何一个角落。我们已经把通过誓言巩固的友谊存放在了神灵那里，关于神灵、关于我们在神灵面前发的誓言，这些就是我的观点。不过，从人力资源优势上来看，就我而言，我认为你们是我们现在拥有的最有利的条件。因为在你们的帮助下，每条路都是平坦的，每条河都是可以通过的，而且我们不会缺少食物。要是没有你们，所有的路都需要在黑暗中摸索，因为我们不知道路。每条河都将会很难渡过，每群人都会变得令人生厌，最糟糕的是，大家都会很寂寞，因为心中充满了困惑。而且，即使我们疯狂到要杀了你们的地步，结果只能是，杀死我们的恩人后，我们就要与你们最强大的复仇者国王作斗争。就我而言，我想让你认识到，如果我们试图伤害你们的话，那么我剥夺了我自己多么多的伟大的期望啊。我过去之所以想要成为居鲁士的朋友，是因为我认为他是那个时候最有能力让他的朋友们受益的人。但我现在看到你拥有着居鲁士的权力和领土，并且你仍然保留着你自己的领土，而且与居鲁士不一样的是，你还有着国王的支持。事实既然如此，如果有谁不想成为你的朋友的话，那他一定是疯了。

“但我也要提一些你也希望成为我们的朋友的因素，也是因为这些我才抱有希望。我知道米西亚人给你带来很多困扰，而毫无疑问，我能以我现在的军队来使这些米西亚人顺从于你。我也同样知道庇西狄亚人在骚扰着你。此外，我还听说有许多这样的国家在骚扰着你，而我认为我能够阻止他们打扰你的安宁。至于埃及人，我察觉他们最让你头疼了，我想用我的军队来惩罚他们是最好的了。同样，如果你想要和你周边任何一个国家成为朋友，你也许要证明自己是最有实力的朋友；如果周边的任何一个国家给你带来困扰，通过我们军队这个工具，你可以像主人一样掌控他们，因为我们不仅仅因为军饷而服从于你，更是因为你救过我们的恩情而服从于你。当我考虑了所有的这些事情后，我为你对我们的不信任而感到惊讶，我愿意洗耳恭听，是谁这么有说服力可以让你相信我们在对你意图不轨。"

克利阿科斯说完这些话后，蒂萨弗尼斯回答说："克利阿科斯，我很高兴听到你说的这些判断正确的话语。因为如果你企图对我不轨的话，你也同时成了你自己的敌人。但你要相信一点，你没有合适的理由来对国王或者我产生不信任，现在轮到你听我说了。如果我们想要消灭你们的话，难道对于你们来说我们看上去缺少骑兵或步兵吗？难道我们缺乏作战装备吗？又或者说，难道我们看上去缺乏有利的地理条件来攻击你们吗？有那么多的平原，居住在这些平原上的土著居民都对我们很友好，难道我们不能让你们穿越平原时举步维艰吗？难道你们在前面不用穿山越岭吗？我们可以提前占领这些山岭，让你们过不去。一路上我们还渡过了许多河，如果我们愿意的话，我们是有很多机会除掉你们的。其实，要不是我们给你们留出通道，有些河流你们根本过不去。假如我们在所有的这些方面都受到阻碍，但至少我们可以用大火烧掉土地上的农作物；这样就算你们有最勇猛的士兵，也禁不起饥荒战。我们有如此多的方法可以与你们作战，而任何一种方法都不会给我们带来危险，那么我们怎么会选一种在神灵看来不虔诚、在人们看来可耻的方法呢？总而言之，只有那些没有条件和资源且同时没有原则的人在不得已的情况下，才会通过违背在神灵面前发过的誓言和失信于人来达到目的。克利阿科斯，我们还不至于如此愚蠢或者轻率；或者，当我们有机会消灭你们时，我们为什么没有这样做呢？你要确信一点，我们没有这样做的原因是我想证明我自己对希腊士兵是守信用的，并希望希腊军队看在我帮他们的份儿上也可以协助我，因为在居鲁士远征时，他仅仅因为给过希腊军队军饷就彼此建立起了信任。关于你们可以帮助我的那些细节，你已经列举其中的一些，而只有我自己才知道你们可以给我的最大的帮助是什么。因为尽管只有国王才被允许戴王冠，但也许在你们的帮助下有另一个人比他更适合坐上王位。”

在克利阿科斯看来，蒂萨弗尼斯是用真心在说这些话。他回答说：“那么，当我们彼此之间有着深厚的友谊，那些试图通过诽谤让我们为敌的人难道不应该得到最严厉的惩罚吗？”“哦，那么，”蒂萨弗尼斯说，“如果你带着所有的将领们和长官们到来，我将会公开地告诉你们是谁告诉我，你们意图对我和我的军队不轨这个消息的。”“我会把他们全部带来，”克利阿科斯说，“就我而言，我会让你知道我是在哪儿听到你要与我为敌的消息。”这次对话以后，蒂萨弗尼斯对克利阿科斯更是礼貌有加，他还要求他留下来吃晚饭。

第二天，克利阿科斯回到营中，表示他已和蒂萨弗尼斯建立起最友好的关系，并陈述了蒂萨弗尼斯的建议。他还说蒂萨弗尼斯要求去的人必须去见他，还说任何被证明有诽谤罪的希腊人和对希腊军队不怀好意的人都将会以叛徒的罪名加以惩处。他怀疑是梅浓做的这些事情，因为克利阿科斯知道梅浓曾在阿里柔斯的陪同下与蒂萨弗尼斯见过一次，梅浓正组建一个党派来密谋反对他。梅浓这样做的目的就是想把全部的军队拉拢到他那一边，这样他就可以得到蒂萨弗尼斯的友谊了。克利阿科斯同样也希望所有的军队都拥戴他自己，把令人烦恼的对手清除掉。

一些士兵反对克利阿科斯的提议，强烈主张所有的将领和长官都不该去见蒂萨弗尼斯，而且说他们不应该信任蒂萨弗尼斯。但克利阿科斯以极大的热情提议大家去，直到最后他成功地说服了五位将领和二十位长官和他一起去，还有其他的一些士兵也跟随他们去。他们一行大约二百人没带武器就去了，就好像是去赶集一样。

当他们抵达蒂萨弗尼斯的营帐外时，五位将领也就是彼奥提亚人普罗克西努斯、塞萨利人梅浓、阿卡狄亚人阿基亚斯、拉西第蒙人克利阿科斯和亚加亚人苏格拉底，被邀请进入营帐，而长官们在门外等候。

不久，在同一信号下，营帐里面的人被抓起来了，营帐外面的人被残杀了。随后，立刻有一队波斯骑兵驰骋平原杀死他们碰到的每一个希腊人，无论是奴隶还是自由人。

希腊军队从他们的营地观察到这些骑兵的动静时感到十分惊讶，并想知道这些骑兵在干什么，直到腹部受伤手托肠子的阿卡狄亚人尼卡尔胡斯逃回营地告诉他们事情的经过。于是，希腊士兵们在一种恐慌的状态下跑向他们的武器，以为敌人马上就要进攻他们了。但不是所有的敌人都来了，只有居鲁士曾经最信任的几个朋友阿里柔斯、阿尔陶组斯和弥特拉达特来了。希腊军队的翻译人员说他看见和他们一起来的还有蒂萨弗尼斯的弟弟，还有其他三百个穿着盔甲的波斯人随侍他们。当他们到达营地时，他们要求见希腊军队的司令或将领，因为他们是来传达国王口信的。于是，希腊军的将领奥尔科美努斯人克里安诺、司腾法利亚人索菲涅图斯小心谨慎地来见他们，一同前来的还有雅典人色诺芬，因为他想知道关于普罗克西努斯的消息。至于客里索普斯，他刚好没在，到一些村庄寻找食物去了。

他们在刚可以听到对方说话的地方停了下来，阿里柔斯对他们说："希腊士兵们，克利阿科斯被发现违背了誓言和违反了休战协定的条款，他已经得到他应得的惩罚被处死了。普罗克西努斯和梅浓，因为揭发了克利阿科斯的背叛行为而成为有功之臣。国王要求你们交出武器，他说你们的武器属于他的臣子居鲁士也就是属于他。"克里安诺代表希腊军队回答说："阿里柔斯，你是最邪恶的人，还有你们其他以前也是居鲁士朋友的人，难道你们对神灵和别人都不在意了吗？你们曾经发誓说我们的朋友或敌人就是你们的朋友或敌人，而现在你们竟然和最邪恶最没有道德的蒂萨弗尼斯一起谋害了曾与你们一起发誓要彼此忠诚的盟友，并且抛弃了我们之后，又和我们的敌人串通起来对付我们。”阿里柔斯回答说：“我们早就发现克利阿科斯想背叛蒂萨弗尼斯和奥戎塔斯，还有我们所有和他们在一起的人。”关于这一点，色诺芬回答说：“如果克利阿科斯违背了誓言，违反了休战协定的条款，那么他应该受到惩罚。至于普罗克西努斯和梅浓，他们是你们的恩人和我们的将领，请派他们到这里来。因为很明显，他们是我们双方共同的朋友，他们会试图给出对我们和对你们都好的建议。”对于这个提议，那些波斯人商量了一会儿，没有作出任何回答就离开了。

第十六章　五位将领各自的性格

将领们被抓之后，带到国王那里被斩首处死了。克利阿科斯是其中之一，所有认识他的人都同意的一点是，他显然是一个非常擅长打仗的人且非常喜欢军事事业。只要拉西第蒙人和雅典人交战，他始终在为他的国家服务。而当和平时期到来时，他就诱导政府相信色雷斯人在残害希腊人民，说服监督官们同意他的观点后，他就从家乡乘船出发，向居住在刻尔索尼斯半岛和佩林图斯半岛上的色雷斯人宣战。

但当他走后，监督官们由于某种原因改变了主意，他们设法迫使他从地峡[①]转回来。他没有服从他们的命令，而是远航去了赫勒斯滂。于是，斯巴达的大法官因为他的抗命行为判了他死刑。

然后，他就开始流亡他国投奔了居鲁士。居鲁士送给他一万达里克，一接收这笔钱，他没有让自己无所事事地挥霍，而是用这笔钱组织军队向色雷斯人宣战并打败了他们，然后掠夺破坏，继而又四处作战，直到居鲁士需要他的军队，他就去了居鲁士那里，想着可以和居鲁士合作又一次发动战争了。

---

① 地峡，海洋中连接两块较大陆地与半岛间的狭窄地带。——译者

赫勒斯滂，即今达达尼尔海峡，是黑海进入地中海的战略要地。图为达达尼尔海峡

对于喜欢战争的人来说，当他本可以生活在没有耻辱和损失的和平年代时，他更偏爱生活在战争年代；当他本可以轻松地过日子时，他自愿为了军事冒险行动而不辞辛苦；当他本可以安享富贵时，他宁可选择通过参与战争来花掉积蓄。

实际上，克利阿科斯是因为他的爱好才将钱投入战争上，就像他花钱去追求风流快活或其他的乐趣一样。他喜欢战争已经到了这样的地步。并且，他看上去也具备从事军事事业的条件，因为他喜欢冒险，愿意为了攻打敌人而夜以继日地行军，并能在困苦的环境下保持镇定，那些和他在一起的人都一致承认他的这些特点。

至于调兵遣将，据说他的性情和能力都使他在这方面能够胜任。因为他很擅长计划怎样让军队找到并获取食物，在这方面没人能超过他。而且，他总能让周围的人服从他。他是靠严格来做到这一点的。他的表情和声音都很严厉；他总是暴力地惩罚他人，有时候，是在生气时，所以他可能会后悔自己对别人的惩罚。

他也根据原则来实施惩罚，他认为没有惩罚，军队的纪律就不会严明，也就没有战斗力。据说他还说过这样的话：如果一个士兵可以站好岗位或者对朋友忠心或者能毫不犹豫地向敌人进军，那么他应该比害怕他的敌人更害怕他的长官。

所以，在危险的情况下，士兵们都愿意服从于克利阿科斯，而不希望有别的领导者。因为士兵们说他面容上的严厉呈现出一种乐观，他的严厉中有一种面对敌人时的无所畏惧，所以，他的这种表情似乎暗示着安全而不是严酷。

不过，当士兵们脱离险境且可以随意去其他将领那儿时，他们大部分都弃他而去。因为他身上没有其他吸引人的地方，而总是令人生畏、令人厌恶，所以士兵们对他的感觉就像小伙子们对他们的主人的感觉一样。

因为这样，没有人是出于与他的友谊或对他的喜欢而追随他，尽管那些因为国家的指派来追随他的人，或那些因为种种不得已的原因而追随他的人都对他很顺从。

当士兵们在克利阿科斯的带领下开始打败敌人取得胜利时，许多随之发生的事件都证明他的军队里都是优秀的士兵。因为他们面对敌人的自信发挥了作用，并且他们对克利阿科斯惩罚的害怕也使得他们严格地遵守纪律。这就是克利阿科斯作为司令官的性格。但据说他决不心甘情愿地被他人指挥。当他被处死时，他的年龄大概是五十岁。

彼奥提亚人普罗克西努斯小时候就希望长大后能够成为一个干大事的人。为了实现愿望，他请了戈尔基亚来教导他。当他和戈尔基亚待了一段时间之后，认为自己有了治世之才，如果被大人物倚重，就能大展宏图以回报，于是就参与了居鲁士的大事，期望通过做这件事来获得名誉、影响和财富。

不过，尽管他热切地希望拥有这些东西，但是也明显地表现出他不愿意通过做不公正的事情来得到这些。他认为他应该通过正当的方式来获得它们。

他确实能指挥那些遵守纪律且性情很好的士兵，但他不能让普通士兵尊重或害怕他，他甚至更敬畏那些他手下的人，而不是他们敬畏他。很明显，比起士兵们不服从他，他更害怕士兵们不喜欢他。

他认为做长官只要对那些表现好的士兵给予表扬，而对那些违法者不给予表扬就足够了。所以，他的追随者们都是一些正直而可敬的人，他们也都很喜欢他，但那些不正直的人总陷害他，因为他很容易被别人操控。当他被处死时，他的年龄大概是三十岁。

至于塞萨利人梅浓，他总是渴望做军队的指挥官，这样就可以得到更多的报酬；他也渴望名誉，这样就可以得到更多的额外的补贴，从这些可以看出他对财富的贪求。而且他还希望和有权力的人交好，这样当他犯错时就不会得到惩罚。

他认为要完成他的愿望的捷径就是通过背信弃义、谎言还有欺骗，而真诚和说实话的人都是愚蠢的。显然，他对任何人都没有感情，至于那些他声称是朋友的人，他心里明明白白地在算计着他们。他从来不嘲弄敌人，相反他和他的同伴们说话时好像总在取笑他们。

他从不去图谋敌人的财产，因为他认为敌人在防着他，要夺走他们的东西将会很困难，而把他自己看作唯一明智的人，好像只有他一人知道从毫无防备的朋友那里夺取财产是很容易的一件事。

他害怕那些背信弃义、不正直的人，就好像他害怕有武器的人一样。但他总是把那些虔诚的、相信真理的人当傻子一样欺负。就像其他人为信仰、真理和正义而感到自豪一样，梅浓为自己擅长欺骗、编造谎言和嘲笑朋友而感到自豪，而且他认为诚实的人缺乏对世界的了解。如果他希望成为一个人的朋友并想在那个人心中占据朋友中的第一位的话，他相信通过诽谤本来占第一位的人，就可以赢得第一。

他通过同流合污来使士兵服从于他。他期望得到别人的敬重和奉承，否则他会用他手中的权力来让那些不敬畏他的人遭受莫大的痛苦。对于离弃他的人，他提到那个人时会说，他应该在那个人还没有离弃他之前就将他毁掉。

当然，在不清楚的事情上人们可能误解了他。但尽人皆知的事实如下：当他正值年轻气盛的时候，他从阿里司提普斯手中得到了雇佣兵的长官位置。他也在年轻的时候就和阿里柔斯极端亲密，因为阿里柔斯这个蛮人喜欢长得俊的年轻人。他也是在乳臭未干的年纪成为年近中年的塔里帕斯最喜欢的人。

当其他将领因为曾经跟随居鲁士向国王进军而被处死时，尽管他做过同样的事情，可他没有和他们一起被处死；当其他将领都被处死后，他被国王施加了惩罚后才死，而不是像克利阿科斯和其他将领一样被砍头处死，这显然是最利索的死法；他像罪犯一样被活活折磨一年后，最终还是死了。

阿卡狄亚人阿基亚斯和阿加亚人苏格拉底也被处死了，从来没有人说他们在战争中缺乏勇气或指责他们对朋友的行为。他俩死时都只有三十五岁。

卷三

第十七章 色诺芬对长官们的演说

在前面两卷中，我们已经讲了从希腊军开始随居鲁士远征到战争发生期间希腊军做了什么、居鲁士死后发生了什么事、希腊军什么时候开始按照休战协定和蒂萨弗尼斯一起出发回乡。

当五位将领沦为阶下囚和随他们一起去的长官和士兵被杀害以后，希腊军队陷入巨大的困惑之中，想着他们离国王的宫殿也不远，他们周围都是对他们有敌意的国家和城市，也没有人会为他们争取购买食物的机会了；他们离希腊还有一万司塔迪亚姆，没有人再为他们当向导，无法通行的河会截断他们的去路；那些曾随居鲁士而来的波斯军队也离弃了他们，他们只能孤军奋战。所以，可以确定的一点是，即便他们打败了敌人，他们也杀不了一个敌人；而如果他们被打败的话，他们中将无一人生还。想着所有的这些处境，他们都很灰心。那天晚上，大家都食不知味，也没有人点起火把，许多人都没有到堆放武器的地方去，而是把武器放下，走到哪儿就歇在哪儿。因为悲伤，也因为渴望回乡、思念家人，他们都没有睡意，他们甚至觉得再也不能期望见到家人了。在这样的一种状态下，他们各自休息了。

军队中有一个雅典人色诺芬，他在军队里既不是将领也不是长官，但也不同于普通的士兵，当时是他的朋友普罗克西努斯派人去请他前来的，并向他承诺如果他来的话，他就向居鲁士举荐他。普罗克西努斯还说，和居鲁士一起干事业会比色诺芬在自己的国家做事更有出息。色诺芬一收到普罗克西努斯的来信就询问阿加亚人苏格拉底，他是否可以加入远征队伍。苏格拉底担心如果他与居鲁士亲近，别人会以此为借口控告他叛国，因为大家认为居鲁士曾热心地帮助拉西第蒙人攻打雅典人，所以他建议色诺芬去德尔菲向神明请教。

于是，为了成功而体面地完成他预期的旅行且在顺利地完成以后能安

德尔菲是所有古希腊城邦共同的圣地。图为神庙遗址

全回来，色诺芬就去了德尔菲询问他信仰的阿波罗神。阿波罗的神谕是他应该向合适的神灵献祭。他从德尔菲回来后将神谕告诉了苏格拉底，苏格拉底听了后，责备他没有首先询问阿波罗去与留哪个更好，而是自己已经决定要去，而询问怎样能更顺利。他说："既然你已经这样问，就必须按照神灵的指示去做。"

接着，色诺芬向神灵献祭之后就开始起航并在萨迪斯遇见了普罗克西努斯和居鲁士，他们刚好要开始行军，普罗克西努斯向居鲁士引荐了色诺芬。普罗克西努斯希望色诺芬会和他们一起去，居鲁士也是这么想的，并且说只要征程一结束，他们就会送他回家。当时说的远征是为了向庇西狄亚人进军。

色诺芬就这样被骗加入了这项事业，但他并不是被普罗克西努斯骗的。因为普罗克西努斯也不知道远征是为了向国王进军，除了克利阿科斯之外的其他希腊将领也不知道。

不过，当他们到达西里西亚时，每个人都开始觉得他们的军队是要向国王进军。尽管他们害怕前路漫漫，并且也不愿意前行，但希腊军队中的大部分人出于对彼此和对居鲁士的尊重还是继续追随他。这些人当中也包括色诺芬。

当陷入现在这种困难的形势下，色诺芬和其他希腊士兵一样都很忧虑，夜不能寐，不过最后他还是睡着了一会儿，并做了一个梦，梦里面暴风雨中一道闪电击中了他父亲的房屋，结果导致房屋处于一片火光之中。

他被吓着了，立刻从梦中惊醒了。他认为，一方面这个梦是个好预兆（因为在困难和险境中，他似乎看到了朱庇特带来的一束光）；但另一方面这个梦也使他惊恐（因为这个梦似乎来自国王朱庇特，并且大火在他的周围燃烧着），担心他不能逃出国王的领土，而被无法摆脱的重重困境从各个方向包围。

朱庇特相当于古希腊神话中的宙斯。图为《朱庇特与忒提斯》，安格尔作于1811年

但这个梦到底预示着什么，我们可以从后面发生的事情来猜测。接着发生的是这件事。色诺芬醒来之后，脑袋里出现的想法就是："我为什么躺在这里？夜晚在逐渐消逝。当白天到来时，敌人很有可能就追上来了。我们一旦落入国王手中，在目睹我们同胞遭受剧烈的痛苦，而我们自己也忍受严重的折磨之后，还有什么能阻挡我们的死路？但是没有人惦念我们的安危，我们静静地躺在这里就好像我们可以无忧无虑地休息一样。那么，我应该从哪座城市盼来一个将领来拯救我们呢？我希望自己活到多大的年岁呢？如果我今天就向敌人投降的话，很肯定的一点是，我的年龄再也不会变大了。"想到这些以后，色诺芬站了起来，把普罗克西努斯手底下的所有长官聚集在了一起。

当大家都聚在一起后，色诺芬说："长官们，我睡不着了，我想你们也睡不着吧。当我想到我们现在的处境，我连躺都不想躺了。很显然，在敌人还没有周密地安排好他们的计划之前，他们还不会公开地向我们显示敌意；但我们这边还没有人考虑我们该怎样做才能最大限度地与他们抗衡。如果我们玩忽职守落入国王的控制之中，我们就有的是罪受了。国王对他同父同母的弟弟都可以砍头剁手，并且在其死后将其钉在木桩上。这样残忍的人，他还有什么事情做不出来呢？我们向国王进军是为了让他臣服于居鲁士，如果是他落入我们手中，我们也会处死他，现在我们也没有亲属帮我们说话，你们觉得他会放过我们吗？难道他不会绞尽脑汁让我们沦落到最悲惨的境地吗？这样做能震慑到所有想和他交战的人。不过，我们必须想出各种办法来避免落入他的手中。于我自己而言，当休战协定有效的那段时间，我一直认为我们自己是值得同情的对象，而国王和他的臣民是让人羡慕的对象。因为我思忖着他们拥有那样广袤和富饶的一个国家，有丰富的食物来源，有许多的奴隶和牲畜，有大量的金币和服饰；而另一方面，当我想到我们自己士兵的条件，我们没有分享他们所有的这些好东西，而只能通过买才能得到一些，而且几乎没有人能长时间地买来享受，我们的誓言也限制我们只能通过购买来得到食物。有时候，把所有的这些事情放在一起考虑，我觉得比起害怕与他们交战，我更害怕与他们和平相处。既然他们停止了休战协定，他们的傲慢和我们的猜疑似乎也同样地告一段落了。我前面提到过的有利条件就像是放在双方之间的战利品一样，谁更强大谁就先得到；而众神灵是这场竞赛的裁判，他们是公正的，所以他们会站在我们这边。因为敌人由于违背誓言而冒犯了他们，尽管我们看到许多好东西也想要，但我们遵照誓言坚决地抵制住了这些诱惑。所以，在我看来，我们应拥有更强的自信来与他们战斗。此外，我们的身体比他们的身体更能忍受严寒、酷暑和艰苦的条件；有了众神灵的庇护，我们也比他们拥有更坚毅的意志力。如果神灵们像以前那样让我们成功的话，敌人会比我们更容易遭受伤残和死亡。你们中的一些人可能也拥有同样的想法，那么，让我们不要等其他人来劝告我们做高尚的事情，而是我们自己首先激励他人来发挥他们的英勇。去证明你们自己就是最勇敢的长官，去证明你们比那些指挥官更适合做指挥官。至于我，如果你们走在前面的话，我愿意跟随你们，或者，如果你们任命我为指挥官，我也不会因为我年轻而推托，相反我会认为我足够成熟可以保护我们，免受伤害。”

长官们听了色诺芬的分析后都希望他成为他们的指挥官，只有一个叫阿波罗尼德斯的人不是很服气。他说话的方式像彼奥提亚人，他说：“任何人只要他断定可以不通过国王的同意而通过其他方式获得安全的话，他就是在胡说八道。”同时，他开始列举他们周围的种种困难。但色诺芬打断他说道：“你是最奇妙的人啊！你既不明白你看到的，也不记得你听到的。你现在所站的位置，就是当时国王派人来让我们交出武器的地方。当我们拒绝交出武器，而且还武装好自己，还在国王扎营的对面扎营，难道他没有想尽各种办法派代表团来要求停战，并给我们提供食物直到我们签下停战协定？但另一方面，当我们的将领和长官相信休战协定对他们的约束而没有带上武器就去和他们协商时，正如你现在建议我们去做的，难道他们没有被打被羞辱致死吗？难道发生这么多事情之后，你还说那些劝告我们想其他办法来保护自己的人是在胡说八道吗？难道你建议我们再次去说服国王帮我们吗？长官们，在我看来，我们不能再让这个人留在我们军中了，而应该革除他的职务，让他带着他的行李去按照他自己的办法自救吧。因为他给他自己的国家也给所有的希腊人丢了脸，作为一个希腊人，他居然是这样的一种性格。”这时，司腾法利亚人阿加西亚发话了：“但这个人肯定和彼奥提亚人或希腊人都没有关系，因为我注意到他的两只耳朵像吕底亚人一样都钻了孔。”事实也正是如此。于是，他们把他驱逐出了军队。

余下的人开始到不同的军队去召集将领，将领还幸存的就召集将领前来，将领已死的就召集副将领前来。当所有的人聚集在一起之后，将领和长官大约是一百人，他们就在堆放武器的地方席地而坐。会议开始时已经是午夜。

伊利斯人希罗尼穆斯是普罗克西努斯手下年龄最大的长官，他第一个发言说：“将领们、长官们，我们现在应当聚在一起考虑我们现在的处境，召集大家前来就是为了想出一个计划来为我们谋利。色诺芬，你能第一个发言告诉大家你对目前形势的分析吗？”于是，色诺芬说：“我们都意识到的一点是，国王和蒂萨弗尼斯已经让我们中尽可能多的人沦为阶下囚了。很显然，他们现在也想对我们余下的人图谋不轨，如果可能的话，他会让我们都去死。但在我们这边我认为我们应该采取一切办法来避免落入他们手中，如果可能的话，应让他们落入我们手中。那么，现在聚在一起的所有将领和长官们，你们要确定一点，你们身上有一项最重要的责任，因为所有的士兵都指望你们了。如果他们看到你们委靡不振，他们也会意志消沉，但如果你们看上去都胸有成竹，并且劝告其他人也做好准备，那么我确定士兵们会跟随

彼奥提亚士兵

你们并努力地去效仿你们，也许你们应该比他们展示出更多的优势才对。因为你们是他们的将领和长官，而且，当处于和平时期时，你们拥有的财富和荣誉比他们多，那么现在，当战争发生时，你们应该证明你们比他们更优秀，要带头为大家想办法，并且如果有需要的话，你们应带头吃苦。首先，如果你们尽快地选出将领和长官来填补死去的将领和长官的职位，那么我认为你们就对军队做了一件非常有益的事情。因为没有指挥官，军队就没有胜仗可言。好的秩序有益于安全，缺乏秩序是军队的致命伤。其次，当你们选好了军队需要的所有官员时，我认为如果你们能集合在一起激励所有的士兵，你们就做了一件非常合时宜的事情。因为我自己还有你们也许也注意到了，士兵们来堆放武器的地方时，心情是沮丧的，士兵们站岗时也是沮丧的，当他们处于这样的一种状态时，不管是在白天还是夜晚，我不知道他们还能为军队做些什么。但如果有人能改变他们思虑的方向，让他们不再想他们可能会受什么苦，而是去想他们能够做什么，那么他们就会更热心地去行动。因为你们都确定一点，在战争中取胜并不是靠军队的数量和实力，而是哪一方的军队向敌人进军时带着更多的坚定的勇气，他们的敌人就抵挡不住他们的进攻。同胞们，我也曾说过，那些致力于在田间劳作来养活自己的人最后多半都是默默无闻地死去，而那些把死亡看作寻常的不可避免的事情且想通过参战以求死得光荣的人大部分最后都活到很大的年纪，而且活着的每一天都是幸福的。意识到这些事实以后，我们理所当然地应该在恶劣的环境下证明我们自己是勇敢的士兵，同时劝告其他人也像我们一样勇敢。”说完这些话以后，他停下来了。

接着，客里索普斯又说：“色诺芬，以前除了听说你是雅典人之外我对你一无所知，但现在我必须为你所说的话和所做的事赞扬你，我希望有更多的人像你一样。因为那样对所有人都好，现在，”他继续说，“同胞们，让我们不要耽误，而是立刻选出指挥官，当你们选好之后带着你们选上的人来到营中心，然后我们要召集剩余的士兵来到这里。让传令官托尔米德和我们一起。”他一边说着，一边站了起来，因为这项措施不能耽误，必须马上执行。于是，五位指挥官选好了达达尼亚人提马宋填补了克利阿科斯的职位，阿加亚人赞提克里斯填补苏格拉底的职位，阿卡狄亚人克里安诺填补阿基亚斯的职位，阿加亚人斐利修斯填补梅浓的职位，色诺芬填补普罗克西努斯的职位。

第十八章　新任将领安排行军

当选好了将领们，黎明已来临，他们聚在营中心，安排了哨兵去前哨站，然后召集士兵前来。当剩余的部队走近后，拉西第蒙人客里索普斯第一个站起来发言："士兵们，我们现在的处境很艰难，因为我们失去了能干的将领、长官和士兵，因为我们以前的盟友阿里柔斯离弃了我们。但我们要像勇者一样将我们自己从这些困境中解救出来，不要丧失勇气，而要努力打败敌人来救我们自己。如果我们不能自救，那么我们死也要死得有尊严，只要我们还有一口气在，我们就绝不让自己落入敌人手中。因为我认为一旦落入敌人手中，我们要受痛苦的折磨，我希望神灵们会把这样的折磨加诸敌人身上。"

紧接着，奥尔科美努斯人克里安诺站起来发言："士兵们，你们也看到了国王对我们的背信弃义和对神灵们的不敬，你们也同样见证了蒂萨弗尼斯的背信弃义，在告诉我们他作为希腊邻国的市民把帮助我们看作他的一项权利之后，在举起右手发誓不背弃我们之后，他骗了我们的将领还让他们成为囚犯。他甚至对好客之神朱庇特表示不敬，通过在餐桌上款待克利阿科斯这种方法来诱骗、毁灭克利阿科斯。阿里柔斯也是如此，我们曾主动提出尊他为王，也和他发过誓言不会彼此背叛，但他既不敬畏神灵，也不尊重居鲁士给他留下的回忆。尽管居鲁士活着时是那样地器重他，他现在也倒向了居鲁士最痛恨的敌人那边，并想方设法折磨居鲁士的朋友。不过，神灵们一定会惩处这些大不敬的人。对我们来说，所有这些事情历历在目，现在我们义不容辞的责任就是再也不要让我们自己被他们欺骗；相反，我们要勇敢地与他们打到底，要耐心地忍下去直到命运之神眷顾我们。"

然后，色诺芬站了起来，他穿上了最好的战甲，想着如果神灵让他们胜利的话，最好的装备也和成功相得益彰；而如果战死沙场的话，穿上最好的战甲也能体面地死去。他说："克里安诺已经说过那些人背信弃义的行为，我想你们也清楚地意识到了这些。那么，如果我们想再次和他们交朋友，我们肯定也不再信任他们，因为我们看到了我们的将领由于信赖他们而落入他们手中所遭受的痛苦。如果我们打算拿出武器来报仇，并且全面地与他们交战的话，在神灵的帮助下，我们更有理由相信我们会获得安全。"当他说着这些话的时候，有个人打了个喷嚏，士兵们听到后都开始崇拜朱庇特。色诺芬继续说："士兵们，既然当我们说到安全的时候，朱庇特的预兆就出现了，那么在我看来，我们应该向神灵发誓，我们会在我们到达的第一个友好的国家向他献祭；而且我们应该发誓，我们同时也会尽我们所能为其他的神灵献祭。谁觉得这个提议合理的话，请举起你的手来表示赞成。"所有的人都举起了手，然后他们说了誓言并唱起了赞歌。当完成仪式后，色诺芬重新开始说："我刚才说到了我们有理由相信我们会获得安全。首先，我们遵守了我们向神灵发过的誓言，而敌人违背了誓言，打破了停战协定和他们的誓言。事实既然如此，神灵们自然会站在我们这边而对敌人不利。无所不能的神灵们，只要他们愿意，他们随时可以让强大的军队很快变得衰弱，也能够毫不费力地拯救弱小的军队，即使他们处于极度危险之中。其次，我要让你们回想起我们的祖先曾遇到的险境，这样你们就会意识到你们应该和他们一样勇敢，我也会告诉你们勇敢的人们是怎样在神灵们的帮助下脱离巨大的困境而生存下来的。因为当波斯人与其他的人组成一支庞大的军队像是要把雅典从地球上铲除一般时，雅典人勇于和他们对抗到底，最后将他们打败了。他们向阿尔忒弥斯发誓说，他们杀掉多少敌人就会向她献祭同样数量的山羊，由于没有足够多的山羊供他们献祭，他们决定以后每年献祭山羊五百只，直到今天，他们仍然在向她献祭。同样，当泽尔士聚集了大量的部队向希腊第二次进军时，我们的祖先在那样的情况下也击败了那些异族人的祖先，他们获得的战利品仍然被视为他们功绩的纪念物。但最好的纪念物是各个城邦的自由，你们就是在这些城邦里出生长大的，因为这样，你们才不用对任何人顶礼膜拜，只需敬奉神灵。你们就是这样的祖先的后代。

“我的意思不是说你们不尊重他们。你们前不久才在战场上与异族人的后代交战，并且在神灵的帮助下打败了数量多出你们许多倍的异族军队。在那个时候你们为了帮居鲁士夺得王位而勇敢地战斗；现在，当你们是为你们自己的生命而战斗时，你们应该变得更勇敢、更果断。现在，你们应更加自信地与敌人对抗。因为即使是那时候，在与他们较量之前，你们看到了他们无数的军队出现在眼前时，你们像你们的祖先一样敢于向他们进攻；而现在你们有了与他们交战的经验，了解到即使他们军队的数量是你们的许多倍，可面对你们的冲锋还是会退缩，那么你们还有什么理由去害怕他们呢？以前站在我们这边的居鲁士的军队现在离开了我们，不要觉得这对我们不利，他们比你们打败的人还要胆小懦弱，他们离弃我们而逃向异族军队，这样喜欢逃跑的人比起留在我们军中还是在敌人那边比较好。

“此外，如果你们当中还有人因我们没有骑兵而敌人有大量的骑兵感到灰心的话，细想下，一万骑兵不过是一万士兵，因为没有人在战场上会被马咬死或踢死，在交战中还是人起关键作用。毫无疑问的一点是，我们比骑兵

泽尔士是波斯帝国的国王（前 485—前 465）在位。图为其雕像

有更好的支撑点，他们骑在马上，不仅害怕我们攻击，还担心会从马上摔下来，而我们站在地上攻击他们更能使出力气，也更能击中目标。其实，骑兵只在一方面有优势，那就是他们逃跑时会逃得比较快。

“如果你们有勇气去战斗，只是想着蒂萨弗尼斯不再给你们当向导、国王不再给你们提供食物而感到不安，那么你们细想一下，让蒂萨弗尼斯给我们当向导是否真的好。显然他是在密谋消灭我们，这样还不如我们自己抓几个人来迫使他们给我们当向导，因为抓来的人知道带错了路就是在和他们自己的性命开玩笑。至于食物，你们想一下是我们用大量的钱财去购买他们提供的少量食物好，还是我们通过打完胜仗想拿多少食物就拿多少好？

“此外，如果你们认为这些事情都会好起来，但还是担心无法通行的河流会截断去路，想想那些异族人有没有带我们走最正确的路。因为所有的河，尽管在远离源头的地方无法通行，但我们走到河的源头去的话，就能涉水而过，水深甚至不超过我们的膝盖。即便是河流不能通行，也没有向导来指引我们，我们仍然没有必要陷入绝望。因为米西亚人违背国王的意愿在其领土上许多又大又富的城市里定居了下来，我们知道庇西狄亚人也是如此，而且我们自己也看到了拉哥尼亚人在平原上占有根据地之后也享用着这些异族人土地上的农产品，我建议我们现在不要让别人看出来我们急于回国，而表现出我们打算在这里的某个地方定居下来。因为我确定国王现在愿意给米西亚人安排许多向导，并且给了他们许多抵押品以确保他们安全回国，甚至还为他们修路，尽管他们应该要求坐四轮马车回国；同样，如果国王看见我们打算留在这里，我深信他也十分乐意为我们做同样的事情。但我担心如果我们学会在这安享生活、自娱自乐，并且还和米底亚女人及波斯女人通婚，我们就再也不会想回家了。所以，在我看来，合理而公正的决定是，我们应该首先试着回到希腊，回到我们家人身边，让我们的国民了解他们是自甘贫穷，因为那些在家乡无法维持生活的人到了这里都发家致富了。在这件事上我无须多说，大家都很清楚好处永远都归于征服者。

“我必须向你们建议我们以何种方式才能最安全地前行，以及如果要交战的话，怎样交战才能对我们最有利。那么，首先，”他继续说，“在我看来，我们应该烧掉所有的四轮马车，这样牲畜就不会影响我们的行军速度，而且无论我们行军到哪里都很方便；然后我们也应该烧掉营帐，因为营帐带起来很麻烦且对打仗和获取食物都无益处。同样我认为应该把剩下的行李中那些不必要的东西扔掉，只保留那些对战争有用的东西和食物，这样一来，我们就有尽可能多的人进入备战状态而尽可能少的人看管行李。你们也了解被征服的一方拥有的一切财产都是征服者的。如果我们胜利了，我们应该把敌人看作我们的行李搬运工。

“现在只剩下一个最重要的细节需要我提一下。你们也清楚敌人是直到抓住我们的将领后才公开地向我们宣战，想着只要我们有将领并服从于将领，我们就会在战场上处于优势地位；而当我们的将领被抓走之后，他们期望我们因为缺乏指引和纪律而自生自灭。所以，我们现在的指挥官要做到比以前的将领更具有警惕性，而其他的下属要比以前更加遵守纪律、更加服从命令。如果你们现在作出一项决议，不管是谁偶然遇见有人不服从命令就告诉他的长官让他接受惩罚，那么敌人就会大失所望了。因为就在决议通过的那一天，他们就会看见一万个而不是一个克利阿科斯出现在眼前，克利阿科斯从不允许任何一个士兵胆小懦弱。现在我的演讲结束了，也许在下一秒，敌人就会接近我们。所以，大家认为这些建议合理的话，请立刻举手表示认可，这样我们就可以马上付诸实施。如果还有谁有更好的建议，即使他只是一个普通兵，也请勇敢地站出来说出你的想法，因为安全问题是我们大家共同关注的问题。”

客里索普斯接着说：“除了色诺芬的这些提议之外，应不应该需要其他的措施，我们迟早会提出来。我认为我们应该马上给色诺芬的建议投票来正式通过这些最好的提议。大家认为合理的话，请举手示意。”所有的人都举手表示同意。然后，色诺芬又站起来说：“士兵们，听着，除了我刚才所说的那些建议之外，我们现在必须行军去某个地方找到食物，我听说不足二十司塔迪亚姆之外有一些看上去不错的村庄。如果我们开始行军时敌人就紧紧跟随我们，我不会觉得奇怪。但敌人就像追咬路人的癞皮狗，你反击它就逃之夭夭。我们可以让重甲士兵排成一个空心的四边形行军，这样置于四边形里边的行李和士兵就会比较安全。如果我们现在就决定好谁在四边形的前面控制行军速度、谁在两侧、谁负责后方的话，那么当敌人靠近时我们就不用担心，而能够按照安排好的计划行事。如果还有谁有更好的建议，我们就采用他的方法。如果没有，那么让客里索普斯走在前面带路，因为他是拉西第蒙人；让年龄最长的两位将领分别指挥两侧的军队；让最年轻的两位长官提马宋和我暂时负责后方军队。当我们试着这样行军一段时间后，再根据需要做调整。如果有谁想出了更好的计划，请说出来。”没有人反对，他又说：“赞成这些提议的请举手。”大家都同意这些提议。“现在，”他继续说，“是你们把这些决定付诸实施的时候了。谁想见到自己的亲朋好友，就去证明自己是一个英勇的人，因为只有这样才能实现那个目标；你们当中谁想继续活着的话，就要努力地去打胜仗，因为胜者才能杀别人而败者只有死路一条；如果你们当中有人想要战利品的话，那就尽力去为我们争取胜利，因为保存自己的财产、占有别人的财产是胜者的特权。”

第十九章　希腊军缺骑兵和投石手

当色诺芬发表完演讲以后，大家都站起来动身前去烧掉四轮马车和营帐；而且他们把不必要的行李也挑出来扔入火中。然后，他们就准备去吃早饭。

当他们正在吃早饭时，弥特拉达特骑马赶到他们跟前，和他一起的还有三十个骑兵，他要求将领们前来听他发言。他说："希腊人，正如你们所知道的，我是忠于居鲁士的；我现在倾向于站在你们这边。当我看到你们在为安危出谋划策时，我就带着我所有的士兵来加入你们。因为我是你们的朋友和支持者，并且愿意和你们一起行军，所以，请告诉我你们的计划。"

将领们一起商议了一会儿。客里索普斯代表大家发言："我们的决定是，如果没有人妨碍我们回国，我们就在回国的路上尽量不作出伤害；但如果有人在我们行军的路上与我们为敌，我们也会勇敢地与之较量为我们开出一条路。"

然后，弥特拉达特尽力说服他们在国王没有答应的情况下逃走是不切实际的。不过，现在大家断定他是国王暗中派来加害他们的。因为蒂萨弗尼斯的一位下属在他身边监督他是否忠心。结果，将领们认为不允许这些传令官介入战争才是上上策。因为这些人来了就试着让士兵们变得堕落，并成功地诱骗了一位长官阿卡狄亚人尼卡尔胡斯。当天晚上，他就带着二十个士兵逃跑了。

吃过早饭后，他们渡过扎帕塔斯河，按照商定好的阵势，辎重驮兽和随营人员在队形中心，起程上路。但在他们还没有走远时，弥特拉达特带着大约两百骑兵及大约四百弓箭手和投石手再次出现了，他们虽然是轻盾士兵，但都是现役部队。

他友好地朝希腊军前进，当靠近时，他的骑兵和步兵突然放箭，投石手也开始用投石器，希腊军中的一些人受了伤。

希腊军的后方部队被严重袭击了，并且没有任何反击。因为希腊弓箭手的箭射出去的距离没有波斯人的远，也因为他们是轻甲兵，没有重甲士兵保护；而且标枪兵投掷得也不够远，没有伤害到投石手。

看到如此情形，色诺芬认为追击敌人是上策，便带着和他在一起的重甲士兵和轻装步兵开始追击，但他们一个敌人也没能追上。因为希腊军没有骑兵，他们的步兵也追不上敌人的步兵。敌人的步兵在离希腊军还很远的地方就开始逃跑，他们想着希腊军不可能远离大部队来追击他们。

敌人的骑兵在撤退时还在向后射箭，希腊军又有一些人受伤。希腊军追多远，他们就撤退多远，而且一边撤退，一边放箭。这样一来，希腊军那一天的行军路程没有超过二十五司塔迪亚姆，不过到晚上，他们抵达了一些村庄。

在这儿，希腊军再次陷入沮丧中，年龄最长的将领和客里索普斯为色诺芬远离大部队追击敌人而责备他，因为色诺芬身处险境而对敌人没有任何伤害。

色诺芬听了后，承认他们责备得对，追击的结果也证明他们说的是对的。“但是，当我看到我军受到重创，我们却不能反击，我就不得已要去追击。不过，当我们开始追的时候，”他继续说，“结果却和你们说的一样。我们没有伤害到他们，而且撤回时十分艰难。所以，多亏神灵们的帮助，敌人并没有带大量的军队而是少量的部队来攻击我们，这样他们既没有对我们造成巨大的伤害，也让我们看清了我们需要什么。照目前的形势看来，敌人的箭射出的距离和石头投出的距离是如此的远，以至于我们的箭也反击了，用手投石头也打不到敌人。而且当我们追赶他们时，我们又不能远离大部队，即使是一个速度很快的步兵在一支箭所射的距离内，也不能追上另一个步兵。所以，如果我们要阻挡敌人让他们不能在我们行军路途中伤害到我们的话，就必须立刻配备投石手和骑兵。我听说我们军中有罗德斯人，有人说他们中的大部分都会使用投石器，而且他们的投石器投出的距离是波斯人投石器投出的两倍。波斯人的投石器如果投大石头的话，投出的距离很短，而罗德斯人知道怎样投掷像铅一样重的石头。那么，如果我们能查明他们当中谁有投石器并用钱买下来，而且同样给编制新投石器的人付钱，也给那些愿意当投石手的士兵一些其他的特权，那么一些人也许会主动要求成为投石手。同样，我也看到军中有马，一些是我的，一些是克利阿科斯留下的，除此之外，还有许多其他从敌人那里夺来为我们驮行李的马。如果我们把这些马聚集起来，让其他的普通牲畜来驮运辎重，并将这些马装备成战马，那么敌人在逃走时看到这些马也许会惊慌。”

大家同意了这些建议。那天晚上就有两百名投石手自告奋勇站了出来。第二天，五十位骑兵和五十匹战马也备好了，并配备了皮夹克和护胸甲，波利斯特拉图斯之子雅典人吕修斯被任命为骑兵总指挥。

第二十章　希腊军与波斯军斗智斗勇

停留了一天之后，第二天早上他们起得比往常更早一些接着前行。由于要通过一个洪流形成的沟壑，他们担心敌人会在他们走过沟壑时进行攻击。

他们还没有完全通过沟壑时，弥特拉达特再次出现了，这次他带了一千骑兵、四千弓箭手和投石手。他向蒂萨弗尼斯请求才得到了这么多士兵，还向蒂萨弗尼斯承诺如果他有这支队伍，就能把希腊军交到蒂萨弗尼斯手中。由于在之前的攻击战中，虽然弥特拉达特只有少量的军队，却没有损兵折将，所以他对希腊军有些轻蔑，并且还认为他给希腊军带来了巨大的困扰。

当通过沟壑的希腊军离沟壑有八司塔迪亚姆时，弥特拉达特也带着他的军队越过沟壑。他给轻盾士兵和重甲士兵都下达了追击的指令，并命令骑兵大胆行动，会有后续部队支持他们。于是，当弥特拉达特追上希腊军且投石器和箭开始伤到人时，希腊军听到了号角发出的信号，那些听到指令的士兵立刻向敌人冲锋，骑兵也同时向敌人冲去。

不过，敌人还没等他们冲过来就逃回到沟壑。在此次追击中希腊军杀了敌人的几个步兵，还在峡谷中夺到了十八匹马。希腊军冲动地将那些死尸大卸八块，这样敌人看见这个场面就会感到害怕。

敌人遭遇如此反击之后就离开了，而且希腊军在这一天余下的行程中没有被敌人妨碍，他们来到了底格里斯河。这儿有一座很大的废城名为拉利萨，以前是梅迪亚人居住的地方。这座废城的城墙宽二十五英尺，高一百英尺，城墙环绕一圈总长两帕勒桑，由黏土制砖建造，下面是石头做的地基，地基高二十英尺。

当波斯人想从梅迪亚人手中夺取帝国时，波斯国王（也就是大居鲁士）怎么样也攻不下这座城。因为一片云彩遮住太阳使人们看不见，直到梅迪亚人主动放弃，波斯国王才夺得这座城。这座城市附近有一座石头砌的金字塔，宽度为一普勒特隆，高度为两普勒特隆。在金字塔上面有许多从附近村庄逃来的异族人。

大居鲁士是波斯帝国创建者，图为其墓

然后，从这里出发他们经过一天的行军走了六帕勒桑的路程，来到一座很大的无人占领的堡垒，堡垒附近有一座城市，名为梅司皮拉，以前也是梅迪亚人的居住地。

这里的城墙地基是由布满贝壳的抛光石材打造的，宽度和高度均为五十英尺，地基上面是由砖砌成的城墙，高一百英尺，一圈的长度是六帕勒桑。

当波斯人夺取梅迪亚人的帝国时，据说国王的妻子曾在这里避难。波斯国王包围这座城市后，既不能通过拖长时间也不能通过攻击来降低这座城的防御能力，而是神灵宙斯的雷击使城内居民丧失了理智之后，波斯国王才取下了这座城。

他们又从这里出发经过一天的行军，走了四帕勒桑的路程。在这一天的行军途中，蒂萨弗尼斯出现了，和他一起来的有他自己的骑兵、奥戎塔斯的部队，曾跟随居鲁士远征的波斯军还有国王妻子的弟弟带来帮助国王的那支军队。而且，除了这些之外，还有国王赐给他的所有军队。所以，他的军队看上去异常庞大。当他靠近时，他让一些人置于希腊军后方，又带着其他人围住希腊军两个侧翼，但他并没有冒险冲上来，也没有将自己置于险境，只是命令使用投石器和弓箭。

不过，当散布在队形中的罗德斯人开始使用投石器、塞西亚人开始放箭，每个人都击中了敌人，其实即使他们很想做到这样，要达到这样的效果也不是那么容易的。蒂萨弗尼斯匆忙后退以免这些投射物击中他，同时其他的军队也撤退了。

在这一天余下的时间里，希腊军继续行军，敌人紧随其后，但这些异族军不再按照以往的突袭战侵扰他们。因为比起波斯人和大部分弓箭手，罗德斯人能将投射物掷到更远的地方。波斯人所用的箭很大，希腊人把他们射出的箭捡起来收为已用，练习射击，而且射得很远。希腊军还在一些村庄中找到大量的弓弦和一些铅，他们可以用铅来做投石器。

于是，那一天希腊军一抵达村庄就扎营，异族军小规模突袭遇挫后便离开了。第二天，希腊军继续留在村里收集食物。因为村里有大量的谷物。第三天，希腊军继续行军穿过了开阔的区域，蒂萨弗尼斯又跟上来了，还在很远的地方向他们投掷石头。在这儿，希腊军发现，当敌人在军队后面时，他们的方形阵式对作战不利，因为总会遇到道路狭窄或穿山过桥的时候，这时方形阵式的侧翼队伍就要紧紧靠拢，这样一来，重甲士兵就被挤出他们原来的位置，前进特别吃力，而且大家凑在一起使军队陷入一片混乱的状态。在这种没有秩序的情况下，他们几乎不能应对敌人。当两翼部队再次分散开来时，那些以前被迫挤出来的士兵又分散了，两翼之间就空了。毫无疑问，如果当他们乱成一团而敌人就在后面时，就会失去信心。同样，当他们必须过桥或要渡过什么地方时，每个人都急着先过去，这时就是敌人攻击他们的最佳时机。将领们看到这种情形，于是编排了六个队伍，每队一百名士兵，设一名队长领导，另加率领五十人、二十五人的领队。这样一来，当两翼部队在行军中需要靠拢时，这些队伍就退到两翼部队后面行动，这样两翼间就不会混乱；当方阵侧翼又分开时，他们就填补上两翼之间的空处。如果中间很窄，就百人一列地填（每排六人，每列一百人）；如果中间稍宽，就五十人一列地填（每排十二人，每列五十人）；如果中间很宽，就二十五人一列地填（每排二十五人，每列二十四人），总之要让中间填满人。此外，如果军队过沟壑或桥，一队一队地接着过去也不会出现混乱；如果军队主体有其他需要的话，这些部队也能及时赶去。希腊军以这种阵式行军了四天。

当行军到第五天时，他们看到远处有一座宫殿，宫殿周围是几个村庄。他们发现通向这个地方的道路需穿过许多山岭，从一座山岭下去就是村庄。希腊军自然很高兴看到这些山岭，因为敌人的军队大部分是骑兵。不过，当他们离开平原爬上第一座山岭准备下去爬第二座山岭时，就碰到了敌人。敌人从高处用投石器向下面投掷石头并放箭，很多希腊士兵都受了伤，敌军处于有利地位，并把希腊轻盾士兵困在了重甲士兵中。那天投石手和弓箭手毫无用武之地，他们和那些看管辎重的人混在了一起。如此重压之下，希腊军仍试着追赶敌人，但他们爬得很慢，因为他们带有重武器，而敌人却很快逃得无影无踪了。当他们撤回大部队时进展同样不顺。在第二座山岭上也发生了同样的事情。于是，到第三座山岭的山峰时希腊军决定先让士兵暂驻山峰不动，只派了一支轻盾队伍从右翼方向上山。当这支队伍高踞在尾随希腊军的敌军之上时，敌军就不再趁他们下山时攻击他们。他们害怕希腊军会把他们和自己的大部队隔离开，害怕希腊军从两面夹击他们。那一天余下的时刻希腊军都是以这种方式行军，一大队走山间的那条路，其他沿平行线在山坡前进，到达村庄以后，他们指派了八名外科医生，因为有很多伤员。

他们在这里停留了三天，一方面是为了伤员疗伤；另一方面是他们发现了丰富的食物，小麦粉、酒还有大量为马儿贮存起来的大麦，这些供需品本是为总督准备的。在第四天，他们就进入平原了，蒂萨弗尼斯的军队追上了他们。经验告诉他们，就在第一个看到的村庄里扎营，并且暂时不要一边行军一边打仗。因为许多人不适合参战，一些人受了伤，一些人得扶着受伤的人，还有一些人得帮这些人携带武器。但他们扎营以后，如果敌军来小打小闹的话，希腊军就占很大的优势。他们发现从他们自己的所在地击退敌人，与在行军中和尾随的敌军作战这两者之间有很大的不同。

当夜幕降临时，敌军就开始撤军了。通常，敌军在离希腊军不少于六十司塔迪亚姆的地方扎营，他们担心在夜晚会遭到希腊军攻击。晚上，波斯军很难作战。因为他们把马拴住了，而且大部分情况下是拴马脚，这样马儿就不会逃跑；如果有人突袭的话，波斯骑兵就得先给马穿上马衣，装上马勒，然后他们自己还要穿上护甲再骑上马，这样在夜晚有人袭击的情况下，就很麻烦。也是由于这个原因，他们扎营的地方离希腊军稍远。

一看到波斯军打算撤军，并且下达了撤军的命令，希腊军在敌军能听到的情况下就下令收拾辎重；不过波斯军还是使他们的行军拖延了一段时间，但当天色越来越暗，波斯军就离开了，他们认为跟着行军，夜间再扎营并不是上策。希腊军看到波斯军确实离开后，就开始撤营行军，而且走了六十司塔迪亚姆之远。

这样一来，两军的距离就拉得很长了，第二天和第三天敌军都没有出现。到了第四天，在夜晚行军的波斯军占领了希腊军必经路线上的右侧一处高地。这处高地在山脊上，下面是延伸向平原的坡道。

当客里索普斯看见这处高地已经被人占了，他就派人去请在军队后方的色诺芬前来，并且命他带上他的轻盾士兵。但色诺芬没有带轻盾士兵前来（因为他看见了蒂萨弗尼斯及其所有军队），而是独自骑马前来，他问："为什么你召我前来？"客里索普斯回答说："也许你看见了，上面的高地被敌军占领了，这对我们不利，而且，除非我们杀掉上面的所有人，要不然我们不可能过去。但你为什么没带上你的轻盾士兵前来呢？"色诺芬回答说："当敌人就在眼前时，带走轻盾士兵让后方毫无防备是不明智的做法。"他接着说，"现在最关键的是怎样把高处的敌人赶下来。"

这时，色诺芬看到山岭的顶峰在自己军队的正上方，而从顶峰到那处高地是有路的。于是，他惊叫道："客里索普斯，我们现在最好尽可能快地冲到山顶，因为我们占领了山顶的话，那些在我们上面的敌军就保不住他们的地盘了。如果你愿意的话，你留下来和军队待在一起，我想冲到山顶去；或者，如果你想到山顶去的话，我就留下来。"客里索普斯回答说："我都可以，我把选择权交给你。"

色诺芬想到自己年轻一些，就决定冲上去，不过他让客里索普斯从前方给他派了一队人马，因为从后方调军队过来太远了。于是，客里索普斯从前方调了一队轻盾士兵给他，又从中间拨了一些人马过来。客里索普斯还命令前方他的三百精兵跟着色诺芬一起去。

然后，色诺芬带着人马以最快的速度向上行进，在高处的敌军觉察到他们在向山顶行进后也开始全速向山顶前进。接着希腊军中就有人开始呼喊起来为自己人加油，蒂萨弗尼斯军中也有人为波斯军呐喊助威。

骑在马背上的色诺芬鼓励士兵们说："士兵们，想着你们现在是在为希腊而争，努力这一会儿之后，我们剩下的路就不用再作战了，就能回到我们妻子孩子身边了。"

司孔尼亚人索特里达斯大声抱怨说："色诺芬，我们不是一样的。因为你有马骑，而我还要携带盾牌。"

色诺芬听到这话后，从马上跳了下来，把索特里达斯从队伍里拽出来，拿走了他手中的盾牌，然后继续以尽可能快的速度向上行进。因他穿着骑兵的战甲，所以有些吃力。不过，他不断地告诉前面的士兵稍微放慢速度，并激励后面举步维艰的士兵迅速跟上。其余的士兵都朝索特里达斯扔石头，斥责他迫使他重新拿起盾牌继续前进。色诺芬再次骑上马带路，只要马可以通过的地方，他就在马背上；当到了马儿不能通行的地方，他就下马匆忙地步行前进。就这样他们先于敌人占领了山顶。

第二十一章　咨询向导

于是，波斯军不得不往回走，而且都逃之夭夭了，希腊军占领了山顶。蒂萨弗尼斯和阿里柔斯放弃了原定的路线朝另一个方向走去。

客里索普斯带着他的军队下山来到了平原，在一个供需品充足的村庄扎营。在这片平原沿底格里斯河一带也有很多其他的村庄储存了很好的食物。

当夜幕降临时，敌人又突然出现在平原上并杀害了分散在平原上搜集粮草的希腊士兵，而且正运往河对面的几群牲畜也被劫走了。蒂萨弗尼斯及其同伴想放一把火烧掉这些村庄，希腊军中有些人就很灰心，担心村庄被烧以后，他们就没有地方获取供需品了。

客里索普斯从救援被害士兵的任务中回来。色诺芬骑马经过救援回来的希腊军队，遇上客里索普斯，他说："希腊军，看吧，敌人已经承认这里现在是我们的了，因为当他们制定停战协定时规定我们不能烧毁国王的领土，现在倒是他们自己烧了起来，就好像这里不是他们的领土一样。他们为自己留下的可以获取供需品的地方，也是我们行军要去的地方。但客里索普斯，我认为，我们应该像保护我们自己的家园那样阻止这些纵火者。"客里索普斯回答说："我和你的观点不同，我建议我们也放火烧掉这里，这样就会烧掉更快。"

当他们回到营帐中时，士兵们开始忙着储备食物，而将领们和长官们召开了一次协商会议。

现在有许多难题，他们的一边是高耸的山岭，另一边是水深的河流，当他们用长矛测水的深度时，水都盖过了长矛。

当他们正愁着怎样解决问题时，一个罗德斯人来到他们跟前说："我很乐意将你们运输过河，如果你们给我提供我需要的材料并赏我一塔兰特[①]作为酬劳的话，我一次可以运四千重甲士兵。"

将领们就问他需要什么材料，他回答说："我需要用两千张兽皮来制作袋子，把这里的羊、牛和驴的皮剥下来就可以用作此途。我也需要你们用来拴辎重的绳索，这样就可以把一个个袋子连在一起，再给每个袋子拴上石头来稳住袋子，让石头就像锚一样抛在水里，让这些袋子横跨河流，两头都连着河岸，然后我再放木头在每个袋子上面，并在木头上撒满泥土。这样你们不会下沉，因为每张皮可以防止两个人下沉，而木头和泥土不会让大家滑倒。"

将领们听了这项提议后觉得这个方法很新颖，却无法实施。因为河对面有无数的骑兵会阻止他们渡河，他们甚至不会允许任何一个人通过这个办法渡到河的那面去。

第二天，他们朝巴比伦方向撤退到一些没有被烧毁的村庄，撤退之前他们放火烧毁了平原上的村庄。这样敌人就不会靠近他们，而是观察他们，思索着希腊军到底会走哪条路以及希腊军心里到底在想些什么。

然后，士兵们又开始忙着收集食物，将领们和长官们又召开了一次会议，并把抓到的俘虏聚在一起质问他们周围的地理环境。他们说向南是通往

---

① 塔兰特，古希腊、罗马、中东等地的货币单位。——译者

巴比伦和梅迪亚的路也是希腊军来时走过的路；向东通往苏萨[①]和埃克巴塔那，据说国王在这两个地方过夏天和春天；向西渡过河是通往吕底亚和爱奥尼亚的路；而向北穿过山区是通往卡杜客亚的路。

埃克巴塔那是米底亚王国的首都，后来也成为波斯的首都。图为其遗址

他们还说居住在山区的人非常好战，而且不服从国王的管理。有一次，十二万名皇家军深入此地，但因为对地形不了解，他们最后没有一个人活着出来。不过，每当山里的人和平原上的总督签订条约时，他们和卡杜客亚人之间有一些交往。听到这些陈述后，将领们把宣称认得各方向道路的俘虏留在一旁，但没让这些人知道他们打算走哪条路。将领们认为似乎有必要穿过山区去卡杜客亚。因为俘虏们说穿过卡杜客亚之后，他们能到又大又富饶的亚美尼亚[②]。奥戎塔斯是亚美尼亚的省长，对付他比较容易，这样他们就能自主选择后面的路了。

① 苏萨，波斯帝国都城。——译者

② 亚美尼亚，波斯帝国北部省份。——译者

亚美尼亚的历史可以追溯到 2500 年前，图为其风景

关于接下来的行军，他们还向神灵们献祭来确定他们什么时候开始出发最好，因为他们担心山区里的路可能被敌人抢先占领。吃过晚饭后，他们下令让所有的士兵收拾好行李辎重，然后休息，等到一发出出发的信号，大家就跟着自己的长官走。

卷四

第二十二章　希腊军前行道路受阻

前几卷已经将远征途中发生的所有的事情进行了叙述，包括战争爆发、战后国王与随同居鲁士远征的希腊军在协议休战时期所发生的事情以及国王破坏休战、波斯军尾随骚扰希腊军后方的一系列战役的全过程。

希腊军到达底格里斯河又宽又深的河段，根本无法通行，而且沿河岸走也找不到通路，因为在河流旁边的卡杜客亚山区非常陡峭，在将领们看来，他们必须穿越这些山区。他们听抓来的俘虏们说，如果他们能穿越卡杜客亚山区，就能抵达在亚美尼亚的底格里斯河的源头并从那里涉水而过，或者如果他们拒绝穿越山区的话，他们只能绕着山兜圈子。他们还说幼发拉底河的源头也在底格里斯河的源头附近；他们说的也都是事实。

希腊军进入卡杜客亚山区的方式便是尽力逃脱敌人的视线，抢在敌人前面占领高地。当到了四更天，夜色足以掩护他们前行的时候，他们听到了给定的信号后就立刻起来继续行军，在天亮的时候抵达了山区。在这里客里索普斯走在军队的前面带头，掌管他自己的士兵和所有的轻盾士兵；而色诺芬带领后方的重甲士兵，军队后方没有一个轻盾士兵，因为在上山的过程中没有敌人会袭击军队后方，看来也就没有危险。实际上，在敌人还没有察觉之前，客里索普斯就已经爬上山峰，然后他开始减速前行；后续抵达山峰的军队都跟着他来到了山区凹处的村庄。村庄里的卡杜客亚人带着他们的妻儿离开住处逃向山里去了。村庄里留下了大量的食物可供享用，而且房子里有大量的黄铜器具，希腊军队没有带走这些东西。希腊军也没有去追逃走的人，而是倾向于放过他们，因为卡杜客亚人也视国王为敌人。不过，希腊军会带走落入他们手里的一切食物，他们有必要这样做。至于卡杜客亚人，他们既不听从希腊军的召唤，也不表现出任何友好的态度。

当希腊军的后方部队正从山上向村庄走来时，天色已是一片漆黑（因为山路狭窄，他们从山上下到村庄持续了一整天），一些卡杜客亚人聚集起来用石头和箭攻击了希腊军最后面的部队，希腊士兵有所伤亡。不过，他们来袭击的人很少，因为希腊军是静悄悄地向他们的村庄靠近的。但如果他们聚集了大量的人员来攻击他们的话，那么希腊军的大部分军队都将面临灭顶之灾。于是，那天晚上他们占领了村里的住处，而卡杜客亚人则在村庄周围的山上点燃了许多火把以便观察彼此的位置。天刚亮的时候，希腊军本应该出发时，将领们和长官们聚在了一起，他们决定只留下那些最必要最能干的驮兽而舍弃其余的驮兽，他们还决定让军中最近抓来的所有奴隶离开。因为数量庞大的驮兽和奴隶致使军队行军速度缓慢，而且其管理人员还不能参与到战争中去。此外，如果军中有如此多的人，他们还要获取并携带双倍数量的食物前行。这项决议通过以后，他们吩咐军队按照决议去行动。

当他们吃过早饭准备行军的时候，将领们站在道路的狭窄处从士兵们手里拿走那些本应该舍弃但还没有舍弃的东西。士兵们上交出这些东西，除非有些士兵迷恋某个俊男或漂亮女人而偷偷地将他们带走。这一天，他们就这样前行着，偶尔要战斗一会儿，偶尔要休息一会儿。第二天，一场猛烈的暴风雨来了，但他们必须继续前行，因为没有足够的食物。还是客里索普斯带头，色诺芬负责后方军队。敌人给他们带来了持续不断的压力，并且在他们走到狭窄的道路时，敌人就逼近他们用箭和投石器向他们发起进攻。所以一会儿前行一会儿又撤退的希腊军行进速度非常缓慢，而且，当敌人猛烈攻击他们的时候，色诺芬频繁地下令让军队停止前行。每次停止行军的命令下达后，客里索普斯也基本都停了下来，但有一次他没有停下来，而是让军队快速前行，还下命令让后面的军队跟上，这样一来，士兵们还以为有什么特别的事情，不过，也没有时间去探知匆忙行军的原因，而后方军队的行军就像是在逃跑似的。那一次，一个勇敢的士兵拉西第蒙人琉尼木斯牺牲了，箭穿过他的盾牌和护甲射死了他；还有阿卡狄亚人巴西亚被箭射中头部而死。

当他们到达扎营的地方时，色诺芬立刻前去找客里索普斯，就他没有停止行军的事责备了他，因为那样一来士兵们被迫一边逃跑一边打仗。“两个勇敢而光荣的士兵，”他说，“现在已经被敌人杀害，而我们既不能带走他们的尸体又不能埋葬他们。”客里索普斯回话说：“放眼看看这些山，你会发现它们是多么难以通行。你看到的那条唯一的道路是陡峭的，而当我们靠近那条路时，你可能会看到大量的敌人占领了那唯一的通道并派兵在那里站岗。就是因为这些原因，我匆忙行军试着看我是否可以先于敌人抢占到通道，所以我没有等你，而且我们的向导也说没有其他的道路可走。”色诺芬回答道：“我抓了两个囚犯，当敌人骚扰我们时，我们伏击了他们，这让我们松了一口气，并杀了他们中的一些人；我们也留了活口，为了利用他们当我们的向导，因为他们对卡杜客亚的地形非常熟悉。”

然后，色诺芬下令将那两个囚犯带了上来，分别询问他们除了眼前这条路是否还有其他的路可走。其中一个囚犯说没有其他的道路，尽管希腊军说了许多威胁他的话。因为他没有提供有用的信息，他们就在另一个囚犯看得见的地方将他处死了。幸存下来的囚犯说刚才那个囚犯之所以拒绝透露另一条道路的信息，是因为他有一个女儿嫁到了那条路的必经之地。他还说他愿意带领希腊军去一条即使是驮兽也能通行的道路。然后，当问及那条路上是否有难以通行的地方时，他回答说那条路上有一处高地，除非先派一支队伍事先占领那处高地，要不然希腊军不可能通行。听到他如是说了以后，将领们认为应该召集所有轻盾士兵和重甲士兵的长官们前来，告知他们现有的机会，并询问是否有人愿意证明自己是勇敢的人自愿加入抢夺高地的队伍中。重甲士兵中的麦提德利安人阿里斯顿尼穆斯和司腾法利亚人阿加西亚主动要求去；帕累西亚的阿卡狄亚人卡利马库斯争着要去，还说他迫切地想要带着军中所有的志愿兵去。“因为我很确定，”他说，“如果我带头的话，年轻士兵中的大多数都会跟着我去。”然后他们又问轻盾军中是否有长官愿意加入，开俄斯人阿里司提斯主动要求去，他以前也参加过类似的任务来证明自己对军队的重大价值。

第二十三章　希腊军抵达肯特里特河

到了下午，将领们要求去高地的那支队伍休息好后就准备出发。将领们将绑好的向导交到他们手中，对他们作出安排：如果他们占领高地，那么在晚上需派人站岗，在白天要用号角发出信号，然后在高地的军队向占领出口的敌人冲去，而在高地下面的军队就尽可能地支援他们。

当他们作出这样的安排以后，那支队伍就出发了，一共两千人，还下着大雨。色诺芬带着军队的后卫部队向出口行进，这样他们就能将敌人的注意力转到出口方向，而绕山走的军队则尽可能地逃脱敌人的视线。但当后卫部队到达一个深谷时，他们必须通过这个深谷才能上山，异族人从山上滚下了大量的石头。每块石头都大到可以填满马车的程度，这些石头从岩石上滚下来时就够惊人的了，而且还是从各个方向投掷下来的，以至于后卫部队几乎不能靠近通道。当不能突出重围时，一些长官尝试着从另外的方向前行，就这样直到天黑。当他们认为不会被看见时，他们才开始吃晚饭。但明显是因为害怕，那天晚上敌人一直在滚石头，从声音可以推测出来。绕山走的那支带向导的队伍突袭了敌人正围火坐着的护卫队，他们杀了一些人，剩下的人逃走了，然后他们留在了那个地方，想着他们已经占领了高地。但他们并没有占领高地，因为在他们之上还有一座小山，绕着那座小山有一条狭窄的通道，而敌人在那里设了护卫队。不过，他们所占的地方有通向出口的路，敌人有一部分队伍在那个出口。那天晚上他们留在了那里。

天刚亮的时候，他们以往常的阵式悄悄地向敌人行进，因为有雾，在敌人还没有发现之前他们已经靠近敌人了。当两军看到彼此时，希腊军吹响了战斗的号角，开始向敌人进攻。异族人没有与希腊军对抗，而是离开通道逃走了。只有几个异族人被杀害了，因为他们积极地逃离。同时，客里索普斯的部队听到号角后立刻沿平坦的道路行进，而其他长官沿着人迹罕至的小径行进，那条小径的宽度刚好够两个拿着矛的士兵并列行进，他们是第一批加入占领高地的队伍的人。色诺芬带着一半的后卫部队走的是带向导队伍走的那条路，那条路方便驮兽前行；他命令另一半的后卫队走在驮兽后面。在前行的路途中，他们来到了一座悬于道路上的小山，这座小山已被敌人占领，他们要么赶走敌人，要么和其他的希腊军分离。其实，士兵们自己可以走另一条路，但驮兽只能沿着这条路上去。所以，他们彼此鼓励组成二列纵队向小山进攻，而没有从各个方向向上进攻，是想给要逃走的敌人留一条可以逃走的路。当希腊军尽可能地向上进攻时，异族人朝希腊军射箭、扔石头，但他们只坚持了一会儿，并没有和希腊军近距离交战，而且最后全都逃窜了。

希腊军一通过这座小山又看到眼前另一座也被敌人占领的小山，他们决定攻击这座小山。但色诺芬担心，如果他们都离开这座刚攻下的小山不留人防守的话，敌人返回小山可能会趁他们向第二座小山进军时攻击驮兽（因为他们沿着一条很窄的道路行军，驮兽的队伍特别长），所以他留下了雅典人赛菲索芬的儿子赛菲索多汝斯、雅典人安菲德穆斯的儿子安菲格拉底以及阿盖斯流放者阿卡戈刺斯这三位长官留守小山。而色诺芬则带着其他的人向第二座小山进军，他们也以同样的方式占领了第二座小山。还有第三座小山等着他们去占领，也是最陡峭的一座小山，是悬垂于已被志愿兵突袭的那块敌人的放哨地之上的一处高地。不过，当希腊军上来时，异族人没有任何抵抗就放弃了第三座小山，所以大家都很吃惊，他们怀疑异族人离开他们的职守是因为害怕被包围。事实上，异族人从出口处观察到后面军队还有很多人没有上山，他们离开的目的是为了袭击后方军队。

色诺芬带着最年轻的士兵爬上山顶，命令其余的士兵放慢行军速度，这样后面的军队就可以跟上他们；而且他指示士兵行军一段路程以后就在一块平地以备战的状态停下来。就在这个时候，阿盖斯人阿卡戈刺斯从敌人那边逃回来说希腊军被逐出了第一座小山，还说赛菲索多汝斯、安菲格拉底以及剩下那些没从岩石上跳下来的士兵和那些加入后卫部队的士兵都被杀害了。异族人取得胜利以后就出现在了第三座山对面的那处高地，色诺芬通过翻译人员开始与异族人谈判休战协定并要求他们交出死去的士兵。异族人回答说，如果他答应不烧毁他们的村庄，他们就交出死去的士兵。色诺芬同意了这个条件。但当剩余的希腊军仍在上山和他们交涉休战协定时，那片地区的所有异族人聚在了一起，敌人在这儿抵御了希腊军。当色诺芬的军队开始下山去加入停留在平原上的其他重甲士兵时，大量的敌人呼喊着拥向希腊军。当敌人抵达第三座山的山顶后，就从上面扔石头，致使希腊军中一名士兵的腿被石头砸断了。色诺芬的持盾者带着盾牌逃走了，但来自吕西的重甲士兵阿卡狄亚人攸利洛库斯跑过来保护色诺芬，并一直拿着盾牌挡在前面保护他们两个，其余的士兵加入了停留在平原上的军队。

整个希腊军队聚在了一起，在一些条件好的房子里住了下来，还有充足的食物供他们享用。酒是如此的充足，村里的人将一部分酒保存在了地洞里面，地洞用灰泥来填塞。色诺芬和客里索普斯同敌人商量好了，只要异族人送回死去士兵的尸体，希腊军就放回抓来的向导，并且希腊军将按照给勇士举行葬礼的礼数尽可能地为所有死去的士兵举行安葬仪式。第二天，希腊军在没有向导的情况下继续行军，时而有敌人和他们进行小规模战斗，时而有敌人事先占领狭窄的通道挡住他们的去路。所以，每当敌人在前面挡住去路时，从后方上山的色诺芬总是试着抵达比敌人更高的位置来冲出敌人的阵式；而当敌人攻击希腊军的后方部队时，客里索普斯也同样离开他的位置尽力去占领比敌人更高的位置来扫除敌人在通道上所设的障碍。他们就是这样有效地互相支援、互相帮助的。有时候，当希腊军走上高地后，异族人就在他们从高地往下走时攻击他们。异族人只有弓箭和投石器而没有其他的武器，所以他们作战灵活。即使他们离希腊军只有很短的距离，也能很快逃走。异族人的弓箭手也非常专业，他们的弓几乎有三腕尺①长，箭超过二腕尺长，箭射出后能够射穿盾牌和胸甲。希腊军将他们的箭捡起来把皮条系在上面作为标枪用。在卡杜客亚山区，用这些箭所做的标枪十分有用。希腊人司特拉托克里斯掌管这些标枪。

---

①腕尺，古时的长度单位，相当于前臂的长度。——译者

第二十四章　发现浅滩后顺利渡河

这一天，希腊军在肯特里特河附近平原上的村庄住了下来，肯特里特河宽两百英尺，是亚美尼亚和卡杜客亚地区的分界线。他们很高兴看到平坦的地区，并在这里休息了几天。

这条河离卡杜客亚山区有六七司塔迪亚姆远。他们对待在这儿感到心满意足，因为这里有大量的食物。他们时常会想起过去所受的磨难，因为在穿越卡杜客亚山区的这七天之中，不断地战斗，遭的罪比他们在国王和蒂萨弗尼斯那里更多。从这样的困境里逃离出来，他们需要休息。

天刚亮，他们发现河对岸有大量装备精良的骑兵准备阻止他们渡河，而且远处更高的河岸上有大量的步兵准备阻挡他们进入亚美尼亚地界。

他们是奥戎塔斯和阿图卡斯的雇佣军，由亚美尼亚人、马尔狄亚人①和卡尔丹人②组成。据说卡尔丹人是自由的民族，非常好战，他们有长盾和长矛作为武器。这些军队驻留的高岸离河面有三四百英尺高，并且能看见的唯一道路是一条上坡路，那条路看上去就像一件艺术品一样。

---

①② 马尔狄亚人、卡尔丹人均是亚美尼亚部族的一支。——译者

希腊军想在这儿渡河，但试水后发现河水都淹到他们胸部了，河床里还有又大又滑的石头，如果贸然渡河，河水会将他们冲走。他们不能带着武器走在水里，而把武器举在头上过河的话，又会成为敌人的箭支或其他投射物的靶子。于是，他们撤退了，并在河边上扎营。

他们发现卡杜客亚人在他们前一天晚上所在的地方聚集了大量的人员，准备交战。希腊军有些消沉，因为他们了解到渡河的艰难，又想到如果他们试着过河的话，卡杜客亚人会随时准备攻击他们。所以，那一天和第二天晚上，他们待在原地不动，心中十分焦虑。

不过，色诺芬做了一个梦。在梦里，他被脚镣束缚着，但脚镣自己就断了，所以他重获自由，还可以随心所欲地走动。到了第二天清晨，他去找客里索普斯告诉他一切都会好起来，并讲了他做的梦。

客里索普斯十分高兴，天一亮，就召集所有在场的将领献祭，祭牲品开始显出的迹象就是好预兆。将领们和长官们一离开献祭地就指示军队用早饭。

色诺芬正在吃早饭的时候，两个年轻人向他跑来。每个人都知道在早饭或晚饭时间是可以接近色诺芬的，甚至，如果有谁有关于战争的事务要找色诺芬，可以在他睡觉的时候叫醒并告知他。

两个年轻人告诉他说，他们刚才捡木柴生火时偶然看见河对岸的一个老人、一个女人和几个姑娘在洞穴状的岩石中存放了类似一包衣服的东西，那边的岩石自上向下延伸到河流。

当他们看见这一幕时，认为渡河过去是安全的，因为敌人的战马不可能接近那个位置。接着，他们脱掉衣服，拿着匕首，想着可能需要游过去，但他们到达另一面只湿了下半身，涉水渡河后取了衣服，又返回来了。

于是，色诺芬立刻举行了奠酒祭神仪式，那两个年轻人也加入其中，他们向托梦和显示这个浅滩的神灵祈祷，也求神灵帮助他们成功渡河。奠酒祭神仪式结束以后，色诺芬立刻带那两个年轻人去见客里索普斯，将发生的一切告诉他。客里索普斯听他们说完后，也举行了奠酒祭神仪式。

奠酒祭神仪式结束以后，他们下令让士兵们收拾好行李，将其他将领召集到一起商量怎样渡河，以及怎样才能既打败前面的敌人又不受后方卡杜客亚人的伤害。

他们的决定是客里索普斯带领一半的军队先渡河，另一半军队和色诺芬断后，而驮兽和随营人员走在中间。当这些事情安排妥当以后，他们开始行动，那两个年轻人充当向导，沿河的右边走到浅滩的距离大概是四司塔迪亚姆。

当他们向浅滩行进的时候，敌人的骑兵在对面的河岸上和希腊军并列行进。当他们到达浅滩的河流边缘时，便放下武器停止行进。然后，客里索普斯在头上放了一个花冠并把外衣脱下来放在一边，接着他拿起武器命令大家都像他那样做，指示长官们让军队形成二列纵队，一些在左边，一些在右边。

与此同时，占卜官在河上献祭。尽管敌人朝希腊军这边大量射箭、投石，但并没有对希腊军造成伤害。因为献祭的气势对希腊军有利，所有的士兵唱着赞歌并发出了一声呼喊，所有的女人（因为军队里有一些人带着妻子）也发出了呼喊声。

然后，客里索普斯带着军队进入河流，而色诺芬带着后卫部队的积极分子以最快的速度返回到与亚美尼亚山区出口相对的浅滩处，这样就制造了一个他想从那儿渡过河去杀死河岸上的骑兵的假象。当敌人看见客里索普斯带着士兵毫不费力地渡河，而色诺芬带着军队往后走，很害怕希腊军会截住去路，于是他们仓皇地奔向通河的道路，一到了路上，便急忙朝山上跑去。

骑兵指挥官吕修斯和照料客里索普斯的那队轻盾兵指挥官埃斯基尼斯，

看到敌人如此慌张地撤退，就出发去追击敌人；其余的士兵则相互喊着不要落后，要和敌军一起进入山区。但渡过河流的客里索普斯并没有跟随骑兵去追击敌人，而是向高岸行进去攻击在更高位置上的那部分敌人。在高岸上的那部分敌人，看见他们的骑兵逃走后也跟着逃走了。

当色诺芬看见对岸一切进行顺利，他就以最快的速度加入正在渡河的希腊军；因为卡杜客亚人正在朝平原行进想要攻击希腊军的后方部队。

现在客里索普斯占领了高岸，而且带着队伍追击敌人的吕修斯也缴获了敌人扔下的一些辎重，其中有华丽的衣服和酒杯。

希腊军的辎重和随营人员仍在渡河。色诺芬停下来朝向卡杜客亚人准备交战，他命令长官们将各自的连队分成二十五人一组，让每一组朝左边形成一个圆形。他还指示长官和每一小组的指挥官面向卡杜客亚人行进，而最后方的军队面向河流停在那里。

当卡杜客亚人观察到随营人员的后卫队越来越少，而且几乎没有时，他们决定以更快的步伐行军，同时唱着一些歌谣。

当客里索普斯看到自己这边一切安全后，就派了轻盾兵、弓箭手和投石手去支援色诺芬，并命令他们听色诺芬差遣。

色诺芬看见支援队伍正要过来，便派了一个信使去命令他们原地待在河边不要过河，并说，当他自己的军队开始渡河时，支援队伍就涉水从两侧迎他而来，标枪手拿着标枪的皮条处，弓箭手将弓箭放在弓弦上，就好像他们要渡河，但不要深入河中。

色诺芬命令他的士兵说，当敌人的投射物撞击到盾牌上发出声响时，他们就开始唱赞歌向敌人冲去。而且他指示说，当敌人开始逃跑后，他们就从河中吹响进攻的号角，后方部队向右绕到前头，然后，所有的人都尽可能快地向前跑从各人恰好跑到的位置过河，这样就不会互相妨碍，并告诉他们谁最先到达对面谁就是最佳士兵。

当卡杜客亚人发现留在河中的支援队伍人数很少（因为甚至被命令待在原地的大多数士兵也走了，一些去照看驮兽，一些去看护辎重，还有一些去照看自己的妻子），所以他们就勇敢地奋力向前，并用投石器和弓箭攻击希腊军。然后，希腊军唱着赞歌以最快的速度袭击他们。异族人抵挡不住了，尽管他们装备轻便能灵活地突击或撤退，但绝对没有足够的武器来和其他军队近距离交战。

这时，号角吹响了，当敌人更快地逃跑时，希腊军就转身以最快的速度渡河。一些敌人看见他们开始渡河又跑回河边朝希腊军射箭，使希腊军的几个士兵受了箭伤。

不过，大部分敌人在逃跑，甚至当希腊军都渡到河那边去了，仍然可以看见敌人在逃。同时，来支援色诺芬的队伍被色诺芬军队的勇气感染了，他们深入河流，走到了色诺芬军队的后方，而且他们中的一些人也受了伤。

第二十五章　大雪降临

希腊军渡过河后在正午整顿好队伍，开始穿越亚美尼亚地区，走了至少五帕勒桑的路程。亚美尼亚地区都是由平原和小山坡组成，由于亚美尼亚人和卡杜客亚人的敌对关系，肯特里特河附近没有村庄。不过，他们最终到达的村庄很大，里面还有总督的一座宫殿，村庄里的大部分房屋上都有塔楼，还有大量的食物。

从这里出发，经过两天的行军，希腊军走了十帕勒桑的路程，穿过了底格里斯河源头附近。然后，他们继续前行，经过三天的行军，走了十五帕勒桑的路程来到太里勃阿斯河。这条河流虽然不大，但很美，在河的两岸有许多村庄。亚美尼亚的这部分地区叫西亚美尼亚。西亚美尼亚的总督是提里巴组斯，他是国王亲密的朋友，当他在场时，国王只允许他扶自己上马。他现在带着一队骑兵骑马经过，并派翻译官前来传话说他希望和希腊军的长官谈话。将领们认为去听听他要说什么也可以，而且询问他有什么目的。提里巴组斯回答说，他想和希腊军签订协议，只要他保证不伤害希腊军，希腊军也不能烧毁亚美尼亚人的房屋，而且希腊军还可以自由地拿走他们需要的食物。这个提议很合将领们的心意，双方就此达成了这项协议。

然后，他们又向前行进，经过三天的行军，走了十五帕勒桑，穿过了平原；而提里巴组斯带着军队跟着希腊军，两军之间的距离是十司塔迪亚姆。然后，他们来到了一座宫殿，宫殿周围的村庄储藏了大量的食物。他们决定就在那儿扎营，但那天晚上下了很大的雪，到第二天早上，各队士兵和长官们认为应该去附近的村庄里扎营。因为他们没有发现敌人，下了这么多的雪，外面看上去也很安全。他们在附近的村庄里发现了各种各样的很好的食物、牲畜、谷物、芳香扑鼻的陈年老酒、葡萄干和水果。

不过，离开营地去散步的一些士兵带回消息说他们看到了一支军队，晚上看到了许多火把。将领们认为让军队分开扎营不安全，决定让全军在一起扎营。于是，他们聚集了军队。但那天夜里又下大雪，他们的武器和睡在地上的士兵都被雪覆盖了。大雪束缚住了驮兽，它们都不情愿站起来。因为它们躺着的话，下在它们身上的那层还没有掉落的雪可以保持它们身体的温度。不过，当吃苦耐劳的色诺芬没穿外衣就起来劈柴时，有个人也跟着起来了，他从色诺芬手中拿走木柴自己劈。不久，其他的士兵也起来了，点燃了火把并在身上涂油。因为他们在那儿发现了大量由猪油、芝麻、杏仁和松节油合成的油膏，他们用这种油膏代替了植物油。他们还发现了由相同的原材料制成的一种有香味的药膏。

这之后，他们决定在全村庄有遮盖物的地方扎营，士兵们高兴地呼喊着走向村舍和食物。那些之前离开时放火烧掉村舍的士兵现在受到了惩罚，他们不得不在户外扎营，忍受寒冷。那天晚上，他们派遣腾尼亚人德摩克拉提斯带着一支小分队去了士兵们看见有火把的小山。之所以选择德摩克拉提斯，是因为他在前面几次类似的任务中带回了准确的信息，他不会将消息说得言过其实，也不会无中生有。回来后，他说他没有看见火把。不过，他抓回了一个俘虏，那个俘虏身上有波斯弓、箭袋和一把小战斧，这些装备正是

MVNIFICENTIA SS. D. N. BENEDICTI
PP XIV. A. D. MDCCLIII
PIVS SEXTVS P. M. REST

受伤的阿马孙

阿马孙所拥有的。当被问及是哪国人时，那个俘虏说他是波斯人，是提里巴组斯军队派出去寻找食物的士兵。然后，他们又问他提里巴组斯带了多少军队及他聚集这些军队的目的。他说提里巴组斯带着他自己的军队，还有一些由卡卢比亚人和陶基亚人组成的雇佣军。提里巴组斯准备在希腊军经过山间的狭道时攻击他们，而希腊军只有穿过那条狭道才能找到仅有的道路。

将领们听到这个消息后决定聚集军队马上行军，让抓来的俘虏当他们的向导，留下司腾法利亚人索菲涅图斯作为留下来的士兵的指挥官。他们通过山区以后，走在军队最前面的轻盾兵首先发现了敌人的营帐，他们没等到重甲士兵的到来就呼喊着跑去攻击敌军。听到声音的异族人没有坚守阵地就逃跑了。希腊军杀死了一些敌人，缴获了二十匹战马，还洗劫了提里巴组斯的营帐，他的营帐里有一些银脚的睡椅、酒杯和一些士兵，那些士兵说他们是面包师和斟酒人。当重甲军队的长官听说前方发生的事情后，决定尽快往回行军回到自己的营地，以免敌军袭击留在营地的军队。所以，一声号角立刻召集好士兵后，他们在同一天回到了营地。

第二十六章　穿越沙漠地区

第二天，他们认为在敌军还未重新聚集军队之前，有必要尽快行军离开去占领通道。所以，他们立刻集合人马辎重带着几个向导踏雪出发，而且在同一天通过了提里巴组斯准备攻击他们的那处高地，开始扎营。

从那里出发，经过三天的行军，他们穿越了一大片沙漠地区，走了十五帕勒桑的路程，来到幼发拉底河。他们涉水而过时，河水都没有到他们的腰部。

据说，幼发拉底河的源头离此不远。从那里出发，他们又行军三天，穿过雪地和平原，走了十五帕勒桑的路程。

第三天的行军异常艰难，北风迎面吹来，一切都风干了，士兵们也都冻僵了。

于是，其中一个占卜官建议他们应该向风神献祭。当他们感到风力减轻时，就向风神献祭。

雪有一英寻深，许多驮兽和奴隶都死了，有三十个士兵也死了。

他们整夜都燃着火堆，因为扎营的地方有许多木柴，但迟来的士兵都没有得到木柴。那些先到的燃着火堆的士兵不允许后到的士兵来到火堆旁，除非后来者和他们分享谷物或其他他们带来的食物。他们就这样互相分享着各自拥有的东西。

在燃着火堆的地方，雪融化后形成了陷入到地面的大坑。于是，他们就有机会测量雪的深度了。

天亮后，他们一直在穿越雪地，许多人患上了贪食症。在后方军队指挥的色诺芬发现士兵倒下后，还不知道这是一种什么样的疾病。

不过，一个熟知此病的人告诉他，倒下的士兵明显患了贪食症，只要他们吃到东西，就能站起来。于是，色诺芬就在辎重附近转了转，并走向任何他看见有食物的地方，然后将食物分发下去，派那些还能跑动的人将食物分给那些患病的士兵，那些士兵吃完东西后都站立起来，继续行军。

当患贪食症的士兵继续行军时，天也黑了，客里索普斯抵达一个村庄，在防御土墙前面的泉水处发现了来取水的一些本地女人和姑娘。

那些女人问他们是谁。翻译官用波斯语回答说他们是国王派给总督的人。女人们说总督的驻地距此地还有一帕勒桑的路程。这时，因为天色已晚，他们和取水者一起进入防御土墙内来到了村长的住处。

客里索普斯带着尽可能多的军队在这里扎营。余下的那些未能跟上军队的士兵晚上就在路上度过了一夜，没有食物也没有火堆，一些士兵在当晚就死了。

一些敌军聚集起来组成一支队伍追击希腊军的后方部队，抓到了那些无法行走的驮兽，双方士兵为了争抢这些驮兽而互相打斗。一些希腊士兵因为雪盲或脚趾被冻坏就被丢下了。

他们发现，如果士兵们在行军路上眼前有黑色的东西罩住的话，就能减轻眼睛看雪地的疲劳；如果他们一直不间断地行走并在晚上休息时脱下鞋子的话，对在雪地行走的脚有好处。

至于那些穿着鞋睡的士兵，鞋带子会陷入皮肉，鞋子冻结在脚上。他们的旧鞋已经穿破，现在所穿的是人们自制的新剥牛皮做的生皮鞋。

由于这些不可避免的苦难，一些士兵就被落下了。当他们看见一片黑色表面的地面时，猜想雪已经化了。雪是融化了，因为那里有一处泉源在近处树木茂密的山谷中冒气。

他们朝那边走去坐了下来，并拒绝继续行军。和后卫队在一起的色诺芬一听到这个消息，就想尽各种办法说服他们不要留下，同时告诉他们大量敌人正在集结兵力追击他们。

最后，色诺芬生气了。士兵们让色诺芬把他们杀了，因为他们实在是不能继续行军了。对于这种突发情况，色诺芬认为最好的办法是，如果可能的话，给敌人来一次恐怖袭击，以免他们进攻精疲力竭的希腊士兵。

现在天色已暗了下来，敌人吵吵嚷嚷地行军，争论着他们获得的战利品。此时，还有余力的后卫队突然出现冲向敌人，而那些疲惫的士兵一边用矛击打盾发出声音，一边尽可能大声地叫喊着。被吓着的敌军跑向雪地里的深谷去了。后来，希腊军在任何方位都没有听到他们的声音。

色诺芬一行告诉病员们说，第二天会有队伍来支援他们，然后他们继续行军，但在他们还没有走到四司塔迪亚姆之前，沿路发现了在雪地里休息的士兵，雪覆盖着他们的身体，没有人为他们防守。

他们将这些士兵叫起来，士兵们说军队最前面的部分也没有前行。色诺芬走过这些士兵，派了轻盾兵中的一些干将去前面查明是什么妨碍了他们的行军速度。他们带回来的消息是全军正以这样的方式休息。

于是，色诺芬和他的士兵派出了警戒部队后，也在那没有火把没有晚饭的地方住了下来。

当天要亮的时候，色诺芬派了最年轻的士兵去看望那些病员，让他们起来继续行军。

这时，客里索普斯派人从村庄里来看看后方部队进展如何。年轻的士兵们很高兴见到他们，让病员们带他们去了营地，而他们则继续前行。

他们还没有走二十司塔迪亚姆的路程，发现已经到了客里索普斯所住的村庄。相聚后，他们认为让军队住在附近的各个村庄较为安全。

于是，客里索普斯继续待在他所在的村庄，其他的长官任意选择附近能看到的几个村庄，以抽签的方式决定住哪个村庄，然后带着各自的士兵去了住处。

这时，雅典队长波利克拉底要休假，便带着他的得力士兵匆忙地朝色诺芬被分到的那个村庄赶去。他吓坏了所有村民、他们的村长、那十七只准备养大作为贡品送给国王的小马和村长的女儿。她刚结婚九天，丈夫外出打野兔了，不在附近的村庄里。他们的房屋都在地表以下，入口就像井口一样，下面很宽敞，有专门为牲畜所挖的通道，不过人们是爬梯子下去。

房屋里有山羊、绵羊、奶牛和家禽以及这些动物的幼崽，所有这些动物都在屋内饲养。这儿也有小麦、大麦、豆科蔬菜和盛在大容器里的麦子酒，大麦粒甚至漂浮到了容器的边缘，里面还有或大或小没有节的芦苇杆。当有人口渴的时候，他们可以用芦苇杆吮吸麦子酒，这样就不会喝到大麦粒。这种酒不掺水的话很浓烈，那些习惯喝这种酒的人都觉得这是一种令人愉快的饮料。

色诺芬让村长和他一起喝酒，告诉他不要害怕，如果他能在希腊军抵达下一个部落之前尽一下地主之谊，就保证不会夺走他的孩子，而且他们在走之前会将村长的房屋填满食物作为他们拿走食物的回报。

村长同意了，为了表示他的好意，他告知了一些好酒的存放位置。所以，那天晚上，士兵们在那几个拥有丰富食物的村庄歇了下来，只派兵看守村长，同时看住村长的孩子。

第二天，色诺芬带上村长和他一起去见客里索普斯。每当经过一个村

波利克拉底，雅典长官。图为科兹洛夫斯基的作品《波利克拉底》，藏于俄罗斯国家博物馆

庄，他都要去拜访那些驻扎在村里的士兵。他发现所有村庄的士兵们都在享受盛宴、自娱自乐，士兵们都不让他们走，让他们吃些点心再走。

桌上摆满了羔羊肉、猪崽肉、小牛肉和家禽肉，以及大量的小麦面包和大麦面包。当有人向另一个人敬酒说些恭维话时，便把他拉到摆大碗处，他就像牛一样俯身而饮。他们也让村长随便吃，但村长没吃任何东西，不过，当他找到自己的亲戚时就把他们带上。

当他们来到客里索普斯所在的村庄时，发现他的士兵也在享受盛宴，头上戴着用稻草编织的花冠，亚美尼亚小伙子们穿着自己的异族服装在一旁侍候他们，他们有什么吩咐时就打个手势，就好像这些小伙子是聋子或哑巴一样。

当客里索普斯和色诺芬互相致意后，他们通过会说波斯语的翻译官一起询问村长这里是什么地方。村长回答说这里地属亚美尼亚。他们又问村长养的幼马是给谁的，他说那些幼马是送给国王的贡品，还说附近是卡卢比亚地区并告诉他们去往卡卢比亚的道路的方向。

然后，色诺芬带着村长回到了村长家，并将他带出的那匹非常老的马交到村长手里，让他养肥以供献祭，因为听说这匹马是留着祭太阳的，他怕它会死掉，它在行军途中已受到伤害。他带走了一些年轻体壮的马，将它们分别送给其他的将领们和长官们。这个地区的马比波斯的马小，但更有精神。当希腊军在雪地里驱赶驮兽时，村长指导大家在马蹄和其他牲畜的蹄子上套个小袋子，不然它们会深陷雪地。

亚美尼亚是波斯帝国的北方省份。图为亚美尼亚历史悠久的石刻纪念碑

第二十七章　抵达法细斯河

当第八天到来时，色诺芬将向导交给客里索普斯。他让村长的所有家庭成员都留下，除了村长刚刚成年的儿子。他让安菲玻里人埃皮忒尼斯负责看管村长的儿子，这样一来，村长带他们走的路是对的话，他们就放回他的儿子和他一起回家。

同时，他们也搬了尽可能多的食物到村长家里，然后他们结束扎营开始继续行军。允许自由行走的村长带领他们穿越雪地。当第三天行军快结束时，客里索普斯因村长没将他们带到一些村庄而很生气。

村长说那个地区没有任何村庄。客里索普斯鞭打了他，但没有将他押起来。于是，村长在夜里逃走了，抛下了他的儿子。

这件虐待、忽视向导的事件是引起客里索普斯和色诺芬在行军中不和的唯一事件。埃皮忒尼斯对村长的儿子产生了感情，带他回家的路程中，发现村长的儿子也很喜欢他。

发生这件事以后，他们继续行军七天，每天行走五帕勒桑的路程，直到他们来到法细斯河，河宽一普勒特隆。从这里出发，他们又行军两天，走了十帕勒桑的路程；到达由山区通往平原的山口时，卡卢比亚人、陶基亚人和法西亚人列阵阻挡他们的去路。看见占领高地的这些敌人，客里索普斯停止了行军，他们现在离敌人大概有三十司塔迪亚姆，当军队以长队行军时不宜向敌人靠近。于是，他命令其他官员把他们的队伍带上前来，这样全军就站在一条线上。

当后方部队也到前面来后，他召集所有的将领和长官前来，说道："正如你们所看到的，敌人占据了山区里的通道。我们最好考虑一下，怎样对付他们才对我们最有利。我建议我们先命令士兵们吃晚饭，同时召开会议商讨今天或明天穿越山区是否可行。""在我看来，"克里安诺说，"我们应该在吃完饭后带着武器立刻行军去攻打敌人。如果我们今天不行动的话，现在看低我们的敌人就会变得更加勇敢，而且，随着他们自信心的增加，其他人很有可能会加入他们使他们的队伍更加壮大。"

他说完以后，色诺芬说："我的意见是，如果有必要交战的话，就应该做好部署，以对我们最有利的方式来交战；但如果我们想容易地穿越山区的话，就应该考虑怎样行动军队才会伤亡最少。我们所能看到的山脉的长度一直延伸了六十多司塔迪亚姆远，但似乎除了在山区通道上有敌人监视我们以外，其他地方没有敌人，所以我认为，比起去攻打坚固的防御阵地和准备好交战的敌人，更好的办法是我们尽全力试着预先悄悄地占领没有防守的部分山脉。因为比起前行于有敌人两边夹攻的平坦道路，登上没有敌人阻挡的陡峭高地更加容易；而且在夜晚不用交战的士兵比起在白天和敌人交战的士兵更能看清楚前行的方向，未被敌人骚扰的士兵走一条艰难的道路比有敌人往头上投射器物的士兵走一条平坦的路更加容易。我认为我们自己偷偷踏出一条路也是可行的，因为我们可以在晚上行军，这样就不会被发现，而且我们和敌人保持一定的距离他们就不可能听到我们的动静。在我看来，如果我们假装攻击这边的敌人的话，就能找出敌人在哪些山区的防御力量比较薄弱，因为敌人很可能会待在原地。但为什么我谈到偷时要迟疑呢？我听说，客里索普斯，你们拉西第蒙人，至少像你这样出身较高阶层的人，从孩童时代就开始练习偷盗，这不是什么丢脸的事，如果能偷到法律没有禁止偷的东西，那是一种本事，只要能灵巧地偷盗并逃脱别人的发现就行了。法律规定，如果人们偷盗被抓到的话会受到鞭打。所以，现在到证明你们本领的时候了，小心不要让我们受到鞭打。”“但我听说，”客里索普斯说，“你们雅典人同样擅长偷盗公共资产，尽管偷盗这些东西会冒很大的风险，而且，如果真的认为你们中最出色的人有资格当执法官，那么我还听说你们当中最出色的偷得最多；所以现在同样也是证明你们的本事的时候了。”“那么我准备，”色诺芬大声说道，“带着后卫队吃完饭后就行军去占领山岭。我也有向导，我们的轻盾兵通过伏击抓到了一些跟随我们的强盗。我从他们口中得知这些山区不是不能通行的，而且还能让山羊和牛在山里吃草，这样一来，如果我们能夺占这些山区的某个部分的话，还能为驮兽找出一条路。我希望，当敌人发现我们到达和他们同等的高度时，他们就会撤离。因为此刻，他们不愿下来与我们交战。”客里索普斯说：“为什么你要去，留下谁来管理后方军队呢？最好派其他人去，除非有志愿者主动要求去。”听到这话时，麦提德利安人阿里司顿尼穆斯带着他的重甲兵前来，开俄斯人阿里司提斯和奥塔人尼科马库斯也带着他们的轻盾兵前来了，接着，他们商定，只要一到达山顶，就点燃许多火把。将这些事情部署好以后，他们就去吃晚饭了。晚饭过后，客里索普斯带着全军朝敌人的方向前进了十司塔迪亚姆，以制造出他似乎要全力向敌人进攻的声势。

当他们吃完晚饭后天已黑了，那些被指派的人前行去占领山峰，其余的军队待在原地。看到高地被占领的敌人仍然防守着，并且整夜都燃着火把。天刚一亮，向神灵献祭完毕后的客里索普斯沿着道路继续行军，占领高地的队伍沿着山脊继续前进。与此同时，大部分敌人仍待在山口通道上，只派了一小部分军队去对付高地的希腊军。但在两支大军还没有交战之前，山脊上的两军已经打起来了，而且，希腊军占了上风，把敌人打跑了。与此同时，希腊轻盾兵从平原跑上坡攻击列阵迎战他们的敌人，客里索普斯带着重甲部队快速跟着他们。不过，守在通道上的敌军看见上面的军队被击溃后也开始逃跑了。希腊军没有杀掉多少敌人，但缴获了大量盾牌，希腊军用剑砍那些盾牌，那些盾牌就成了废物。占领上坡的路、献祭并竖起胜利纪念柱后，他们下山到了平原，抵达储有大量食物的村庄。

第二十八章　希腊军看见大海

从这里出发，经过五天的行军，他们行走了三十帕勒桑来到了陶基亚地区。在这里，他们开始为食物发愁。因为陶基亚人居住在坚固的堡垒里，他们的所有供给都在堡垒里面。

不过，最终他们来到了一个没有城市和房屋与其相邻的地方，这个地方有大量的居民和牲畜。当客里索普斯看到这个地方，就决定将它作为攻击的对象。当第一支攻击此地的分队开始疲倦时，他又派另一支分队继续攻击，接着又派下一支，他们不可能率兵包围这个地方，因为有一条河环绕着它。

当色诺芬带着他的后卫队、轻盾兵和重甲兵到来时，客里索普斯大叫道："你们来得真及时，我们必须攻下这个地方，除非我们攻下它，要不然军队就没有食物供应了。"

接着，他们聚在一起商议对策。

色诺芬问是什么妨碍他们攻下此地。

客里索普斯说："进入这个地区的唯一途径就是你所看到的，当我军试着沿那条道而过时，在那边岩石上的敌人就开始滚石头下来，而那些被石头砸到的士兵你也看到了。”他一边说，一边指着那些折断了腿和肋骨的士兵。

“如果他们把所有的石头都用完的话，”色诺芬回答说，“还有任何其他的东西阻挡我们前行吗？因为我们看到在我们眼前只有两三个人有武器。而且正如你所看到的，我们要穿越的会被石头砸的空间长不过一百五十英尺，而这一百五十英尺中的一百英尺又被许多大松树遮挡着。如果贴着松树走，他们怎么会被飞来的或滚下的石头砸伤？剩下的地方的长度不超过五十英尺，当敌人停止滚石头时，我们必须跑步通过。”

“但是，”客里索普斯说，“我们一向有大树遮挡的那部分前行，就有大量的石头飞下来。”

“那就是我们想要的结果，因为这样他们就会更快地用完他们的石头。如果可能的话，让我们马上前去那个进攻路线短而又容易撤退的地方。”色诺芬大声说。

然后，客里索普斯、色诺芬以及一位那天走在后卫队其他长官前面的长官帕拉西亚人卡利马库斯前去指挥战斗，其他长官待在安全区域。

大概有七十个士兵在树下前行，但他们不是整体出发，而是一个接一个地前行，每个人都尽量待在树荫下。后卫队长官司腾法利亚人阿加西亚、麦提德利安人阿里斯顿尼穆斯和其他长官同时待在后面没树的地方，因为如果有超过一队的人员待在树下就不安全了。

接着，卡利马库斯采取了如下的战略：他从他所在的树荫下向前跑两三步，当敌人向下掷石头时，他又很快撤回来。这样他的每次突围都会消耗掉敌人超过十车的石头。当阿加西亚看到卡利马库斯的行动，又观察到全军的眼睛都盯在他身上时，他担心自己不会是第一个进入这个地方的人。

于是，他开始独自前行，既没有叫上在他旁边的阿里斯顿尼穆斯，也没有叫上吕西人攸利洛库斯，他们两个都是他的密友，更没有叫上任何其他

卡利马库斯，帕拉西亚人，军事长官。图为
发掘出来的卡利马库斯纸莎草书

人，并超过了所有的人。

看见他冲过来的卡利马库斯抓住了他盾牌的边缘。这时，麦提德利安人阿里斯顿尼穆斯跑到他俩前面去了，紧随他的是吕西人攸利洛库斯，因为所有这些长官都追求荣誉，彼此也是竞争对手。

这样一来，在相互竞争中，他们夺得了那个地方，当他们冲上去以后，就再也没有石头从上面抛下来。但接下来，可怕的一幕发生了：那里的女人们将她们的孩子从悬崖上抛下来，随后她们自己跳下来，而且男人们也跟着跳下来了。

司腾法利人埃涅阿斯看到一个穿华丽衣服的人跑着要跳下来时，为了阻止他就抓住了他。但那个人拽住了埃涅阿斯，然后他们都从岩石上滚了下来摔死了。这样一来，他们几乎没有抓到俘虏，只得到了大量的牛、驴和绵羊。

从这里出发，经过七天的行军，他们行走了五十帕勒桑，穿越了卡卢比亚地区。卡卢比亚人是他们所遇到的所有民族当中最好战的，在这里希腊军和他们进行了激烈的交战。

他们身穿直达腹股沟的亚麻战甲，而不是用粗绳编织的战袍。他们也有护胫套和头盔，而且他们腰部还佩有短剑，有斯巴达人的短剑那么长，他们就是用这种利刃割断所抓到的人的喉咙，继而砍下头颅，然后带走。

当有敌人可能看见他们时，他们就又唱又跳。他们身上同样也带了长度约为十五肘尺的矛，矛的一头有尖铁。希腊军没来之前，他们就待在自己的村庄里，当希腊军经过他们的领域时，他们就追击并不断地骚扰希腊军。他们在坚固的地方居住，食物也存放在里面，所以希腊军在那片地区什么都得不到，只能以他们从陶基亚人那儿得来的牲畜维持生命。

接下来，希腊军抵达哈帕苏斯河，河宽四普勒特隆。从这里出发，经过四天的行军，行走了二十帕勒桑，他们通过了叙特尼亚地区，跨越大片平坦的土地，来到一些村庄，他们在那里驻留了三天，收集了一些食物。

从那个地方出发，他们又行军四天，走了二十帕勒桑，来到一座富裕且人口密集的大城市吉尼亚斯，此城的市长给希腊军委派了一位向导，向导带领希腊军穿过了一个与吉尼亚斯人为敌的民族所在的地区。

当向导来到希腊军中的时候，他说会在五天之内将希腊军带到一个可以看到海的地方。如果不能的话，他愿意被处死。当向导把希腊军带入吉尼亚斯人的敌人的地盘时，他劝告希腊军将那一带烧毁并夷为平地。显然，他是为了这个目的而来的，而不是想帮助希腊军。

到了第五天的时候，他们来到了一座山名为底刻斯的山。当前面的士兵爬上山顶向下看到海时，发出了很大的呼喊声。色诺芬以及后卫队听到他们的呼喊声时，以为是一些新的敌人在攻击前方部队。因为他们所烧毁之地的人们一直跟着后方部队，而且，后卫队通过伏击杀死了一些并俘虏了其他的人，还缴获由生牛皮制成的二十个带有牛毛的盾牌。

但呼喊声越来越大并越来越近，不时有士兵以最快的速度跑去加入那些一直呼喊的人们，呼喊声变得更大，因为上去的士兵更多了，在色诺芬看来，一定是到了非常重要的时刻。

于是，他骑上马，带着吕修斯和骑兵匆忙赶去支援，这时他们听到士兵们呼喊的是“大海，大海”和彼此鼓励的话语。然后，所有的部队都开始跑起来了，包括后卫队和其他部队，也鞭笞着驮兽和战马快速前行。当所有的人都到达山顶时，士兵们相互拥抱，而将领们和长官们眼里噙满了欣慰的泪水。

就在此时，有人建议士兵们去找来一些石头堆成大石堆，然后他们将一些生牛皮、木棒和从敌人那里得来的盾牌放在上面。向导将盾牌砍成碎片并建议其他人也这样做。

过了一会儿，希腊军遣走向导，从一般的储备物中拿给了他一匹马、一个银杯、一件波斯礼服和十达里克作为礼物，但他更喜欢他们手上的戒指，而且从士兵们那里拿走了不少。向导向希腊军指出了他们可以扎营的村庄和通往马克罗尼亚的路之后，晚上就离开了，连夜赶路回家乡了。

第二十九章　与马克罗尼亚人休战

从那里出发，经过三天的行军，走了十帕勒桑，希腊军穿越马克罗尼亚。在第一天，他们来到了马克罗尼亚和叙特尼亚的分界河。在他们右边是一处极难穿行的高地，在左边是界河流入的另一条河，他们必须穿河而行。这条河的两旁长满了树，虽然不是很大，但紧密地挨在一起。

希腊军一来到这儿就开始砍树，想尽快离开这个地区。但配有柳条质盾牌、长矛和束腰毛外衣的马克罗尼亚人排列在渡河处的对岸，相互赛着朝河里扔石头。他们没有伤到希腊士兵或者给他们带来任何不便。

这时候，一个轻盾兵来到色诺芬跟前说，他曾是雅典的一个奴隶，还说他通晓这些人的语言。

“我想，其实，”他说，“这里算是我的国家，如果没有什么不妥的话，我希望和他们交涉。”

“没有什么不妥，”色诺芬回答说，“去和他们交涉吧，首先弄清楚他们是什么人。”当他询问他们时，他们说他们是马克罗尼亚人。

“那么，询问，”色诺芬说，“他们为什么摆出阵势和我们敌对，想成为我们的敌人？”他们回答说，因为你们在进攻我们的国家。然后，将领们让他告知他们：我们没想要伤害他们，只是在和波斯国王交战后返回希腊的途中经过这里，我们希望抵达大海。他们又问希腊军能否为他们说的话发誓，希腊军说他们愿意发誓也愿意接受他们的誓言。

于是，按照马克罗尼亚人发誓的方式，他们给了希腊军一把柳叶刀，希腊军也给了马克罗尼亚人一把希腊刀。两军都以神灵为证人。

相互作出保证后，马克罗尼亚人马上加入希腊士兵中帮助他们砍树，为他们开路，好像他们要带领希腊军过去一样。他们也让希腊军很容易地买到了食物，带领希腊军穿越他们的国家行走了三天，直到希腊军来到科尔刻斯人的地界。

这里有高耸绵延的山脉，但可以通行，而且在这些高山之上，科尔刻斯人摆好了阵势，准备迎敌。

刚开始，希腊军各连站成一排横队，想以这种阵势向山上行进，后来将领们觉得有必要大家聚集起来商讨怎样行军最有利。

然后，色诺芬说，在他看来，他们应该放弃现在的阵势，让军队各连编成纵队前行。“一排横队，”他继续说，“很容易被瞬时打乱，因为横着的队伍在山区的某些地方无法通行，尽管在某些地方容易通行。这样被打乱以后，军队就变得很分散，士兵们容易泄气。如果列成很多层的战阵向敌人进攻，敌人会从双侧包围我们，然后可以用他们认为合适的任何方式向我们出击；而如果只用几层的战阵，那么，当大量士兵和许多投射物攻来时，我们的战线被打乱也是不足为奇的。这种情况发生在队形的任何一部分都对整个战线不利。因此，我认为，我们应该让连队编成纵队，中间留有大空隙，这样我们的战线就超越了敌人的左右两翼。如此一来，我们两端的队伍就可以包围敌人的侧翼。而且，因为我们以纵队行进，我们的士兵当中最勇敢的会首先和敌人交战，哪里的路好走，每个队长就可以带着自己的兵往哪儿走。

敌人要深入我们中间的空隙也不是那么容易的，因为两边都有队伍，在军队行军时要突破一支纵队也是困难的。如果敌人逼近哪支队伍，相邻的队伍能去支援；如果有哪支队伍能找到一条道路占领高地，敌人就再也抵挡不住我们的军队了。”大家同意了这个计划，接着他们将连队编成纵队。色诺芬骑马从军队右翼走到左翼说：“士兵们，你们眼前所看到的敌人是现在阻挡我们回到我们长久以来想回的地方的唯一障碍。如果可能的话，我们必须将他们活活地吞掉。”

每个人都各就各位。编成纵队后，共有八十队重甲士兵，每队都由约八十人组成。他们将轻盾兵和弓箭手分成了三支队伍，每支队伍约六百人，其中一队安排在军队左翼之外，另一队安排在军队右翼之外，第三队安插在中间。

然后，将领们命令士兵们向神灵们祈愿，之后，他们唱着赞歌向前行进。客里索普斯和色诺芬以及超出敌人两翼之外的轻盾兵开始向前推进，观察到希腊军行动的敌人匆忙上前迎敌。他们把队形分开了，一些在右边，而其他的在左边，这样，他们战线的中间就留下了空间。

当埃司基尼斯指挥的由阿卡狄亚人组成的轻盾兵分部看见敌人分散时，就全速朝敌人进攻，他们以为敌人要逃跑了。他们是第一支到达高地的队伍。接着，奥尔科美努斯人克里安诺指挥阿卡狄亚重甲部队紧跟着也抵达了高地。当希腊军跑起来的时候，敌人就抵挡不住了，朝各个方向逃跑。

穿过高地后，希腊军来到一些拥有丰富食物的村庄扎营。这里其他的一切东西都不足以让他们惊奇，但蜂箱的数量多得惊人，而且所有吃过这里的蜂蜜的人都失去了意识，开始呕吐、拉肚子且没有人能站起来。只吃了一点点的人就像是中了剧毒一样；吃了很多的人，就像疯子一样；还有一些人像即将要死了一样。于是，他们大批地倒在了地上，就像被打败的军队一样，而且都很沮丧。但第二天他们没有一个人死掉，而且在昨天失去意识的同一

埃司基尼斯，阿卡尔纳尼亚人，轻盾兵指挥官。
图为埃司基尼斯石雕

时间又恢复了意识，在第三天和第四天就像痊愈了似的可以站立起来了。

从那里出发，经过两天的行军，走了七帕勒桑之后，他们来到了一座人口密集、靠近攸克星海的希腊城市特拉佩组斯，这是西诺波的殖民地，但地属科尔刻斯人。他们在这里驻留了三十天，扎营在科尔刻斯人的村庄里，他们突袭并洗劫了科尔刻斯地区。特拉佩组斯人为希腊军提供了一个市场，在城市里面招待了他们，还把公牛、大麦和酒作为礼物送给他们。他们也代表邻近的尤其是住在草原上的科尔刻斯人和希腊军谈判，而且那些科尔刻斯人也把公牛当作礼物送给希腊军。

不久以后，他们准备举行还愿的献祭仪式，有足够的公牛可献祭给保护神朱庇特和大力神，感谢神灵们对他们一路上的照应，他们也对其他的神灵们献祭了。他们还在扎营的山上举行了体育比赛，选了拉西第蒙人德拉孔图斯准备方案并主持比赛。德拉孔图斯是因年少时用匕首误杀了一名小孩而被放逐的。当献祭结束后，他们将作为奖品的兽皮交给德拉孔图斯让他将这些东西带到比赛场地。德拉孔图斯指着他们所站的位置说："这座小山是田径比赛的好场地，士兵们可以向任何他们喜欢的方向跑。"他们说："但如何在高低不平和灌木丛生的地方进行摔跤比赛呢？""倒下的选手，"他说，"会遭更多的罪。"竞技项目有男子短跑，选手大多数是俘虏，男子长跑有六十余名克里特人参加，而其他人参与了摔跤、拳击和角斗的比赛。那是壮观的一幕，许多人参加了比赛，而且他们的朋友们作为观众，竞争非常激烈。战马也参加了跑步比赛，它们必须沿陡峭的山岭飞跑下去，跑到海边折返，再上山跑回祭坛所在地。在下山时，许多马都是滚下去的；但上山时，经过极度陡峭的地方，它们的速度非常缓慢。大家呼喊着、笑着，为之助兴。

卷五

第三十章　色诺芬的建议

在前面的叙述中，我们已经讲了希腊军和居鲁士一起行军的经过，希腊军在抵达攸克星海之前经历了什么，他们怎样抵达希腊城市特拉佩组斯，以及抵达友好国家后怎样向一路上保护他们的神灵们献祭。

现在，他们全军聚在一起开会商讨接下来的行程该如何安排。条立亚人安替利翁第一个站起来说："朋友们，对我来说，整理行李，走着，跑着，携带着武器，有秩序地行军，安排护卫队和打仗，这所有的一切已经让我精疲力竭。我们已经来到海边，我希望我可以停下来恢复精力，并希望在后面的行程中坐船离开，就像尤利西斯一样，睡在船上就抵达了希腊。"

听到这些话语的士兵们大声赞美他说得非常好，开始是一个人在赞美，接着所有的人都表达了同样的感慨。

客里索普斯站起来说："安那克西部斯是我的一个朋友，他现在是海军司令官。如果你们委托我去找他的话，我可以保证带大帆船和运输船回来接你们。你们想坐船离开，就待在这里等我回来，我很快就能回来。"

当士兵们听到这项提议后，都很高兴，并提议客里索普斯立刻全速前去。

接着，色诺芬站起来说："客里索普斯将要去取船，而我们将待在这里，接下来我要提一提我们待在这里的这段时间应如何安排。我们必须从敌人那里获取食物。因为靠这里的市场来供给我们是不够的，而且除了少部分人外，大家都没有那么多钱购买食物。但敌人居住在我们周边的地区，如果你们贸然出去寻找食物的话，许多人有可能面临被杀的危险。那么，在我看来，我们应该组成粮草征收队去寻找食物，而不是随意地乱走，这样你们才不会丢掉性命。此外，我们长官会指挥粮草征收队的行动。"

大家同意了这些建议。

"同样也要注意以下几点。"他说，"你们当中的一些人要出去实施掠夺。那么，我认为，任何要出去的人应该通知我们有多少人朝哪个方向走了，这样我们可以知道多少人外出，多少人留下，那些留下来的人在必要的时候就可以加入他们；而且如果哪支队伍需要救援的话，我们也知道往哪儿派支援队；如果有哪支队伍想要攻击敌人而又没有经验的话，可以将敌人的实力告知我们，然后我们给出建议应怎样对敌。"

这些建议也同样被采纳了。

"同样也考虑这一点，"他又说道，"敌人也有时间来抢我们。他们也在企图攻击我们，而且他们有理由这么做，因为我们抢夺了他们的财产。他们的位置在我们之上，所以，在我看来，我们应在营帐周围安置哨兵，这样一来，如果我们将哨兵分为几拨轮流站岗，敌人突袭我们的可能性就降低了。也考虑一下下面这一点。如果客里索普斯能够带回足够数量的船只来接我们，我说的话就没有必要了；但因为一切都是未知的，我认为我们应该同时试着在这里寻找船只。如果他带回来了船只，而我们也准备了船只，就有更多的船只载我们航行；如果他没有带回船只，我们就可以利用在这里获得的船只。我经常观察到有船只从这里经过，所以，如果我们向特拉佩组斯人要来战船，将其放在海岸，并派人防守，然后招募足够数量的桨手来代替原有的桨手，我们就能成功地获得我们需要的运输工具。”

他们也同意了这个建议。

“同样也要考虑到这一点，”他说，“我们供养我们招募来的船员是否合适。只要他们留下来是为了我们，还有，是否应该和他们商量好运费的事情，这样他们就明白只要做对我们有利的事情自己也能从中得益。”大家也同意了这一点。“在我看来，我们应该下令让海边周围的城镇修路，我听说那些路烂得几乎不能通行。他们会遵守这个命令的，因为他们既害怕我们又想早点摆脱我们。”当他说到这一点时，士兵们又开始大声抱怨他们不想从陆路行军。

看到士兵们需要考虑这一点，色诺芬就没让他们投票。但后来他说服那些城镇的居民让他们自愿修路，告诉他们如果道路可以通行的话，希腊军就能尽早离开。

他们从特拉佩组斯人那里得到一艘五十桨的大帆船，他们让拉孔尼亚人德克西浦斯看守此船。他忘了要等到其他的船一起，就坐着那只大帆船离开了攸克星海，但一段时间以后，他受到了应有的报应。在色雷斯，在赛特斯王子的宫中，他因参与密谋事件而被拉西第蒙人尼坎德杀害了。

他们也得到了一艘三十桨的帆船，并让雅典人波利克拉底看管。他将得到的所有船只都放在营地前面的海岸上，而且希腊人坐着木筏在船只周围防守，以保护好这些供他们通行的船只。

当这些事情发生的同时，士兵们也出去掠夺食物了。一些人成功地得到了食物，一些人没有抢到食物。克里安尼图斯带着他自己的军队和另一支军队出去攻打某个坚固的地方时被杀死了，还有几个和他在一起的人也被杀死了。

第三十一章 希腊军袭击德里莱人

当粮草征收队不能在获得食物的当天回到营地时，色诺芬带着一半的军队在一些特拉佩组斯人的带领下来到了德里莱，留下另一半的军队防守营地，因为被希腊军赶走的科尔刻斯人聚集部队占领了高地。

特拉佩组斯的向导们没有将希腊军带到容易获取食物的地方，因为那些地方的居民是他们的朋友。他们急切地将希腊军带入德里莱的地界。德里莱人曾伤害过特拉佩组斯人。他们进入多山难行的地区，并遇到了攸克星海本都斯海岸最好战的民族。

当希腊军进入德里莱地区时，德里莱人先放火烧了那些容易被夺占的地方，然后撤退了。

希腊军除了缴获到猪、牛和其他逃出大火的牲畜外，一无所获。那儿所有的德里莱人都逃到他们的首府去了。

首府周围有极深的沟壑，而且通向首府的道路十分难走。不过，走在重甲兵五六司塔迪亚姆之前的轻盾兵穿过了沟壑，看到了大量的牲畜和其他的可夺之物。

于是，他们向这个地方发起攻击。许多掠夺食物的持矛士兵也跟着向德里莱人靠近。这样一来，穿过沟壑的人数超过了两千。

这个地方周围有战壕，敌人用战壕里面的泥土筑起了防御土墙，土墙之上是栅栏和直立的木塔。当发现不能攻下这个地方时，他们就试着撤退，但敌人向他们进逼。

在这种情况下，他们无法撤退，因为从这个地方穿过沟壑每次只能通过一个人，于是他们向色诺芬发出了求援的消息，此时，他在重甲兵的最前面。信使说那个地方储有大量的东西。“但是，”他说，“我们无法攻下它，那个地方的防御能力很强；而且，我们要撤退也很困难，敌人出动攻击我们的后方，撤退的通道也很难行。”

听到这些话后，色诺芬将重甲兵带到沟壑前面，命令他们停止前进，进入备战状态，而他带着长官们走到另一个地方商讨是去救出已经过去的士兵更好，还是把重甲兵也带过去攻下那个地方更好。长官们的意见是他们要攻下这个地方。因为如果要救出已经过去的那批士兵，就有可能牺牲掉很多人。

于是，色诺芬听从了他们的意见，同时寄希望于献祭的结果；因为占卜官已经预示应该有一场交战，而且交战的结果是良好的。所以，他派遣长官们去带领重甲兵过来，而他待在原地阻止轻盾兵，不允许他们任何人和敌人小规模冲突。

当重甲军队过来以后，他命令每一位长官将军队组成他认为对交战有利的队形。这些长期相互竞争的长官，如今亲密地站在一起，执行他的命令。然后，他指示所有的轻盾兵拿着标枪的细绳处向前行军，因为他们需要在色诺芬发出信号的时候向敌人掷标枪；他也指示弓箭手将箭放在弦上，当他发出信号时，他们就开始放箭；他命令散兵们在他们的袋子里装满石头；他还派了合适的人去监督这些命令的执行情况。

当一切都准备好，长官们、副官们和所有的连长们都各就各位并能完全看见彼此时（因为军队被部署成一个新月形状），唱完赞歌的重甲兵们听到号角声就向战神发出呼喊跑向敌人。与此同时，所有的投射物，包括长矛、箭支和大量的石头，一齐朝敌人射去，一些士兵将燃着的木柴朝敌人抛去。

由于遭到大量投射物的攻击，敌人撤离了栅栏和塔，司腾法利亚人阿加西亚和费罗萨努斯脱下他们的战甲穿着束腰外衣开始爬防御土墙。然后，一个帮另一个向上爬，其他人也爬上去了，好似他们就要攻下这个地方了。

轻盾兵和轻甲兵冲着过去看能否帮上忙，而站在门边的色诺芬留住许多士兵不让他们去防御土墙那边，因为他看到在山区防御能力强的位置也有敌人的军队。

不久，堡垒里响起了一声大喊，士兵们都冲出来了，一些人携带着他们缴获到的东西，也许还有一两个人受伤了。而且，门附近挤满了人。

当冲出来的人被问及为什么出来时，他们回答说防御土墙里面还有城堡，里面有大量的敌人，敌人已经开始出动攻击他们。

色诺芬让传令官托尔米德去宣布：任何想要抢到食物的士兵都可以进去。当许多人冲向入口处时，想要进去的人比想要匆忙出来的人更占上风，然后再次被关在城堡内。

接着，城堡外的所有地方都被洗劫一空，而且希腊军将战利品都带了出来。重武器士兵则在栅栏周围和通向城堡的那条道上武装着待战。

色诺芬和将领们商量是否有可能攻下城堡，攻下城堡，他们才能安全撤退。要不然的话，撤退是一件很困难的事。

思虑再三后，他们认为城堡是完全无法攻取的。于是，他们开始准备撤退。每个人都停在离他们最近的栅栏处。长官们让随营人员、受伤的人和手里拿满战利品的人先离开，留了那些他们最信任的士兵来充当撤退大军的后卫队伍。

当他们开始撤退时，大量的敌人从城堡里出动向他们逼近，他们有轻盾、长矛、护胫套和帕弗拉戈尼亚头盔等装备，而其他的敌人爬上通往城堡的那条道路的两边房屋。

这样一来，要朝城堡门口方向追击敌人是不安全的，他们会从上面扔下大块的木头，或留或退都是危险的，夜晚的降临也增加了他们的惊慌。

正当他们焦急万分时，某位神灵向他们显示了自救的办法。道路右边的房子突然着火了，也不知是谁放的火，当火势蔓延的时候，右边的所有敌人

帕弗拉戈尼亚，北部小亚细亚省区。图为一幅标明帕弗拉戈尼亚地理位置的古地图

就逃了。靠运气得知这种对策的色诺芬下令放火烧掉左边的所有房子，因其是用木头建造的，很快就燃起来了。于是，左边房子上的敌人也同样逃了。

不过，正对着他们的敌人，也只有这些敌人，仍在继续骚扰他们，并明

显地表现出他们要在出口处攻击希腊军的意向。于是，色诺芬命令所有在敌人投射物范围以外的士兵都去找来木头放在他们和敌人之间的位置。

当大量的木头堆放在一起后，他们将其点燃，同时点燃栅栏旁边的房屋，这样做的目的是将敌人的注意力转移到这些事情上面。就这样通过在两军中间的位置放火，他们成功地从这个地方撤退了，尽管撤退的过程很吃力。那个城镇、房屋、塔、栅栏和所有除了城堡的一切都化为灰烬了。

第二天，希腊军带着他们得到的食物行军离开。然而，回特拉佩组斯要走的下坡路让他们有所担心，因为那条路又陡又窄，于是他们安排了一场虚假的伏击。

一个出生在米西亚也叫米西亚的人带了十个克里特人埋伏在丛林深处，假装隐藏起来不让敌人发现，但他们黄铜质的盾牌发出的光芒透过了矮树丛。于是，发现这些迹象的敌人担心有真正的伏击。

与此同时，希腊军从上面撤了下来。当米西亚觉得希腊军已经走远了，就向同伴们发出全速逃走的信号，他也跟着匆匆离开。

其他的克里特人从灌木丛里安全地撤退了，有人听到沿路逃走的米西亚呼救，一些人跑过去救出了受伤的米西亚。然后，救了米西亚的那队人开始一步一步地撤退，他们朝向敌人，还面临着被敌人投射物砸伤的危险，而一些克里特人也向敌人放箭。就这样，他们所有的人安全回到了营地。

第三十二章　色诺芬在西卢斯的住宅

因为客里索普斯还没有回来，他们没有足够数量的船只，而且再也不能获得食物，所以他们觉得该离开了。于是，他们将病员、年龄在四十岁以上的人员、女人和孩子以及没有必要留下的辎重都送上船，委任两位年龄最长的将领斐利修斯和索菲涅图斯负责管理船上的一切事务。余下的军队走路离开，因为道路已经修好了。

经过连续行军，他们在第三天抵达赛拉苏斯，一座科尔刻斯海岸上的希腊城市，也是西诺波的殖民地。他们在赛拉苏斯停留了十天，并检阅了军队，统计了士兵的人数，总共有八千六百人。这些人是一万士兵中幸存下来的，其余的人被敌人和大雪剥夺了生命，也许还有两三个是病死的。

在这里他们将俘虏卖了，并将所得的钱分了下去。他们将其中的十分之一留给了阿波罗神和以弗所的黛安娜神，由将领们分别为诸神保管。应归客里索普斯的那一份交给了阿西那人涅昂。

色诺芬从他那一份里拨出一些给阿波罗神还愿，将其交给了德尔菲的雅典司库，写上了他自己的名字和跟克利尔库斯一起死的普罗克西努斯的名

黛安娜是众神之王朱庇特和温柔的暗夜女神拉托娜的女儿，太阳神阿波罗的孪生妹妹

字，因为普罗克西努斯是他的挚友。

应给以弗所的黛安娜神还愿的那一份，他在随阿基西罗斯从亚细亚回去征讨彼奥提亚时，留交给了麦嘎比组斯，他是以弗所黛安娜神庙的主持。色诺芬嘱咐麦嘎比组斯说，如果他能逃回的话，就将钱归还给他；如果他遭遇任何不测，麦嘎比组斯可自行动用这笔钱对女神做任何供奉。后来，当色诺芬被他的国家流放，居住在拉西第蒙人的殖民地西卢斯，离奥林匹亚很近。麦嘎比组斯来奥林匹亚看比赛时，将存款交还给了色诺芬。

奥林匹亚位于伯罗奔尼撒的西北部，是古代厄利斯用以祭拜宙斯的宗教中心，又是古代奥林匹克运动会的遗址。图为其遗址

色诺芬一收到这笔钱就在神灵示意的地方购买了一处土地来供奉女神。恰好赛里努斯河流经此地，而在以弗所也有一条叫赛里努斯的河从黛安娜神庙附近流过，两条河里都有鱼和贻贝。同样，在西卢斯附近有各种各样的野

兽可供狩猎。他也用这笔神圣的钱修了祭坛和庙宇。后来，他每年都将自己田地里收成的十分之一供奉给神灵。城镇里所有的人以及附近一带男男女女都参加了庆典，女神为这些参加庆典的人提供大麦、面包、酒和甜食，以及奉神的牧场提供的畜祭品和猎获物。色诺芬的儿子和其他居民的儿子经常在节日期间出去打猎，而且愿意参加打猎的男人都可以去，他们抓到了野猪、羚羊和鹿，一部分是在献给神的土地上抓的，一部分是在福洛山抓到的。这片地区在拉西第蒙通往奥林匹亚的路上，离奥林匹亚的朱庇特神庙约有二十司塔迪亚姆的路程。这片地区里有小果园和长满树的小山岭，适合野猪、山羊、公牛和马儿的生养，如此一来，来到这里的人都可以吃到充足的肉。庙宇周围种上了各种果树，到了不同的季节可以吃到不同的水果。这里的庙宇和以弗所的庙宇很相似，只是略小一些；女神像也和以弗所的女神像很像，只是这里的神像是用柏树打造的，而以弗所的是用纯金打造的。

庙宇前立了碑注，上面写着：此乃黛安娜神庙圣地。任何享用这里收成的人必将所得十分之一供奉给女神，并用余下的资金保养好神庙。如果有人不照此行事，女神是看得见的。

第三十三章　抵达科提拉

那些先前坐船离开的希腊军从赛拉苏斯继续航行，其余的军队仍然走陆路前行。当来到麦叙诺基亚地区时，希腊军派了特拉佩组斯人提梅西透斯前去询问他们将希腊军当成朋友还是当成敌人。麦叙诺基亚人回答说："我们不会给希腊军让道。"因为他们相信他们的要塞可以阻挡一切。

然后，提梅西透斯告诉希腊军说麦叙诺基亚地区有另一股势力与这些麦叙诺基亚人不和。于是，希腊军决定去询问那股势力是否愿意与希腊军结成联盟。提梅西透斯被派去执行这个任务并带回了他们的首领。

他们一到，麦叙诺基亚的首领们和希腊军的将领们便聚在一起召开会议，色诺芬说了如下的话，提梅西透斯在一旁翻译：

"我们希望，"他说，"通过陆路安全回到希腊，因为我们没有船只；但这些麦叙诺基亚人阻挡我们的去路，我们听说他们是你们的敌人。所以，如果你们认为合适的话，你们可以和我们结成联盟来为他们曾对你们作出的伤害报仇并让他们以后都臣服于你们。如果你们拒绝和我们结成联盟的话，想想你们还能从何处再次得到这样强大的军队来支持你们。"

关于这一点，麦叙诺基亚的首领们回答说他们乐于听到这个提议，同意结成联盟。

“好的，那么，”色诺芬说，“如果我们结成联盟，你们想要利用我们达到什么目的？通过你们这片地区时，你们能帮助我们多少？”

他们回答说：“我们能从更远的一边侵入敌人的地区，并将派船只、助手和向导来帮助你们前行。”在这些条款上，他们互相发过誓后，麦叙诺基亚的首领们就离开了。

第二天，他们带着三百只木筏回来，每只木筏上有三个人，其中两个人上了岸，武装着站好了队，而第三个人仍然待在木筏上。然后，后者坐着木筏离开了，留下来的人站成了两排，每一排一百人，就像两排互相面对的舞者一样，每人都配有白牛皮做的盾牌，上面还有毛，其形状如常春藤的叶片，他们的右手上拿着六腕尺长的长矛，其上端是尖尖的，下端是圆形的用树干做成的把手。他们穿着不过膝盖的短外衣，衣服的厚度也不过是装随行衣服的亚麻袋子那样的厚度，他们的头上是皮革制成的头盔，就像帕弗拉戈尼亚人的头盔一样，中间的一圈是头发编的辫子，像极了冕状头饰；手里拿着铁制战斧。

接着，他们中的一个人朝前走了，所有余下的人唱着曲子跟着他走。然后，经过希腊军的战线和重甲部队后，他们直接朝敌人奔去攻击那个看上去容易被攻下的堡垒，这座堡垒在占据麦叙诺基亚地区最高点的城市的前面，他们声称这座城市本是他们的首府。

也是在这座堡垒处，双方开始交战。谁能夺下这里的首府谁就被认为是麦叙诺基亚的首领。他们说现在占领首府的人是通过不正当的手段夺得的，而且他们通过占用公有的东西来为自己谋利。

一些希腊人跟随这些人一起去交战，并不是长官们命令他们去的，而是为实施掠夺而去。当他们向前行进的时候，敌人先是按兵不动，当他们靠近堡垒时，敌人就出动并将他们打跑了，杀死了几个麦叙诺基亚人和几个跟麦叙诺基亚人一起去的希腊人，而且他们乘胜追击直到看到希腊军的大部队过来支援。然后，敌人掉头就跑，砍下了被杀人的头颅展示给希腊军和他们的敌人看，与此同时，他们还和着某种曲调唱着歌、跳着舞。

这次事件让希腊军非常恼火，因为他们使敌人变得更加勇敢，而且跟随他们去攻打敌人的大量希腊士兵逃跑了；希腊军在行军路上从未出现过这种情况。

色诺芬把希腊军召集到一块儿说："士兵们，不要因为所发生的事情而感到沮丧，因为可以确定的一点是这次事件也让我们看到了对我们有利的条件。首先，你们现在可以确定那些要为我们做向导的人的确和我们拥有共同的敌人。其次，那些无视军队纪律认为他们自己和异族人一起，也能像和我们在一起一样并肩战斗的希腊士兵，也为他们的鲁莽付出了代价。这样一来，在任何情况下，他们都不会丢下大军贸然行动了。现在你们的义务是准备好向我们的友军展示你们比他们更勇敢，向我们的敌军证明他们现在要对付的是和先前秩序混乱的军队不一样的军队。"

就这样，当天他们并未采取任何行动，各自回营地休息。第二天，他们献祭完后发现了较好的预兆。

吃完早饭后，希腊军排成纵队，左边的麦叙诺基亚友军也以同种方式排列，弓箭手排在各队士兵中间，然后一起向前行军，重甲部队的前方略靠后一些，因为敌人的轻盾兵跑下来朝希腊军扔石头，弓箭手和轻盾兵要阻止他们。其余的希腊军缓慢地朝昨天所攻的堡垒行进，因为敌人在那儿摆出阵势攻击他们。

敌军的确和前来的轻盾兵交战了，当重甲兵逼近时，他们就开始逃跑，然后轻盾兵立刻追击敌人上山来到首府，重甲部队也有秩序地跟着追击。他们一到达山顶，离首府的房屋很近时，聚集起来的敌军开始和希腊军交战并朝他们扔柳叶刀；而且，他们还用难以携带的又厚又长的长矛和希腊军肉搏来保护自己。

由于希腊军并没有让步，而是持续和他们近距离交战，敌军也完全放弃这个地方逃走了。但居住在高处木塔里的敌军原来一直共同护卫的国王不愿意走出来，他们首先攻下的堡垒里的人也不愿出来，于是，希腊军就将那座堡垒和木塔一起烧了。在洗劫此地的过程中，希腊军在房屋里发现他们储备了大量食物，麦叙诺基亚人说，这是他们祖传的规矩，并且还要将未脱粒的新谷物储存起来以备不时之需，其中大部分为细麦。他们还发现了泡在坛子里被切成薄片的海豚瘦肉，还有放在其他容器里的海豚脂，麦叙诺基亚人用这些海豚脂就像希腊人用橄榄油一样。

麦叙诺基亚人房屋的上层储有各种各样没有裂开的栗子，他们将栗子煮沸焙成大块当食物吃。希腊军还找到了酒，如果不往酒里掺入其他东西，这些酒就是酸的，但如果掺些水进去的话，这些酒就变得又香又甜。

在这里吃饱喝足的希腊军继续向前行军，将这个地方交给了和他们成为联盟的麦叙诺基亚部族。至于他们抵达的其他城镇，如果其属于敌军，那些地方的麦叙诺基亚人就舍弃那些最容易被攻取的堡垒逃走了，而其他地方的居民则自愿地向他们靠拢。这里的大部分城镇都是这样的位置：每两个地方的距离约八十司塔迪亚姆，或多一点，或少一点；如果有人大喊的话，邻镇的居民都可以听到；这个地方到处是山峰和幽谷。

当继续前行的希腊军抵达他们友军的地区时，这里的人向他们介绍了一些富家子弟，他们都很胖（吃煮栗子吃的），非常温和，皮肤白皙，高矮胖瘦也都差不多，背上涂了各种颜色，身前都有花样图案的文身。他们想要跟希腊军里的妇人公开性交，因为这是他们这边的习俗。这里的男人和女人都很白皙。参与此次行军的希腊军说，这些人是他们所经过的所有地区中最不开化的，而且和希腊人的行为举止相差甚远；因为他们经常在人群中做其他人只在私下里做或者根本就不做的事情；当独处无人时，他们的行为还是像在人群中一样，他们自说自话、自娱自乐，并随时停止、随时跳舞，就好像他们是在向别人展示自己一样。

第三十四章　色诺芬为希腊军的行为辩护

穿越一半敌对一半友好的麦叙诺基亚地区后，希腊军经过八天的行军来到了卡卢比亚地区。这里人口稀少且臣服于麦叙诺基亚人，他们大多数人以打铁为生。接着，他们来到了提巴壬尼亚，这里地势平坦，海岸上有一些防御能力不是很强的城镇。将领们打算攻击这些地方，这样在一定程度上对军队有利。于是在提巴壬尼亚人派人前来示好时，将领们没有接受他们的东西，而是让他们派来的人等到他们考虑好了再说。然后，希腊军向神灵献祭。接连几次献祭后，占卜官们的意见都是神灵绝不赞同交战。接着，希腊军就收下了提巴壬尼亚人送来的礼物，像朋友一样穿过了他们的地区，两天后，他们抵达了西诺波殖民地科提拉（也是一座希腊城市，地处提巴壬尼亚地区）。

希腊军通过陆路就走了这么远，从巴比伦附近发生战争的地方到科提拉，他们行走的路程一共是一百二十二天的行军，六百二十帕勒桑或者一万八千六百司塔迪亚姆，总共所花的时间是八个月。

他们在科提拉停留了四十五天，在这期间他们首先向神灵们献祭，接着每一个希腊士兵根据自己部族的习惯举行了游行和竞技活动。与此同时，他们从帕弗拉戈尼亚人和科提拉人那里分别夺来了一部分食物；因为他们不允许希腊军购买他们的食物，也拒绝收纳希腊军的病员在他们的房屋里调养。

发生了这些事情以后，西诺波派来了使者（因为科提拉归他们管辖，而且科提拉人向他们上贡），因为他们害怕科提拉城和土地正如他们所听说的那样被劫掠。抵达希腊军营地后，一个大家认为有口才的人希罗尼穆斯代表其余的人发言："士兵们，西诺波人派我们来到这里，首先，我们要赞扬你们，因为你们作为希腊人打败了那些异族人；其次，我们要祝贺你们经过千难万险安全抵达这里。但我们认为，我们是希腊人，我们应该从你们希腊军那儿得到保护而不是伤害，因为我们从没有作为侵略者对你们造成伤害。科提拉人是我们殖民地的居民，我们从异族人手里夺得这片土地后就交给他们居住了；因为这个原因，他们向我们进贡，就像赛拉苏斯人和特拉佩组斯人向我们进贡一样；所以，不管你们对他们作出什么伤害，西诺波人会认为自己也受到侵害了。现在，有人告诉我们说，通过武力进入此城后，你们当中的一些人在科提拉人的房屋里住了下来并从附近的人家拿走任何你们想要的东西而不问他们是否同意。我们不赞成你们这样的行为，而且，如果你们继续如此行事的话，我们将有必要与帕弗拉戈尼亚首领科律拉斯和帕弗拉戈尼亚人以及任何其他可以团结的力量结成联盟。"

听到了这些抱怨后，色诺芬站起来代表希腊军作了如下回答："西诺波人民，我们为自己能好好活着来到这里而感到心满意足；因为要一边带着战利品，一边和敌人交战是不可能的；而现在，我们抵达了希腊城市，我们都通过采购来获得食物（例如特拉佩组斯，因为他们允许我们购买）；作为他们尊重我们和送我们礼物的回报，我们处处尊重他们，也没有去伤害那些和他们交好的异族人，当他们带我们去他们的敌人所在地时，我们也为他们报了仇。你们可以去询问，在他们眼里我们是什么样的人（因为该城市出于友好派了向导给我们，而向导们现在就在军中）。当我们来到我们没有机会采购食物的地方时，不管是在异族人还是在希腊人的地区，我们只是出于需要才会夺取食物，并没有残暴地掠夺。就这样出于需要，我们从卡杜客亚人、陶基亚人和卡尔丹人那里夺取食物而跟他们成了敌人，因为他们不给我们提供采购的机会（他们不是国王的臣属，但是非常难对付）；但马克罗尼亚人给我们提供了采购食物的便利，尽管他们是异族人，我们还是视他们为朋友，而且我们没有强行从他们那里夺取任何东西。至于科提拉人（你说他们是你们的属民），不管我们从他们那里夺取了什么都是他们咎由自取；因为他们没有向我们示好，而是关上他们的大门不允许我们进入他们的房屋，也不在外面给我们提供采购食物的机会；他们还声称是你们指派的市长让他们这么做的。至于你说的我们通过武力进入此城后强行居住在科提拉人家里的这件事，我们曾要求过他们接受我们的病员在他们家里疗养，但他们没有打开大门，我们只是在门开了的地方进去了，并没有进一步侵犯他们；现在居住在房屋里面的病员也是靠自己维持生命；我们安排了一个守卫在门旁只是为了我们受伤的士兵不会落入你们市长手里，而我们也可以在想要离开时带他们出来。我们其余的军队，正如你所看到的那样，井然有序地在户外扎营，我们已经准备好了，如果有谁给予我们帮助，我们会报答他的恩惠；如果有谁给我们带来伤害，我们也会为保护自己而与之对抗。至于你的威胁，如果合适的话，你会和科提拉人及帕弗拉戈尼亚人结成联盟来对付我们，但你要确定一点，如果有必要的话，我们也会和你们交战，我们已经和比你们人数更多的军队交过战了，或者，如果我们认为合适的话，我们会让帕弗拉戈尼亚首领与我们成为盟友。因为我们听说，他觊觎科提拉城和所有海上的城市，我们可以通过帮助他实现愿望来和他成为朋友。”

色诺芬说完这番话后，西诺波使臣赫卡托尼木斯[①]的同伴们对赫卡托尼

① 赫卡托尼木斯，即上文出面发言的西诺波使节希罗尼穆斯，原文本身不统一。——译者

木斯说的话明显流露出不悦的神色，他们当中的另一个使节走到跟前说，他们不是来宣战而是来示好的。“如果你们来到西诺波城，”他继续说，“我们会在那里像朋友一样接待你们，而且，我们现在也会命令这里的人民尽他们所能给你们提供食物；因为我们了解到你刚才陈述的都是事实。”然后，科提拉人就给希腊军送来了礼物，希腊军的将领们也款待了西诺波的使节们；他们彼此就与他们有关的许多其他事情交流了意见，还询问了各自想知道的一些细节，例如接下来要走的路线。

第三十五章　色诺芬想要建立一座城

那一天就那样结束了。第二天，将领们聚集了士兵们，决定把西诺波的使节召来和他们商量剩下的行程的事宜；如果他们有必要继续走陆路的话，西诺波人或许是很好的向导，因为他们很熟悉帕弗拉戈尼亚的地形；或者，如果他们要走海路的话，他们看来也需要西诺波人的帮助，因为他们是唯一有能力给他们提供足够多的船只来运送军队的人。所以，一番客套话后，他们就询问使节们是什么意见，并希望作为希腊人他们首先能善意地为他们着想，给出最好的建议。

赫卡托尼木斯首先站了起来，为他说过的话“他们会和帕弗拉戈尼亚人结为盟友”而道歉，还说他说那样的话并不是在暗示他们想要向希腊军宣战，而是说，虽然他们有机会和帕弗拉戈尼亚交好，但是他们还是选择和希腊军成为朋友。当希腊军征询他的意见时，他向神灵诅咒说了如下的话：“如果我给你们说出在我看来最好的建议，神灵们将赐福于我；如果我说了违心的话，神灵们将赐祸于我；因为现在似乎需要这样神圣的建议；而且，如果你们认为我的建议好，你们中的许多人就会为我喝彩，如果不好，你们也会诅咒我。我很清楚，如果你们坐船前行的话，我们自己将会有许多麻烦，因为我们有必要给你们提供船只；但如果你们走陆路前行的话，你们就得一边作战一边前行。不过，我必须告诉你们我所知道的事情，因为我对帕弗拉戈尼亚的地形和他们的实力都很了解。帕弗拉戈尼亚地区有许多美丽的平原和高山；首先，我知道你们必须要经过的一个入口，那个入口的两旁都是很高的山，而且你们不能从其他地方进入，少数人占领了那些山峰就能防御；但如果敌人预先占领的话，世界上任何人也不可能强行通过。如果你们派一支队伍给我，我可以带他们去看看那里的地形情况。此外，我还知道平原上有帕弗拉戈尼亚的大量骑兵，他们认为他们比国王的所有骑兵都更优秀；最近国王召集他们时，他们没有去加入国王，因为他们的首领很自傲。但就算你们能够不被发现地通过山区，或者能够抢在敌人前面占领入口，并且能够在平原上击败他们的骑兵和一万两千步兵，你们接下来到达的地方是河流，首先到达的是宽三百英尺的德尔蒙河，我认为你们很难渡过那条河流，尤其是当你们前面还有大量的敌人，后面又有许多追兵时就更难了；接着，你们会来到同样宽三百英尺的依里斯河；然后，你们会来到宽两弗隆[①]的哈利斯河，如果没有船的话，你们根本不能通过此河；而且谁来给你们提供船呢？就算渡过了哈利斯河，你们接下来会抵达同样难渡的帕尔提纽斯河。所以，我认为，这条路不是难行，而是根本就无法通过。但如果你们坐船航行的话，你们可以沿着海岸从这里直达西诺波，然后从西诺波航行至赫拉克里亚；从赫拉克里亚出发，不管是走陆路还是走海路都没有困难，因为赫拉克里亚有大量船只。”

当他给出建议后，有些人怀疑他给出这样的建议是为了袒护科律拉斯，因为他和科律拉斯是朋友；有些人认为他给出这样的建议是为了得到礼物；还有一些人认为他给出这个建议的真实目的是为了阻止希腊军走陆路以免伤

① 弗隆，英国长度单位，等于201.168米。——译者

害西诺波人民。但不管怎样，希腊军最后投票决定还是走海路。

然后，色诺芬说："西诺波人民，希腊士兵们选择了你所建议的前行方式；现在事情是这样的：如果你们能给我们提供足够多的船只不会让一个士兵落下的话，我们就航行离开；但如果我们有一部分人要留在这里，而另一部分人航行离开的话，我们根本就不会上船；因为我们很确定，只要我们是强者，不管在哪里，我们都能保全自身也能获取食物，可如果我们变得比我们的敌人更弱，那么很明显我们会沦为别人的奴隶。"听完这些话后，使节们要求希腊军派一个使团去西诺波。于是，希腊军派了阿卡狄亚人卡利马库斯、雅典人阿里斯顿、阿加亚人萨莫拉斯前去；他们立刻就出发了。

与此同时，色诺芬想到现在在本都斯训练有素的重甲兵、轻盾兵、弓箭手、投石手和骑兵的数量，这么大的一支队伍开销也很大，在他看来，要是在这儿建立一座城市来为希腊获得领土和权力将是一件光荣的事情。当他想到希腊军的数量和本都斯周边居民的数量时，色诺芬认为这样的一座城市将会变得很大。在色诺芬还没有将这个想法告诉任何人之前，他传令让居鲁士的占卜官安布拉喜阿的西拉努斯前来就这个计划向神灵献祭。西拉努斯担心这个计划会付诸实施，而军队会定居在某个地方，于是，他在全军中散播消息说，色诺芬想要所有的人都留在那里建立一座城市，以此来带给他自己荣誉和权力。西拉努斯自己希望能尽快出发回到希腊，因为他在那里存下了居鲁士因他作出准确预卜而赏给他的三千达里克。至于士兵们，当他们听说这件事后，一些人认为最好留在这儿，但大部分人持有不同的意见；达达尼亚人提马宋和彼奥提亚人托拉克斯告诉碰巧在那儿的赫拉克里亚商人和西诺波商人说，如果他们不能为军队获取军饷来保证船上的食物供应，这样庞大的军队留在本都斯就会有很大的危险；他们说，色诺芬正在筹谋这个计划，而且，当船只到来时，色诺芬会命令我们对军队说："士兵们，我们现在发现在两点问题上无计可施，我们怎样才能为我们的航行准备食物？我们怎样才能在回家时给我们家人带去好处？但如果你们有意在攸克星周围有人居住的地区选择一个你们喜欢的地方并据为己有定居下来，让那些想回去的回去，那些愿意留下的手里有船只，这样你们就可以在你们认为合适的时候突然袭击任何地方。”这些商人将他们听到的事情在他们的城市里传播开来；而且，达达尼亚人提马宋派了达达尼亚人攸利马库斯和彼奥提亚人托拉克斯去散布同样的言论。西诺波人和赫拉克里亚人一得知此事，就派人交代提马宋，他一接到某一笔钱就利用他的影响力促成军队驶出攸克星海。他心甘情愿地听从了这个建议，并把士兵们召集起来发表了演讲，其大意如下：“我们不应该有留在这里的想法，或者认为有其他任何的地方比希腊好。但我听说，某人在没有告知你们的情况下就在为留下来的计划献祭。如果你们驶出攸克星海的话，我有办法给你们每个人每个月发一个银币作为军饷，从每个月的第一天开始算起；然后，我会带你们到特罗阿斯，我以前是那里的流放者，我的城市会帮助你们，因为我的同胞们会很高兴地接纳我。我也同样会将你们带到可以获得财富的地方去，因为我对埃奥利斯、弗里吉亚、特罗阿斯和总督法尔那巴组斯的所有辖地都比较熟悉，一部分原因是我是那片地区的本地人，一部分原因是我曾和克利尔库斯、德尔叙里达在那里服过兵役。”

一直和色诺芬争指挥官位置的彼奥提亚人托拉克斯立刻也站起来说，如果他们驶出攸克星海的话，他们就会抵达富饶的刻尔索尼斯地区；这样一来，希望留在那里的人可以留下，而不愿意留下的人可以回家。他还说，当希腊还有大量富饶的地方，而去异族地区寻求定居处是一件可笑的事情。“而且，直到你们到达那里，”他说，“我和提马宋保证给你们发军饷。”因为他知道只要他们驶出攸克星海，西诺波人和赫拉克里亚人会给他们一笔钱，所以他才敢这样说。与此同时，色诺芬保持沉默。但阿加亚人斐利修斯和吕孔觉得让人无法忍受的是，色诺芬私底下劝说士兵们留下来定居，并为此计划向神灵献祭，还不让军队参与献祭仪式，而且，在将领大会上也对此事只字不提。于是，色诺芬不得不站起来发话了，他说了如下的话：

“士兵们，正如你们所看到的，我为了你们也为我自己尽我所能地向神灵献祭，这样做的目的是为了我能说出、想出并奉行对我们最有益的决策；我刚才也在为一个想法而献祭，那就是我是向你们提出这个事情更好，还是什么都不说更好。占卜官西拉努斯告诉我说，征兆是好的，但又说，会有人欺骗背叛我（他说出来是因为他知道，我一再地参加献祭，在这方面不是一窍不通的）。真的，现在大家都知道，就是西拉努斯在背叛我，他还在你们面前诽谤我；其实就是他散布消息说我在没有征求你们的意见之前就要将计划付诸实践。我如果发现你们确实有需要，我才会部署计划让你们先占领某个城镇，然后那些想回家的可以马上回家，那些不这么想的在为家人获取足够多的好处时才回乡也是可以的。既然现在赫拉克里亚人和西诺波人会给你们提供船只航行离开，并且有人向你们承诺会在每个月月初给你们发军饷，在我看来，在我们安全到达希望去的地方后还可以得到军饷来保全自身，那是对我军非常有益的事情，所以，我决定放弃我的计划，而且也会让来找我说应该实施这个计划的人同样放弃这个想法。因为我的想法是这样的：如果你们像现在这样大家一起继续留在这里，人多势众，你们就能受人尊敬并获取食物，因为强者有夺取弱者财产的特权；但如果你们出现分裂，将军队分成许多个小部分，你们既不能保全自己的性命，也不能心满意足地离开。所以，我的意见和你们是一样的，我们要出发回到希腊。如果在全军到达安全地之前，有人留在这里，或者有人遗弃了人员在这里，我们将把他作为罪犯审判。如果大家赞同这些观点，请举手示意。”所有的人都举起了手。

但西拉努斯大声说他反对，并说应该允许那些想要离开军队的士兵离开。不过，士兵们不接受他的反对意见，威胁他说，如果他们抓到他要逃走的话，他们会惩罚他。不久，当赫拉克里亚人得知希腊军决定驶出攸克星海，是色诺芬让大家投票决定的，他们便提供了船只，至于他们对提马宋和托拉克斯所承诺的那笔钱就不了了之了。于是，那些保证要给士兵发军饷的人就不知所措了，而且害怕见到士兵们。所以，他们带领其他长官，至少是那些曾就之前行动与其通过消息的长官（除客里索普斯手下的阿西那人涅昂，而客里索普斯还没有回来）来找色诺芬，并告诉他说，他们为之前所做的事感到抱歉，还说，他们认为最好的路线是先驶往法细斯河，因为他们有船，再夺取法西亚人的领土，碰巧法西亚人的国王是埃厄提斯的孙子。色诺芬回答说，他不会建议士兵们这么做。“但你们自己可以把士兵们聚集起来，”他说，“如果你们愿意的话，向他们说清楚事实。”然后达达尼亚人提马宋建议，他们不用召开全体会议，而是每位将领先劝服自己的手下。于是，他们各自离开并行动起来。

第三十六章　军队的不满

士兵们现在知道将领们在激烈争论的这些事；阿西那人涅昂告诉他们说，色诺芬让其他的将领都站到了他那一边，并决定欺骗军队要把大家带回法细斯河。

听到他这样说了以后，士兵们很是不悦，他们开始召开会议，各自形成帮派。而且他们有可能再次作出曾对科尔刻斯使者和市场供应人员所作出的那些事情，因为那些人员中的大多数还没有逃到海边就被石头砸死了。

色诺芬发现士兵们现在的状态后，认为应立刻召集全军开会而不能任由他们结成帮派。于是，他命令传令官召开全体大会，当士兵们听到传令官的声音后都匆忙赶来参加会议了。色诺芬对士兵们说了如下的话：

“士兵们，我听说有人控告我意图欺骗你们，带你们去法细斯河。所以，听我说，以诸神为证，如果我做了什么错事，那就让我在离开这个地方之前受到相应的惩罚；但相反，如果是控告我的人做错了事情，我恳求你们也要相应地惩罚他们。毫无疑问，你们知道，”他继续说，“太阳从哪里升起、从哪里落下，谁要是想去希腊，必须朝西走，而谁要是想去异族地区就朝相反的方向也就是朝东走；那么，有人骗得了你们太阳在这日落的地方升起在那日升的地方落下吗？你们同样也知道北风会把你们带出攸克星海朝希腊航行，而南风会带你们向里朝法细斯河航行；当北风吹起的时候，你们为朝希腊航行而欢呼。那么，谁还能在这一点上骗你们、诱使你们在南风吹起的时候上船呢？也许你们会说，我会让你们在风平浪静的时候上船。但我最多只能坐上一艘船，而你们至少分布在一百艘船上；那么，我怎么能够强迫你们违背你们的意愿和我一起航行，或者我怎样才能通过欺骗带你们离开呢？我只能假设你们是被我施了魔咒才抵达了法细斯河，那么，当我们走上陆地，你们就清楚地知道你们没在希腊，骗了你们的只有我一个人，而你们被骗的几乎有一万人，你们手里还有武器；我这样惹众怒于一身难道会比替自己和你们谋划有利吗？只有愚蠢的人和嫉妒我的人才会这样控告我，因为他们嫉妒大家都尊敬我；其实他们的嫉妒是不合理的，如果有谁对你们有什么好的建议，难道我阻止他发言了吗？或者，如果他希望为你们和他自己而拼斗时，我阻止他了吗？或者，如果有谁在意你们的安危并为你们的安危监视敌人时，我阻止他了吗？当你们选指挥官的时候，难道我挡了谁的道吗？我随时可以辞职，让其他人来接替指挥官的位置，只要他表示他会做有利于大家的事情。关于这一点，我说得已经够多了。如果还有谁在这件事情上认为自己被欺骗了，或者有任何其他的人在这件事情上欺骗了他，请你站出来，将事情原原本本地说出来。

“如果你们在这一点上已经没有什么疑问，你们先不要散去，我还要告诉大家关于某种行为的一些事情，我发现，这种行为在我们军中已经萌芽；现在是该我们考虑我们自己行为的时候了，要不然让这种行为继续发展下去变成最糟糕的情况的话，那么在神灵面前、在敌人和朋友面前，我们就成了最卑鄙最臭名昭著的人群，而且所有的人都会鄙视我们。”

听到这些话的士兵们都想知道到底是什么事情，希望他继续说下去。

于是，他继续说："你们都清楚在山上有一些归属于异族人的地方，是和赛拉苏斯人结盟的。一些居民从那些地方下来主动卖牲畜供我们献祭，并把他们有的其他东西也卖给我们。你们当中的一些人似乎去了这些地方中离这儿最近的那个地方采购了一些东西回来。其中一位长官克利尔库斯看到那个地方很小又无人防守，因为那里的人认为他们和我们是友好的关系，于是他在夜晚洗劫了那个地方，没有告诉我们中任何人他的意图。他打算，如果他能攻取这个地方，他就不再返回军队，而是坐上他的同伙正沿着海岸航行的船，带上他抢到的东西驶出攸克星海。正如我现在知道的，他在船上的同伙们和他协调好了一切行动。所以，聚集了他所能劝诱的尽可能多的士兵跟随他以后，他带着他们朝那个地方奔去了。不过，在他们还没有到达那个地方之前，天就亮了，聚集在一起的居民在他们的防守地朝他们投射攻击物并使用其他的武器，他们杀死了克利尔库斯和剩余士兵中的几个；还有几个人撤退到了赛拉苏斯。这些事情就发生在我们从赛拉苏斯走陆路出发来这里的那一天，而克利尔库斯的那些沿着海岸航行的同伙仍然在赛拉苏斯，还没有起锚。这件事之后，正如赛拉苏斯的人所说，来自那个地方的三个年龄较长的人要求和我们在大会上见面。因为他们没有找到我们，他们就告诉赛拉苏斯人说他们就是想知道我们为什么会想到去攻击他们。不过，赛拉苏斯人说，当他们告诉那几个人说那次暴力行为并没有得到希腊指挥官的同意时，他们很高兴，准备航行到这里来告诉我们当时发生的一切，邀请愿意前去带走、埋葬死者的人和他们一起去。但逃走的一些士兵刚好还在赛拉苏斯，他们发现了那几个异族人的行踪，他们居然还敢向他们扔石头，并怂恿其他人也这样做。那三位异族人的使者就这样被石头砸死了。

"当希腊士兵犯下此种罪行后，一些赛拉苏斯人来找到我们，把事情的经过详细地告诉我们。我们的将领们听完这件事后对所发生的事情很是担心，并和赛拉苏斯人协商应怎样埋葬已死的希腊士兵。当我们还坐在重甲士兵营地外协商的时候，我们忽然听到有人大喊：‘打，打，扔，扔！’而且看见一大群手里拿着石头的士兵一起跑了起来，其他人也捡起了石头。看见了这一幕的赛拉苏斯人惊慌地撤回到了他们的船上；天哪，连我们当中的一些人都感到害怕。至于我，我走向他们，询问他们发生了什么事。他们当中的一些人什么都不知道，但仍然手里拿着石头。终于，当我遇到一个知情的人时，他告诉我说，是市场供应人员以一种让人不能忍受的方式对待了军队。这时，一个士兵发现市场管理员泽拉尔库斯逃向海边就大叫了起来；听到呼喊声的其余人冲向了他，就像是一头野猪和一只牡鹿出现了一样。看见士兵们朝他们那个方向冲来的赛拉苏斯人以为士兵们是来攻击他们的，于是他们匆忙地跳入海中逃走了；当我们士兵中的一些人也同样跳入海中时，那些不会游泳的就淹死了。你们想想，这些人为什么要逃走呢？他们并没有做错什么事情，但他们害怕我们的士兵们得了失心疯会像疯狗一样袭击他们。如果事情继续这样发展下去，想想我们的军队会变成什么样子？你们作为一个整体将不再享有向别人宣战或停战的权力，而是每个人都可以自行带走军队去做他认为合适的事情。而且，如果有任何代表团来找你们和谈或者商讨其他的事情，谁要是高兴都可以通过将他们处死来阻止你们听到那些代表团的要求。另外，你们所有人选出的将领不再有任何权威，任何人都可以选自己当将领，而且只要叫一声‘打，打’就能任意将任何长官或士兵处死而不经过审判，就像最近发生的这次事件一样，至少士兵们都服从那个大喊的人。

“你们同样也想想那些自选为领导的人对你们造成了什么伤害。如果市场管理员泽拉尔库斯对你们做过什么不对的事情，他还只是没有向你们赎罪就已经离开了；如果他没有做过什么不对的事情，那他之所以逃离营地是因为他害怕不经审判自己就被不公正地处死了。那些朝使者们投石头的人已经把事情搞砸了，以后任何希腊人想独自去赛拉苏斯都是不安全的，除非带着一支强大的军队；至于那些死去的士兵，先前那些杀掉他们的人还邀请你们去埋葬他们，现在去搬运尸体恐怕也是不安全的，即使你们带着使者去。哪个杀使者的人真会愿意去当使者呢？不过，我们已经请求赛拉苏斯人埋葬死去的士兵了。

“如果这些事情是正确的，你们就允许这种行为继续发展下去吧，那么每个人都需派一个护卫来保护他自己并努力在一个坚固有利的位置搭帐篷。但如果你们认为这些行为是畜生的行为而不是人类的行为，那么你们就想出一种方式来阻止这些行为。或者，如果你们不去阻止的话，当我们对不敬的行为感到愧疚时，我们怎样才能让宙斯满意地接受我们的献祭？或者，如果我们自己相互残杀的话，我们怎样去和敌人交战？或者，哪座城市会友善地接待如此无视法律的军队？或者，如果别人发现我们会伤害给我们提供食物的人，那么谁还敢把食物卖给我们？或者，在一个我们期待所有人都赞扬我们的地区，谁会赞扬拥有这种特性的一支军队呢？因为我很确定，谁要是犯下这种罪行，我们肯定会称他为坏人。”

于是，所有的士兵站起来说犯下这些罪行的指挥官应该受到惩处；以后禁止任何人做这种无视纪律的事情，谁要是敢做就要被处死；将领们应该审判所有犯下此种罪行的人；而且，如果还有谁自居鲁士死后被无理地对待了，同样也应该审理。他们选了一些长官来当法官。经色诺芬的动员和占卜官的配合，希腊军决定清除军队中的不正之气。

于是，整顿清理开始了。

第三十七章　色诺芬对控诉的回复

大家现在决定，所有的将领们应该自述一下他们各自过去的行为。当他们自述完以后，斐利修斯和赞提克里斯因忽略监护商船上的货物而被责备并补足短缺的数额，即各补二十迈纳；索菲涅图斯则被罚了十迈纳，因为作为将领，他玩忽职守。

同样也有一些人控告色诺芬，说色诺芬曾鞭打过他们。他们控告的理由是，色诺芬专横跋扈。色诺芬站起来叫刚才第一个发言的人说出他是在哪里被打的。他回答说："在我们差点被冻死的地方，就是那个下了很多雪的地方。"色诺芬说："如果是在如你所说的那样恶劣的天气下，当我们缺乏食物，当我们没有酒甚至都闻不到酒香味时，当我们都筋疲力尽而敌人还紧随在我们后面时，如果我在这样的时期专横，我想说我承认我那时一定比驴的脾气还大；但人们说，驴不会因疲惫而发脾气。请告诉我因为什么原因你被打了。是我向你索要东西而你不给我所以我打了你吗？或者是我要从你那里要回某种东西吗？或者我在和你争夺某种喜爱的东西吗？或者是我在酒醉之后打了你吗？"那个人的回答都是否定的，于是色诺芬问他是否是重甲士兵。他回答说："不是。"色诺芬又问他是否是轻盾兵。他说他不是，而是一个自由人，他的伙伴们安排他驱赶骡子。色诺芬现在认出了他，便问他："你是那个背病员的人吗？""就是我，"他回答说，"因为你强迫我背病员，并将我的伙伴们的行李散布在各处。""散布行李，"色诺芬说，"是有必要的，我将行李分给其他人携带，指示他们后面再还给我；而且，他们一还回来，我就会将所有的行李毫无差错地交到你手中，只要你把我交给你负责的人交到我手中。但大家先听一听事情的经过，"他继续说，"因为值得听一听。一个士兵被留下了，因为他不能再继续行军；我不知道那个士兵是谁，我只知道他是我们中的一员；然后我要求你背着他走，这样他就不会死；因为我知道，敌人在后面追击我们。"那个人承认了这些。"然后，"色诺芬说，"在我命令你先走之后，我带着后卫队很快就赶上了你，发现你正在挖深坑想要埋了那个病员；我当时停下来表扬了你。不过，当我们站在那儿时，那个病员缩起了一条腿，当时在场的人喊道他还活着；而你说：'他能活多久是多久，因为我不想背他了。'听到这话，我就鞭打了你；你说的是事实，因为在我看来，你似乎很清楚那个人还活着。""那么，"控告者大声说，"我把他交给你之后，他就不会死了吗？""我们所有人最后都会死，"色诺芬说，"但因为这个原因，我们就可以将一个活着的人埋葬吗？"听到这话，所有的人都大声说，色诺芬应该把他打得更狠些才对。

然后，色诺芬让剩下控告他的人说他们都是因为什么原因被打的。由于没有一个人再站起来说话，色诺芬就说："士兵们，我承认，我打了那些玩忽职守的士兵；当我们其他人行军秩序井然，遇有需要就和敌人交战，而他们却擅离队伍，只为抢在前面获得更多的战利品，于是我惩罚了这些人。我惩罚他们是为了救他们，他们以后还会对我心存感激。如果我们所有人都玩忽职守，我们的军队将面临很大的危险。我同样打过那些甘为弱者，不愿起来，甘落敌手的士兵，并强迫他们继续前进；因为我自己在极度寒冷的天气下曾经坐了很长时间，只为了等收拾行李的人，在坐了很久之后我发现几乎不能站起来伸开我的腿。所以，在我自己亲身经历了这些之后，每当我看见有人坐下休息懒于行动时，我都会驱赶他前行；因为活动和勇敢前行会产生某种热量和韧性，而坐下休息和懒于行动只会导致血液凝固和脚趾的坏疽，你们也知道很多人遭受了坏疽之痛。也许还有那些因为懒惰游荡在后面的士兵和那些既妨碍前面军队前行又妨碍后面部队前行的士兵，我也可能用拳头打了他们，要不然会是敌人的长矛来击打他们。所以，那些受到我的惩罚而幸存下来的人从我这里遭受了什么不公正的事情，他们现在已经得到了补偿。但如果他们落入敌人手中，他们会受到的伤害岂止是一顿鞭打，他们哪里还有什么机会谈补偿！”“我的辩护，”他继续说，“很简单，我是为某些人好才惩罚他，我愿意像父母弥补孩子、雇主弥补门徒一样弥补他们。外科医生也会为了病人好而麻醉病人，在病人身上动刀。但如果你们认为我如此行事是因为我很专横，你们想想，由于神灵的庇护，我现在的情绪比那时更高昂，我现在比那时更勇敢，我现在比那时喝的酒更多，可我没有打任何人；因为我看见你们现在都处于冷静状态；不过，当暴风雨来临，海面不平静时，你们难道没发现在船首的指挥者甚至会为了一个小小的错误和在船前面部分的人员生气，而且舵手也容易和那些在船尾的人生气，因为在那样的情况下，即使是小错误也足以毁灭一切。你们自己也承认了我打这些人是正确的，你们站在这里手里拿着战刀而不是选票，如果你们想要袒护他们的话，也是可以做到的。但是，天哪，你们既没有袒护他们，也没有和我一起惩罚扰乱军纪的士兵；结果是，你们放任他们不管，实际是在变相允许他们变得更加放肆；我想，如果你仔细考察的话，以前那些最胆小懦弱的现在是最胆大包天的。例如，帖萨利拳击士勃依司库斯使出浑身解数假装生病来逃避携带盾牌；而我现在听说，他抢劫了科提拉的许多人家。如果你们足够明智的话，你们应以对待狗的相反方式来对待他；因为，人们会在白天把会咬人的狗拴起来，晚上放开它；对于他这样的人来说，如果你们决断明智的话，就应该在晚上看好他，白天放开他。但我想知道，”他又说，“为什么，如果我冒犯了你们任何一位，你们都记在心里，还说了出来；如果我从寒冷中解救了谁，我保护你们免受敌人的伤害，或者在你们哪位生病和有需要时给予帮助，你们却对这些服务只字不提；还有，我尽我所能表扬了那些表现好的士兵，我也嘉奖了那些勇敢的士兵，你们中还有人记得这些事情吗？不管怎样，记住那些好事而不是坏事才更光荣、更公正、更正直和更让人愉悦。”

于是，士兵们都站了起来回忆起色诺芬种种的好；结果是，所有的事情都圆满地解决了。

卷六

第三十八章 希腊军提议选色诺芬为总司令

自那以后，当希腊军停留在科提拉时，一部分人通过采购食物为生，另一部分人通过掠夺帕弗拉戈尼亚地区来维持生计；另一方面，帕弗拉戈尼亚人秘密、敏捷地拦截了和大军离散的希腊士兵，他们还在夜里骚扰驻扎在边区村落的希腊军。这些事情导致的结果就是两军对彼此都越来越充满敌意。不过，当时帕弗拉戈尼亚的总督科律拉斯派了穿着制服的大使团骑着战马来见希腊军说："科律拉斯既不希望伤害希腊军，也不希望受到希腊军的伤害。"将领们回答说他们要和大军商量这个事情；与此同时，希腊军也热情地接待了大使团，让那些他们认为最能干的长官会见大使团；宰杀了一些他们捕获到的牛和其他牲畜后，他们在草地上为大使团准备了丰盛的大餐来款待他们，还用在那个地区找到的喇叭杯喝酒。

喝完酒之后，他们唱起了赞歌，两个穿着战甲的色雷斯人站起来和着长笛的音乐跳起了舞；他们跳得很高兴，熟练地舞着剑；最后，其中一个人用剑刺了另一个人，大家还以为他已经把另一个人杀了，因为另一个人巧妙地倒下了，帕弗拉戈尼亚大使们大叫了一声；那个人将倒下的人的武器夺了过来，然后唱着西塔尔卡斯战歌走出去了；而其他的色雷斯人将倒下的那人拖了出去，就好像他已经死了一样，尽管他没有受到一点伤害。后来，一些埃尼安尼亚人和马格涅西亚人武装着跳起了他们称为卡尔帕卡的舞蹈。这个舞蹈是这样的：一个人将武器搁置在旁边后开始播种和驱赶一对牛，同时频繁地朝后看，好像他很害怕一样。然后，一个强盗来了，当他发现强盗时，抓起武器向强盗跑去，为了保护他的一对牛和强盗打斗，表演这个舞蹈的人将节奏和长笛音乐配合在一起；但最后，强盗捆绑了他，将他和牛都带走了。不过，有时是农夫捆绑了强盗，然后，将他和牛绑在一起驱赶着走。

接着，一个米西亚人上来了，两只手里都拿着轻盾，开始跳舞，有时他表演出好像有两个敌人在攻击他；有时他舞起盾牌就好像在和某个人交战；有时他又四处盘旋，拿着盾牌翻筋斗，呈现出一个有趣的场面。最后，他还跳了一段波斯舞，将他的盾牌撞击得乒乓作响，一会儿俯身下来，一会儿又站立起来；而且，他表演舞蹈的时候都是和着长笛音乐的节奏。

之后，一些曼提尼亚人和阿卡狄亚人起来，带着他们最好的武器和装备伴着军乐的笛声节奏踏步前行，唱着赞歌，跳着舞蹈，就像祭神庆祝行列所做的一样。帕弗拉戈尼亚人一边看着，一边惊叹所有的舞蹈都是带着武器跳的。观察到他们看到表演的惊讶之情后，米西亚人说服其中一个拥有女舞伴的阿卡狄亚人带她上前表演，将她打扮得尽可能漂亮一些，还给了她一个小圆盾。她熟练地跳起了皮希亚舞，接着所有人都为她鼓掌，而且帕弗拉戈尼亚人还问女人们是否和男人们并肩作战。他们的回答是，就是女人们把国王赶出营地的。那天晚上的娱乐活动就这样结束了。

第二天，将领们将代表团带到军队面前，士兵们决定“他们既不会伤害帕弗拉戈尼亚人，也不想受到帕弗拉戈尼亚人的伤害”。然后，大使团就离开了。因为已经准备好足够数量的船只，希腊军都上了船，那一天和接着的那个晚上他们一直在靠帕弗拉戈尼亚的右边顺风航行。第二天，他们来到了

曼提尼亚士兵

西诺波，在西诺波的港口哈尔梅涅抛锚。西诺波人处于帕弗拉戈尼亚地区，但他们是米利都人殖民者。他们给希腊军送来了三千迈丁努面粉和一千五百坛酒。此时，客里索普斯也带着船只抵达了这里：士兵们盼着他给他们带回某些东西，但他没给他们带来任何东西。不过，他说海军司令安那克西部斯和其余的拉西第蒙人大大地称赞了他们；而且，如果他们出了攸克星海，安那克西部斯答应给他们军饷。

希腊军在哈尔梅涅停留了五天。他们考虑到现在已经离希腊很近，想要带着战利品回家的想法就愈发强烈了。而且，他们认为，如果他们只选一位司令，那个人无论白天还是黑夜都能比几个将领更好地管理军队；这样一来，如果有什么需要保密的，他能更好地保密，如果需要抢在敌人前面行动，他也不容易迟误；那样将不再需要有讨论会，而是总司令决定好的事情都将付诸实施，也不再需要大家投票来决定每一件事。当他们思忖着这个计划时，他们也将想法告诉了色诺芬来寻求他的帮助。长官们来到他跟前说大军都是这么想的，而且每个人都表达了他们对色诺芬的好感，竭力劝说由他来当总司令。

从某种程度上说，色诺芬倾向于听从这个建议。他想着，这样一来，他就能得到更多的荣誉，他的名声也能传到他的朋友和国家那里，而且他也有可能为军队造福。这些想法使他想要成为总司令。但另一方面，当他想到对所有人来说未来都是不确定的，如果做不好，他也可能丢掉他已经得到的荣誉，所以他不知该怎样抉择。

当他为自己的决定犹豫不决时，他想最好还是由神灵来决定这件事。于是，他带着两头牲畜来到祭坛，去向德尔菲祭司为他指定的天王朱庇特献祭。他认为他第一次被任命为负责军队事务的长官时所做的那个梦也是这位神灵所托来的。

他回忆起了当他从以弗所出发去加入居鲁士时，一只鹰在他右边大叫，此鹰坐卧不动。随行的占卜官说，此兆只出现在大人物身上，预示着荣誉，但他又说，也预示着困苦，因为有其他的鸟攻击坐卧的鹰。他还说，这个先兆也不完全代表着收获，因为鹰在飞着的时候捕食。

当他为现在这件事献祭时，神灵明显指示他不要再寻求额外的指挥，如果大家都推选他，他也不要接受，这就是这件事的要点。但各个军队都一起来了，所有人都建议应该选出一位总司令，决定好这样做以后，他们都推选色诺芬。如果大家来投票的话，很明显，大家都会选色诺芬。

于是，他站起来说了如下的话：

"士兵们，收到你们所给的荣誉，作为一个有情有义的男人，我很高兴，也很感激，我祈祷神灵们能赐予我机会为你们谋福利；不过，当一位拉西第蒙将领还在时，我还要成为你们的总司令，这似乎可能对你们和我都没有好处；因为这个原因，你们也不太可能得到拉西第蒙人的帮助。另外，我认为这对我也不安全，因为我看到拉西第蒙人不停地向希腊发动战争，直到所有公民都承认拉西第蒙人是希腊人也是其他人的主人；不过，当大家承认这一点后，他们就立刻停止战争，也不再包围城市。既然知道这些以后，我还认为我有能力轻视他们的霸权，那我担心我迟早会受到惩戒。至于你们的想法，在一位总司令的统领下，军队就少些分裂，你们放心，如果你们选另一个人当总司令，我也不会搞分裂；因为我认为，谁在战争中和指挥官分裂，谁就是在拿自己的性命开玩笑；而你们选我做指挥官的话，毫无疑问，你们会发现有人开始对你们和我都充满敌意。"

色诺芬说完后，更多的人站起来说，他应该担任总司令。司腾法利亚人阿加西亚说，如果事情该是这样一种状况那是可笑的，因为拉西第蒙人即使是在一起喝酒时不选他们主持聚会，他们也会暴怒。"如果事情是这样的话，"他又说，"那似乎我们当长官也不合适了，因为我们是阿卡狄亚人。"听到这话，所有人都开始低声谈论起来，表示阿加西亚说得很好。

拉西第蒙位于伯罗奔尼撒地带。图为拉西第蒙的一处古遗址

看到这种情势，色诺芬觉得他有必要再说点什么。于是，他上前说：“士兵们，关于这件事，我得告诉你们另一件事，当我知道你们想选我当总司令后，我就向神灵献祭以确认你们将指挥官加之于我是否合适，也确认我是当还是不当更好；神灵们给出了明显的指示，我应该拒绝当总司令。”于是，他们选了客里索普斯当总司令。接着，客里索普斯站起来说：“士兵们，其实就算你们选了另外的人当总司令，我也不会在军中搞分裂。但是，你们没选色诺芬当总司令也是帮助了他，因为德克西浦斯最近在安那克西部斯那儿告他的状，尽管我尽可能地阻止他。德克西浦斯还说，色诺芬更倾向于和达达尼亚人提马宋分担指挥克利尔库斯军队的职务，也不愿和他这个拉西第蒙人共事。但是，”他继续说，“既然你们选择了我，我就会尽我所能为大家服务。那么，如果明天的天气适合航行的话，你们就准备好明天起程。航程行至赫拉克里亚，你们必须尽你们所能到达那里。当我们到达那里后，我们再考虑其他的事情。”

第三十九章　纷争与分离

第二天，他们开始从哈尔梅涅起航出发，顺风沿着海岸航行了两天。在路途中，他们看到了伊阿宋海滩，据说阿尔戈人居住在这里；他们也看到了某些河的河口，首先看到了德尔蒙河的河口，然后是依里斯河的河口，接下来是哈利斯河的河口，最后是帕尔提纽斯河。航行过了最后一条河之后，他们抵达了一座希腊城市赫拉克里亚，它是麦加拉的殖民地，属于马利安狄尼亚的领土。他们在阿克鲁西的半岛附近抛锚，据说赫拉克里斯曾在这里下黄泉把地狱犬赛柏汝斯带上来，现在此处还有他下去的痕迹，深度为两司塔迪亚姆有余。赫拉克里亚人民给希腊军送来了三千米迪姆大麦粉、两千坛酒、二十头牛和一百只绵羊作为招待之礼。这里有一条琉斯河流经赫拉克里亚平原，其宽度约两百英尺。

聚集在一块儿的士兵商量着剩下的路该如何走，当他们航行出攸克星海后应该走陆路还是走海路前行。阿加亚人吕孔站起来说："士兵们，我很好奇将领们为什么想办法获得一些钱给我们买食物；因为我们现在收到的东西只够维持军队三天的生活，而我们前行的路上也没有获得食物的地方。所

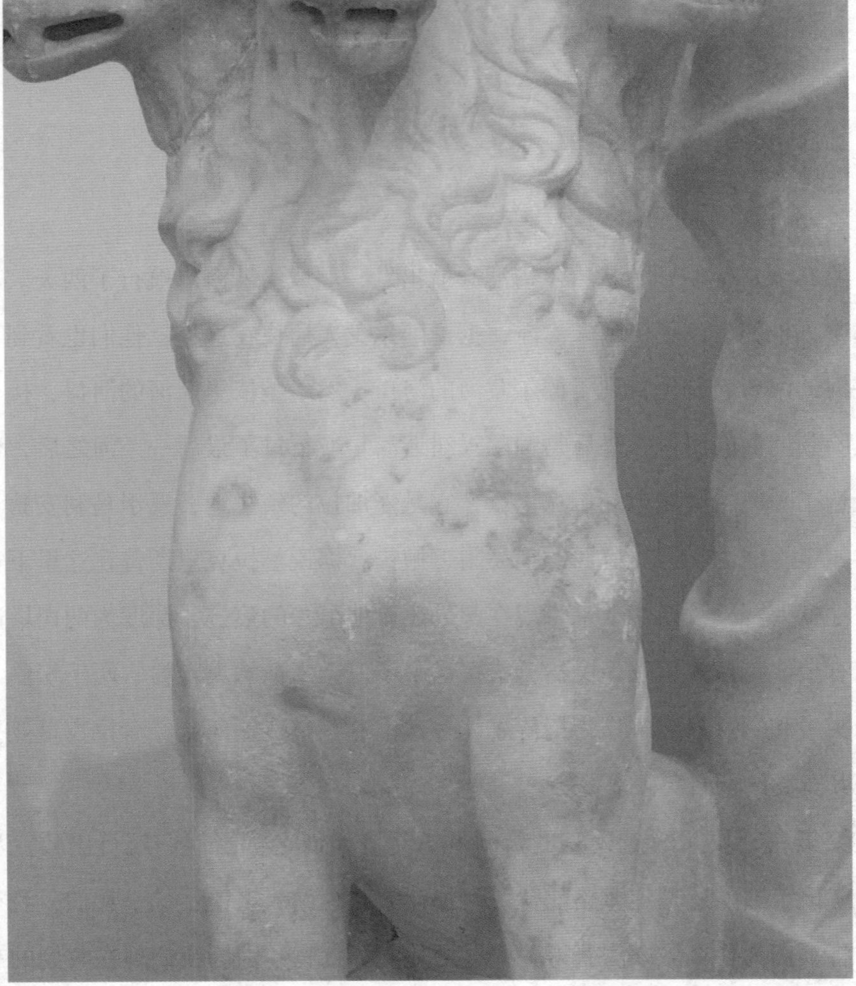

赛柏汝斯，希腊神话中地狱守卫犬。图为其雕像

以在我看来，我们应该向赫拉克里亚人民索要至少三千赛济库斯金币。”另一个人大声说：“应该索要至少一万赛济库斯金币。”并提议，选出代表团后，应立刻派他们去城里，而我们就坐在这里等他们带回来的消息，然后再相应地采取措施。接着他们提议，客里索普斯应该是代表团成员之一，因为他是总司令，其他人又说色诺芬也应前去；但他们俩都坚定地拒绝了。他俩的意见是一样的，他们不应该强迫一座友好的希腊城市来为他们提供当地居民不是自愿给的任何东西。因为他们已经决定好不去，所以军队就派阿加亚人吕孔、帕拉西亚人卡利马库斯和司腾法利亚人阿加西亚前去；于是，他们三个来到城市告知当地人民他们的决定。据说吕孔还威胁说，如果他们不照他要求的做，他们就会动用武力。赫拉克里亚人听了使者的话后说他们会考虑这件事，然后他们立刻聚集了所有的财物并将能卖的东西都送进城里。与此同时，他们关闭了城门，城墙上也出现了武装着的士兵。

结果，他们几个指责将领们破坏了他们的计划；而且，阿卡狄亚人和阿加亚人开始一起开会，主要是帕拉西亚人卡利马库斯和阿加亚人吕孔领导他们。他们的议论主要是，一个没有带任何军队来的雅典人居然指挥着伯罗奔尼撒人和拉西第蒙人，这是可耻的；还有，尽管他们自己跟着大军很安全，但总是他们出力，其他人获利，因为完成任务的是阿卡狄亚人和阿加亚人，而其余的军队相对来说几乎没干成什么事情（事实上，超过半数的军队由阿卡狄亚人和阿加亚人组成）；所以，他们说，如果他们足够明智的话，他们就应该团结在一起，选出自己的长官以和大军分开走，并竭力为他们自己谋福利。大家同意了这个提议，那些和客里索普斯在一起的阿卡狄亚人和阿加亚人都离弃了他和色诺芬，来和他们的同胞团结在一起，并选出了十位长官；他们还说好由大多数人投票决定好的事情就实行。客里索普斯对全军的领导就在他被选为总司令的第六天或第七天结束了。

色诺芬倾向于和客里索普斯他们一起前行，想着一起前行比各自前行更安全。但涅昂劝他自己前行，因为他从客里索普斯那儿听说拜占庭总督克里安德会带着一些船舰来到卡尔佩；所以，他给了色诺芬这个建议，为的是不让别人利用这个机会，这样就只有他们自己的军队可以坐上船。至于客里索普斯，他为发生的事情感到灰心，从那时起开始讨厌军队，他让色诺芬自行决定怎么做。色诺芬也倾向于从大军中分离出来，各自航行；不过，当他向赫拉克里斯大神献祭请示怎样做，是和剩余的军队一起行军好，还是离开他们单独行军好，神灵的指示是他应该和他们一起前行。军队就这样被分成了三部分：一部分是阿卡狄亚人和阿加亚人，有超过四千五百重甲士兵；一部分是客里索普斯的一千四百重甲士兵、七百轻盾兵和克利尔库斯的色雷斯人；一部分是色诺芬领导的一千七百重甲士兵和三百轻盾兵，还有四十个骑兵，他们是唯一有骑兵的一队。

从赫拉克里亚人民那儿获得船只后，阿卡狄亚人就首先航行了，他们想要通过突袭比太尼亚人来获得尽可能多的战利品，于是，他们在色雷斯中部的卡尔佩港口上岸。客里索普斯从赫拉克里亚城直接出发穿越了归属于赫拉克里亚的地区；但当他进入色雷斯地界时，就沿着海边走，因为那时他的健康状况不佳。获得船只后的色诺芬带着他的军队在色雷斯和赫拉克里亚交界处上岸，沿着内陆地区前行。

第四十章　色诺芬援救被袭的阿卡狄亚人

希腊军的各部分军队遭遇如下。阿卡狄亚人于夜晚在卡尔佩海港登陆，行军去袭击最近的靠海约三十司塔迪亚姆的村庄。天一亮后，每一位长官带着自己的军队袭击一个村庄；但他们派了两队人马去袭击那些看上去比其他村庄大的村庄。他们还选定了一座小山作为会合的地点。因为他们是出其不意地袭击村民，所以他们抓到了大量的奴隶，包围了几群牲畜。

但逃走的比太尼亚色雷斯村民自觉地组成一支队伍，而且，因为他们没有重武器的拖累，所以从重甲兵手中逃出的人员也很多。他们聚成队伍后首先攻击了司米耶的队伍，他是阿卡狄亚人的长官之一，他正带着大量的战利品朝约定会合的地方前行。他们一边保卫自己一边前行了一会儿，当他们穿越沟壑时，色雷斯人击溃了他们，并杀死了司米耶及其所带的所有士兵。还有另一位长官赫哲山大的队伍也遭到同样的命运，色雷斯人只留下了八个活口，赫哲山大是逃掉的人之一。其他的长官在约定的地点加入了他，一些也是经历了困难才来到这里，另一些则很顺利就到了。取得胜利的色雷斯人相互鼓励，在晚上兴高采烈地聚在一起。天亮后，大量的骑兵和轻盾兵形成一个圆圈将希腊军扎营的小山包围了。越来越多的人加入到他们，他们毫无顾忌地攻击希腊军的重甲部队；因为希腊军没有弓箭手和标枪手，也没有骑兵，色雷斯人可以跑着或者骑着马朝希腊军投掷标枪。如果希腊军向他们发起攻击的话，他们也可以轻而易举地撤退。一些色雷斯人攻击这个部分，另一些攻击另一部分；许多希腊士兵都受伤了，而色雷斯人却无一人受伤。结果，希腊军根本不能从那个地方突围，色雷斯人还切断了他们的水源。希腊军越来越担心他们的处境，于是，他们开始求和；他们之间已经在几点上取得一致意见，当希腊军要求扣押人质时，色雷斯人拒绝交人质，于是他们停止了谈判。这些就是阿卡狄亚人遭遇到的命运。

与此同时，沿着海岸前行的客里索普斯顺利地抵达了卡尔佩港口。至于色诺芬，当他正行军穿越卡尔佩中部地区时，走在前面的骑兵遇到了去往某地的使者团。当骑兵带着使者团来到色诺芬跟前时，他询问他们是否在某个地方听说到了另一支希腊军队。使者团向他们描述了一切，还说那支希腊军被围在了一座小山上，所有的色雷斯军队聚在一起包围着他们。于是，色诺芬派人严密监视使者团的人，因为他们可以在必要的时候充当向导，在派出侦察员后，他召集了所有的士兵，说了如下的话：

“士兵们，一些阿卡狄亚人被杀了，其他的则被包围在了一座小山上；我认为，如果他们都被消灭掉的话，我们获得安全的希望也不大，因为敌人数量庞大、胆大包天。所以，我们最好以最快的行军速度赶去为他们解围，如果他们还幸存的话，我们可以加入他们与其并肩奋战，要不然后面我们就会孤立无援，独自面临危险。那么，让我们现在就收起帐篷一直行军到吃饭时间，我们行军时，让提马宋骑着马走在前面，让他保持在我们的视线范围内，并让他侦察前面的情况，这样我们就不会遭到突袭。”同时，他派遣了一些轻盾兵去两翼和附近高地，这样一来，如果他们发现什么危险情况，大军就可以得到消息。他同样命令他们烧掉路上一切可燃的东西，“因为，”

他说，“我们不能从这里逃到任何地方避难，因为要回赫拉克里亚路程太远，要去克里索波利斯也还有很长一段路程；而且，敌人就在眼前。其实，如果我们去卡尔佩港口的话，路程倒不是很远，客里索普斯可能已安全到达那里；但即使我们到了那儿，也没有船只带我们离开，如果留在那儿的话，我们连一天的食物都没有。但那些被包围的希腊军就应该被丢下被敌人杀死吗？如果我们只联合客里索普斯的军队，当我们面临危险时，就不会那么有利，而如果我们救下了被包围的希腊军，并将我们所有的军队团结在一起，我们才能更好地为我们的安全奋战。我们必须在心里决定好，这一去我们要么光荣地死，要么通过救下很多希腊士兵而立下功绩。也许，这一切都是神灵的安排，神灵想要羞辱那些自负的人、那些认为他们比我们聪明的人，同时也使我们更容易得到别人的尊重，因为我们一切的行动都是遵照神灵的旨意做的。因此，你们必须跟着你们的长官，随时注意他们以便你们能随时执行命令。”

说完这些话后，色诺芬带着他们前行。骑兵们将他们自己分散在安全的距离之内，在他们所到之处放火，和骑兵并列沿着高地前行的轻盾兵也烧毁了一切可燃的东西，其余的大军若是遇到其他人没有焚烧的任何东西也将其烧毁；这样一来，整片地区都在一片火海之中，而希腊军看上去数量也很庞大。一到扎营时间，他们就爬上一座小山，在那儿扎营，这时他们看到了敌人的火把，离他们大概有四十司塔迪亚姆远；然后，希腊军也点燃了尽可能多的火把。但一吃完晚饭，军队就下令扑灭所有的火把，在安置好了哨兵后，他们就睡觉了。黎明到来时，希腊军向神灵们祈祷，摆出作战阵势后，他们就尽可能快地行军。提马宋和骑兵带着向导走在军队的前面，在他们还没有意识到之前便来到了希腊军被包围的那座小山，但他们没有看到敌军也没有看到友军，只看到被留下的一些老人、女人、几头牛和羊。他们将这些情况报告色诺芬和军队。起初，他们很好奇到底发生了什么，后来，他们从被留下的人那儿得知色雷斯人在晚上很晚的时候离开了，希腊军则在早上离开了，至于他们去了哪儿，他们也不清楚。

听完这些描述后，色诺芬带着他的人吃完早饭便开始收拾行李继续行军，想尽快地在卡尔佩港口加入其余的希腊军。前行途中，他们发现了阿卡狄亚人和阿加亚人前往卡尔佩的足迹；当他们相遇后，他们都很高兴见到彼此，像兄弟一样拥抱。然后，阿卡狄亚人问色诺芬的人为什么扑灭火把。他们说："当我们没看到火把时，我们起初认为你们会在晚上攻击敌人（在我们看来，敌人正是因为担心这一点而离开的，因为他们就是在那时消失的）；但你们没有来，而时间也过去了，我们以为你们听说了我们的情况开始警惕起来，撤回到了海岸去；而我们也决定不落在你们后面。于是，我们也朝那个方向走了。"

第四十一章　不吉利的预兆

那一天，他们留在卡尔佩港口附近的海岸扎营。卡尔佩港口位于色雷斯亚洲部分；色雷斯这一部分是从攸克星海口开始，从航入攸克星海时的右侧一直延伸到赫拉克里亚。从拜占庭到赫拉克里亚坐划桨战舰需要漫长的一天。在这两座城市中间的地方没有其他归属于希腊或他们友邦的城镇；而是由比太尼亚的色雷斯人占领了这些地方。他们对抓到的希腊人，包括那些因为海难或其他事故而被冲上海岸的希腊人，据说都会残忍地对待。

卡尔佩港口位于赫拉克里亚和拜占庭海路的正中间。它是探出海中的一块陆地；向海延伸下去的那一部分是一块陡峭的岩石，最矮处也不少于二十英寻，和大陆相连的地峡宽约四百英尺，地峡之间的空间足够让一万人居住。港湾紧靠岩石下面，海岸朝西；紧靠海岸还有一处悬崖遮掩的水流充沛的淡水泉。各种各样的树木沿着海岸生长，尤其是那种适合造船的树木。港湾的山岭朝内陆延伸了大约二十司塔迪亚姆，这一部分地区土壤松软肥沃，没有石头；沿海的另一部分土地也绵延了二十司塔迪亚姆之远，其上长满了各种各样的大树。周边的地区很美丽且幅员辽阔，还有很多人口密集的村庄。这里的土地盛产大麦、小麦，各种各样的豆类、小米、芝麻，大量的无花果和能酿出好酒的葡萄，实际上，除了橄榄树之外，什么东西都有。周围一带的情况就是这样。

希腊军在海岸处扎营。他们不愿去可以变为城市的地方扎营；即使是靠近这些地方也可能被认为存在着某种阴险的企图，某些人可能还会认为他们有在这儿建立一座城市的念头。大多数士兵离开家乡参加雇佣军不是为了谋生计，而是他们听说过居鲁士的功绩，一些人甚至带着其他人和他们一起走，一些人还为这项事业花钱，一些人抛下了他们的父母，一些人丢下了他们的孩子，因为他们听说和居鲁士一起的其他希腊人都获得了大量的财富，他们也想在获得钱财之后回到家乡。因此，他们渴望安全地回到希腊。

希腊军相遇之后的第二天黎明时分，色诺芬向神灵献祭看出去探险是否有利，因为有必要带军队出去寻找给养；而且他打算去埋葬那些已死的希腊士兵。献祭的迹象是有利的，一些阿卡狄亚人也随色诺芬出去把大部分死者分别埋在他们倒下的地方，那些死去的士兵已在地上躺了五天，不可能将他们带走；不过，他们将其中一些死者抬出路面放在一起，用尽可能合适的方式将他们埋葬了；至于那些找不到尸体的士兵，他们就立了一块大的纪念碑，还在上面放了花环。举行完这些仪式后，他们回到了营地，吃完晚饭后就休息了。

第二天，所有的士兵召开了一次会议，主要是司腾法利亚人阿加西亚、伊利斯人希罗尼穆斯和其他阿卡狄亚的年龄较长的长官召集大家聚在一起的。他们在大会上通过一项决议：如果以后还有谁提议分裂军队的话，那个人就将被处死；而且，军队要按照以前的阵势返回故乡，以前的指挥官也恢复职权。客里索普斯因一次发烧服药死掉了，现在涅昂接替了他的位置。

之后，色诺芬站起来说："士兵们，很明显，我们必须走陆路前行了，因为我们没有船只；而且，我们有必要立刻出发，如果留在这里，我们将没有食物来源。所以，我们将献祭。”他继续说，“而且，你们必须像以往一样准备好战斗，因为敌人现在已经恢复精力了。”然后，将领们献祭了。阿卡狄亚人阿瑞克雄现在担任占卜官，因为安布拉喜阿占卜官西拉努斯从赫拉克里亚雇了一条船之后就逃走了。他们就离开的事情向神灵献祭，但预兆对他们不利。所以那天他们就休息了。一些人居然敢说，因为色诺芬想要在这里建立殖民地所以他说服占卜官，说离开将对军队不利。于是，色诺芬宣布，明天谁要是想去献祭现场都可以去，他还通知大家说，如果士兵当中有谁通晓占卜的话也可以去献祭现场视察所祭的牺牲，次日献祭时，大部分士兵都来了；尽管他们献祭了三次，但预兆都是离开将对军队不利。由于这个原因，士兵们变得极度不安，因为他们所带的食物已经吃完了，而附近也没有地方可以买到食物。

于是，他们又召开了一次会议，色诺芬说：“士兵们，正如你们所看到的，预兆仍然是离开将对军队不利；而且，我也明白，大家紧缺食物。所以在我看来，我们有必要就这件事向神灵献祭。”此时，有人站起来说：“其实，我们有足够的理由相信预兆是不利的；昨天有一位船员偶然来到这里，我从他口中得知，拜占庭总督克里安德即将带着运输船和战舰来到这里。”于是，他们都决定留下来。但他们还是有必要出去搜寻食物，他们也就这件事向神灵献祭了三次，预兆仍然是不利的。

有士兵来到色诺芬的营帐说，他们没有食物了。但色诺芬的回答是，当预兆是不利的时，他不会带军队出去。第二天，他们再次献祭，由于所有人都很关注这件事，全军都出现在献祭现场，但预兆仍不是大家想要的结果。

将领们仍然不带军队出动，而是把士兵们召集在一起。色诺芬说：“也许敌人已经集结，我们可能有必要作战；如果我们将辎重放在防御能力强的地方，然后出去准备迎战的话，预兆可能会对我们有利。”

克里安德，拜占庭总督。图为其雕塑

但听到他这样说之后，士兵们喊起来说他们没必要进入到刚提到的那个地方，而是应该立刻献祭。他们已经没有绵羊了，于是他们将套在牛车上的一头牛牵过来用于献祭；色诺芬让阿卡狄亚人克里安诺密切注意任何一点看来是吉利的征兆。但即使是这一次，迹象仍然是不利的。

涅昂接替了客里索普斯的将领位置，当他看到士兵们因紧缺食物而受苦时，就想要缓解他们的苦难。他发现了一个赫拉克里亚人，从他口中得知附近有一些村庄，他们也许能从这些村庄获得食物，想要获得食物的任何人都可以和他一起出去，因为有向导带领他们。

于是，营地里有人行动了，有两千人带着长矛、皮包、麻布袋和其他可以装食物的袋子出发了。当他们抵达村庄分头去抢夺食物时，法尔那巴组斯的骑兵首先攻击了他们，这些骑兵是来帮助比太尼亚人的，他们想尽他们所能和比太尼亚人联合在一起来阻止希腊人进入弗里吉亚。这些骑兵至少杀死了五百希腊士兵，余下的希腊兵逃到了山上。

一个逃掉的希腊兵立刻将消息带到了营地。因为那天牺牲所示不吉利，色诺芬又从牛车上解下了一头牛来献祭，因为已经没有其他牛了。献祭完后，他带着所有年龄在三十岁以下的士兵前去支援。他们救下了余下的士兵回到营中。

到了黄昏时分，希腊军意志消沉地吃着晚饭，此时，一些比太尼亚人忽然穿过丛林突袭了前哨护卫队，杀死了其中一些人，将其他人追击到了营地。有人大喊了一声，所有希腊士兵都跑去拿起武器。不过，要去追击敌人或者破坏他们的营地似乎并不安全，因为那一带全是丛林，于是，他们带着武器度过了那一夜，并且安排了许多警戒部队。

第四十二章　希腊军打败比太尼亚人

希腊军就这样度过了那天晚上。黎明到来后，将领们去了卡尔佩港口防御能力强的地方，士兵们也带着武器和辎重跟在他们后面。晚饭前，希腊军在这个地方的入口修好了一条战壕，并围上了一圈栅栏，留了三个门。与此同时，一艘来自赫拉克里亚的带着大麦、牲畜和酒的船抵达了卡尔佩港口。

起得很早的色诺芬就带兵出行的事向神灵献祭，第一次献祭时预兆就很好。就在他献祭刚结束时，占卜官帕拉西亚人阿瑞克雄看见了代表幸运的鹰，他也鼓励色诺芬带兵出去。

于是，穿过战壕的士兵们摆出作战的阵势；而且，传令官向士兵们宣布，吃完饭后，他们就要出发备战，留下随营人员和奴隶在营地。

除了涅昂的军队外，其余军队都出去了，因为大家认为最好留下他防守营地。当长官们和士兵们离他们而去后，他们觉得不跟着其他人出去战斗是一件丢脸的事情，于是，营地里只留下了年龄在四十五岁以上的士兵，其余的人都出动了。但他们还没有前行十五司塔迪亚姆，就开始碰到死尸，他们安排战线上的后方部队停在第一次见到尸体地方的对面后，埋葬了战线上所有的尸体。埋完第一批尸体后，他们继续行军，而且再次让后方部队停下来埋了发现的第二批尸体，他们就以这样的方式埋了尽可能多的尸体。当他们来到通往村庄的大路时，发现了大量的尸体，于是他们将所有的尸体放在一起埋葬了。

现在已经过了正午，他们深入村庄，开始掠夺战线上一切可以吃的东西，突然，他们发现敌人正在对面的一些小山上行军，敌人是一列纵队，由大量骑兵和步兵组成；因为法尔那巴组斯手下军官司庇特里达忒斯和剌提涅斯带着大量的军队已经抵达这里。当敌人发现希腊军后，他们在十五司塔迪亚姆远的地方停了下来。看到这种情形，希腊军占卜官阿瑞克雄立刻向神灵献祭，而且在第一次献祭时，预兆就是吉利的。

然后，色诺芬说："士兵们，在我看来，我们应该在大部队后面安置一些分队密切监视敌人，这样一来，如果哪里有需要的话，我们可以派军队前去支援。如果敌人陷入混乱，我们也能立刻带着军队勇猛地冲向他们。"大家同意了这个提议。"那么，"他继续说，"我们就向敌人前行的那条路行军，因为他们已经看到我们，我们也发现了他们，我们不能坐以待毙；等我如你们所赞成的安排好后面监视敌人的分队后，就来加入你们。"

接着，其他的士兵悄悄地向前行军，色诺芬抽出了大部队最后面的三支队伍，每队由两百人组成，然后他命令其中一支队伍跟在大军右侧，与大军保持一百英尺的距离；这支队伍由阿加亚人萨莫拉斯领导。他指示第二支队伍跟在中间位置，这支队伍由阿卡狄亚人皮希亚斯领导。他命令第三支队伍跟在大军左侧，这支队伍由雅典人福拉西亚斯领导。正在前行的先头部队来到了丛林密布的深谷，因为深谷很宽且很难通过，不知道能否跨过深谷的大军就停了下来，并传出消息让将领们和长官们来到前面。色诺芬正想着是什么阻止了大军前行，不过很快他就听到了传来的消息，于是，他骑马尽快赶上前去。当长官们聚在一起后，年龄最长的将领索菲涅图斯说，像这样的深谷能不能通行根本就不值得考虑。但色诺芬急切地抓住机会说：

“士兵们，你们都知道，我从不蓄意给你们带来危险，因为我明白你们现在要的不是英勇就义而是安全。但现在的情势是这样的：如果我们不和敌人交战，我们就不可能离开这里；因为我们不攻击敌人的话，敌人也会在我们撤退时追击我们。那么，想一想，是我们带着武器前去攻打敌人更好，还是撤退时敌人追击我们更好？你们也知道，临阵脱逃是不光彩的事，而被敌人追击也会把勇敢的人变成胆小懦弱的人。就我而言，我宁愿带着现有军队的一半去和敌军交战也不愿带着现有军队的两倍撤退。至于这些敌人，我知道，如果我们攻击他们的话，你们不希望他们和我们对抗；但我们大家都清楚，如果我们撤退的话，他们就会有足够的勇气追击我们。

“但如果我们通过深谷前去和敌人交战，我们会想着退后是难行的深谷，这难道不是一个优势吗？至于敌人，我希望每一处地方对于他们都是可通行的，这样他们就会撤退；而我们所处的地理情况则告诉我们，我们只有战胜敌人才能得到安全。我同样也想知道，我们当中是否还有人认为这个深谷比我们以前通过的许多其他地方还要难行？

“其实，如果我们不击败敌人，即使是平原也难于通行。如果有很多轻盾兵追击我们，我们还能穿越山区吗？即使我们安全地抵达了海边，攸克星对我们来说又是多么大的天堑啊，那里没有船只带我们离开，如果留下，我们也没有食物供应；我们越是着急去那边，我们也就越着急出去寻找食物。所以，我们最好趁我们现在刚吃了饭和敌人大干一场，因为我们明天也许就没饭吃了。士兵们，预兆也是吉利的，让我们向敌人进军。既然他们也看见我们了，他们现在应该也吃不好饭，也没法在他们喜欢的地方扎营。”

然后，长官们恳请色诺芬率领大家前行，而且，没有任何人反对。于是，他走在军队的前头，命令每个人从他碰巧所处的那个地点通过深谷；因为他想着这样军队就能整体穿越深谷，这样也比军队编成纵队通过走深谷上的桥跨越深谷更快。当他们通过深谷以后，色诺芬在经过队伍时说：“士兵们，记住，在神灵们的保佑下，你们曾在许多次的战争中通过和敌人近距离交战取胜，你们也知道那些临阵脱逃的人最后会是什么下场。同样想想你们现在已经离希腊很近了。那么，跟随你们的英雄赫拉克里斯，并呼喊着名字互相鼓励。如果现在谁发出豪言壮语，作出勇敢、崇高的事情，那么他将被那些他希望会怀念他的人怀念，这是值得高兴的一件事。”

色诺芬一边骑马经过军队，一边说着这些激励的话，与此同时，他领着队伍摆出阵势，将轻盾兵安排在两翼；之后，他们开始朝敌人进军。他命令军队将长矛扛在右肩上直到号角吹响发出信号，然后，他们再把长矛放低攻击敌人，每个士兵要稳步跟着自己的将领，不许有人跑着前行。这时希腊军传出口令：“胜利者宙斯、英雄赫拉克里斯。”与此同时，敌人也坚守着他们的阵地，想着他们的地势有利。当希腊军靠近敌军时，轻盾兵在命令还没有下达之前就大叫着冲向敌军；敌人的骑兵和比太尼亚大军也冲过来迎战，将轻盾兵击跑。当希腊军的重甲部队快速上前时，当号角吹响，希腊士兵唱着赞歌大喊着将他们的长矛放低时，敌人没等到希腊军攻击就开始逃跑了。提马宋带着骑兵追击敌人尽可能地杀敌，但他们只杀了几个敌人。希腊骑兵所攻敌人的左翼立刻就散开了，但希腊军没有追击右翼，所以敌人的右翼军队还集聚在一座小山上。当希腊军一看到敌人还在那里准备抵抗，他们认为最简单最安全的办法就是立刻攻击他们。于是，他们唱着赞歌立刻朝敌人进攻，而敌人就撤退了。然后，轻盾兵开始追击敌人直到敌人的右翼也被打散；但敌人死的人数很少，因为敌人的骑兵人数众多让希腊军畏怯。不过，当希腊军观察到法尔那巴组斯的骑兵仍然聚在一起而比太尼亚的骑兵也拥去加入他们时，希腊军从高地往下看了看情势后，决定勇猛地冲去攻击敌人，不让敌人有喘息和恢复勇气的机会，尽管那时希腊军已筋疲力尽了。摆好了紧密的阵势，希腊军开始进军。此时，敌人的战马开始向山下逃跑，就好像

赫拉克里斯是希腊神话中的半神英雄。图为艺术品赫拉克里斯斩杀半人马

有骑兵追击他们一样；下面是一处山谷，希腊军并不知道下面是山谷，因为他们还没有追到山谷之前就放弃追击了，而现在天色已晚。然后，希腊军回到了第一次和敌人交战的地方立了一块纪念碑，到了黄昏时分，他们开始朝着海边走。这里距营地大约六十司塔迪亚姆。

第四十三章 希腊军与克里安德

敌军现在忙于他们自己的事务，将他们的家人和财物迁移到尽可能远的地方。与此同时，希腊军等待着即将到来的克里安德、大帆船和运输船。他们每天都带着驮兽和奴隶出去不畏危险地带回小麦、大麦、酒、豆类、蔬菜、小米和无花果，因为那一带盛产除了橄榄之外的多种农作物。

当军队在营地休息时，士兵们可以单独出去掠夺东西，而且只有出去的人才能共享获得的东西；当全军出去时，任何掉队的士兵获得的战利品都要归公。

他们现在每样东西都很充足，因为四面八方的希腊城市都带了货品来卖，而且，那些沿海岸航行的人听说卡尔佩要建立一座城市、增设港口时都自愿来到这里。周边的敌人听说色诺芬打算定居在此时，也派人前来询问色诺芬，他们可以做些什么才能成为他的朋友；色诺芬则把他们引荐给士兵们。

克里安德现在带着两艘大帆船来了，但没带运输船。他来的时候刚好希腊军的大部队都出去了；此时，一些翻山四处掠夺战利品的掉队士兵获得了大量的绵羊，他们担心回去后必须把这些东西交公，于是，他们将这事告知了德克西浦斯（就是带着五十桨大帆船从特拉佩组斯逃走的那个人）并请求他帮他们保管那些羊，这样德克西浦斯也可以得到一部分羊，然后把其余的还给他们。德克西浦斯立刻赶走了站在他周围的士兵和那些说绵羊是公有财产的士兵，然后他去告诉克里安德说那些士兵意图将所有绵羊据为己有。克里安德命令他去带回其中一个士兵。于是，德克西浦斯抓了一个士兵将他带走，此时，阿加西亚碰到了他们，救下了那个士兵；因为那个士兵是他军队中的一员。然后，在那儿的其余士兵开始朝德克西浦斯扔石头，还一遍又一遍地骂他："叛徒。"结果，不仅是德克西浦斯，就连他船上的人也开始害怕起来，向海边逃去；而且，克里安德也逃走了。色诺芬和其他将领竭力阻止他们逃跑，告诉克里安德说他们没必要害怕，只是大军通过的一项决议导致了这件事的发生。但克里安德受了德克西浦斯的唆使，又加上他因为害怕产生了困惑，于是，他回答说，他会马上航行离开并下令让所有的城市都不接纳希腊军，让希腊军成为大家共同的敌人。因为那时候拉西第蒙人是所有希腊城市的统治者。

在希腊军看来，这件事意味着不幸，他们恳求克里安德不要那样做；但他说除非希腊军交出那个带头扔石头的人和那个救他的人，要不然他就会这样做。他要的人是阿加西亚，阿加西亚一直是色诺芬的好朋友，就是因为这个原因，德克西浦斯控告了他。因为大家都很担心，所以将领们将士兵们召集在一起，一些士兵对克里安德的威胁毫不在乎，但在色诺芬看来，这件事绝不是一件小事。他站起来说：

"士兵们，在我看来，如果克里安德带着对我们的偏见离开，这绝对不是一件无足轻重的事；因为希腊城市近在咫尺，拉西第蒙人是希腊的主要人口，而每一个拉西第蒙人都能在这些希腊城市为所欲为。所以，如果克里安德首先将我们关在拜占庭之外，然后又通知其他城市的统治者不允许我们进入他们的城市，把我们当作不会服从拉西第蒙人的军队，那么，我们的坏名声也会传到拉西第蒙海军司令官安那克西部斯那里，这样一来，不管我们选择留下还是航行离开都将困难重重，因为当下拉西第蒙人是陆路和海路的统治者。所以，我们不能为了一两个人丢掉我们所有人进入希腊的权利，我们应按他们的指示做；因为我们要经过的城市都服从于他们。我听说德克西浦斯让克里安德相信，如果不是我唆使阿加西亚的话，他也不会做那件事。如果阿加西亚说我是所有行动的指使者，我已经准备好让你们和阿加西亚逃脱责备；如果是我带领大家投石并进行其他暴力活动的话，我已经准备好为自己定罪，不管受到什么严重的惩罚，我都服从。我也宣布，如果德克西浦斯还控告了任何其他人，那么那个人也要将自己交给克里安德审判；因为只有通过这个办法才能让大家免于受责难。在现在这种复杂的情况下，尽管我们想要得到希腊人的赞赏和尊重，但我们不仅得不到这些，甚至不能和我们的国民平起平坐，而且还可能被希腊城市拒之门外。”

然后，阿加西亚站起来说：“士兵们，我向所有的神灵们发誓，不是色诺芬也不是你们中的任何其他人命令我救那个士兵的；而是我军队中的一个勇敢的士兵被德克西浦斯带走时，你们都知道德克西浦斯是一个叛徒，我觉得忍无可忍，所以我救下了他。你们不用交出我，因为我会按照色诺芬建议的将自己交给克里安德审判任由他处置。不要因为此事对拉西第蒙人不满。希望你们都安全回到想要回到的地方！你们选一些人和我一起去面见克里安德，这样一来，如果我说漏了什么，他们可以给我补充。”听到他这样说了以后，希腊军允许他自己选择和他一起去的人。他选了将领们。

于是，阿加西亚、将领们和那个阿加西亚救下的士兵一起前去面见克里安德。到了之后，将领们说：“克里安德，大军将我们交给你了，并请求说，如果你控告他们所有人，你就是所有人的法官，而且可以按你认为合适的方式处置他们；或者，你只控告一个或多个人的话，他们认为将那些人交由你处置也是正确的。所以，如果你控告的是我们中的任何人，我们也来到了你面前；如果还有其他人，请让我们知道，因为服从我们的任何士兵都不会拒绝服从你。”

接着，阿加西亚站上前说：“克里安德，我就是救出德克西浦斯带走的那个士兵的人，也是我煽动士兵们朝德克西浦斯扔石头的；因为我知道那个士兵值得我救，我也知道，德克西浦斯是一个叛徒，当他被大军选去指挥我们从特拉佩组斯人手中要来的帆船以便收集运输船带大家离开时，他背叛了士兵们逃走了，而他是和这些士兵在一起才得以保命的。这样一来，因为他的不端行为，我们就成了抢夺特拉佩组斯人的帆船的人，而且，在特拉佩组斯人眼里，我们似乎就成了流氓。因为他的原因，我们差点都活不成了；因为他听说，我们也听说，不管我们是走陆路还是海路都将不能安全回到希腊。就是因为这个原因，我救下了那个士兵。如果你们是将德克西浦斯带走或者是你们军中的任何人带走，不是将我们掉队的士兵带走，那么我肯定不会做那样的事。想一想，如果你们将我处死，你们就是为了一个懦夫和一个恶棍处死了一位正直的人。”

克里安德听了这番叙述后说，如果德克西浦斯是如此行事的一个人，他也不赞同他的行为；但他同时又说，即使德克西浦斯是恶棍中的恶棍，他也不应该遭到暴力对待，而是应该接受审判，然后受到应有的惩罚。他说：“就像你们自己现在提议的那样。那么，现在，”他继续说，“你们可以退下，把阿加西亚留给我，当我通知你们时，你们再来观看审判。既然阿加西亚已经承认是他救走了那个士兵，我就不责备希腊全军，也不怪其他任何人。”接着，那个被救下的士兵说：“克里安德，如果你认为我做错了什么事，我向你保证，我没有打任何人也没有朝谁扔石头，我只是说了句绵羊是公有财产；因为士兵们通过了一项决议，当全军都出去后，任何人单独缴获的东西都要归公。我就说了这句话，然后，德克西浦斯就抓了我还把我带走，这样就没人会说这件事，他自己也可以获得一部分绵羊并帮其他的掠夺者保管其余的绵羊，这样做违背了军队的决议。”就这一点，克里安德回答说：“既然你是那样的人，留下来，我们也会同样审判你的案件。”

然后，克里安德和他的人去吃晚饭，而色诺芬聚集了军队，建议他们派一些人去为那两个希腊人求情。于是，他们决定派将领们、长官们、斯巴达人德拉孔图斯和其他合适的人组成代表团去恳求克里安德务必放了那两个希腊人。色诺芬见到克里安德后说：“克里安德，现在人都在你手上，希腊军允许你任意处置他们。但他们现在请求、恳求你将那两个希腊人交给他们，不要将他们处死；因为他们俩过去为军队做了很多事情。如果你在这一点上满足希腊军，他们保证，如果你愿意成为他们的指挥官且神灵也指示你这样做的话，他们就会让你看到一支军纪严明的希腊军，他们绝对服从自己的将领并在神力的助佑下无所畏惧。他们也恳求你，如果你成为他们的总指挥官，你必须审判德克西浦斯和其余的士兵，这样来确认每个人都是什么品性，也让每个人受到应有的赏罚。”

克里安德听完这个请求说：“我向双生神[①]保证，会立刻给你们答复。我先将那两个希腊人交给你们，然后我再来找你们。如果神灵们允许的话，我将带领你们进入希腊。你们的言行和我听说的不一样，我听说的是你们希腊军想和拉西第蒙人疏远。”然后，代表团一边称赞着克里安德，一边带着那两个希腊人离开了。

克里安德就行程的事向神灵献祭，而且，他和色诺芬成了好朋友，他们之间订立了友好契约。当看到希腊军军纪严明时，克里安德就更加想成为他们的总指挥。不过，尽管他连续三天献祭，献祭时的预兆都和他的愿望相违背，于是他把将领们召集在一起后说：“预兆说我带领大家出行将是不利的，但不要因此而沮丧，因为似乎还是得由你们来带领希腊军回家。继续前

① 双生神，指希腊神话中宙斯的双生子。——译者

行吧，当你们抵达拜占庭，我会以最好的方式接待你们。”然后，士兵们决定将公有的绵羊当作礼物送给克里安德；克里安德接受了，但又将其再次还给了希腊军，之后，他航行离开了。

希腊军处理了他们收集到的谷物和其他战利品后，开始行军穿越比太尼亚地区。当他们沿着直路行军时，什么也没遇到，他们便没法带一份战利品进入友邦，于是，他们又往回行军一天一夜。这样做了以后，他们带着大量的奴隶和牲畜经过六天行军来到了卡尔西顿的克里索波利斯，为了卖掉他们的战利品，大军在那里停留了七天。

卷七

第四十四章　色诺芬平息军队的骚动

上面讲述了希腊军在随同居鲁士进行远征直至战争爆发这段时间内所做的全部事情；讲述了希腊军在居鲁士死后向攸克星海行军途中发生的事情；讲述了希腊军从攸克星海继续行进，在陆路和海路进行的一切活动。最后，他们离开了出海口，到达了克里索波利斯。

法尔那巴组斯担心希腊军可能会侵入他的领土，于是他派人前去找当时正在拜占庭的拉西第蒙海军司令官安那克西部斯，乞求他将希腊军运出亚细亚。法尔那巴组斯还承诺，如果安那克西部斯为他做了这件事，他将为安那克西部斯做任何事以作为回报。于是，安那克西部斯派人去请希腊军的将领们和长官们前来拜占庭，并承诺，如果他们前来，他将给士兵们发军饷。其余的将官们说他们考虑之后会给出答复，但色诺芬告诉他说他即将离开军队乘船离去，安那克西部斯则要求他和大军一起来到拜占庭后再离开。色诺芬说他会这样做。

与此同时，色雷斯人赛特斯派米多萨德斯来见色诺芬，要求色诺芬带希腊军过去，以借助他的力量，说色诺芬帮助他会得到好处。色诺芬回答说：

“军队当然会过去，他不用因为这个原因给我或者其他人任何东西。大军过去后，我就会离开；所以让他自己去对那些留下来的人和能为他效力的人演说。以如此诚意，看来能成功。”

不久之后，希腊全军来到了拜占庭，但安那克西部斯并没有给希腊军发军饷，而是宣布希腊士兵们应该带着他们的武器和辎重离开拜占庭，这就意味着他打算立刻遣送希腊军回乡，同时清点他们的人数。于是，士兵们陷入了困境，因为他们没有钱来为接下来的路程购置食物，他们不情愿地收拾着行李。

色诺芬去向他的朋友克里安德告别，因为他打算马上航行离开。但克里安德对他说：“你绝不能这样做，如果这样做的话，你会受到责备，因为已经有人控告你拖延军队前行。”色诺芬回答说：“不是因为我的原因，而是因为士兵们食物紧缺，所以他们才不情愿离开。”“但我建议你，”克里安德继续说，“和士兵们一起走，就好像你打算陪他们一起一样，然后，当大军完全走出拜占庭后，你再离开。”“好吧，我们将去见安那克西部斯，”色诺芬说，“和他商量此事。”于是，他们便去了，将他们的意图告诉了他。他的建议是，希腊军最好按照他们自己所说的那样做，那就是收拾好行李后尽快离开；同时命令他们通知下去，凡是没有在场接受检阅和点名的士兵一切后果自负。然后，将领们首先离开了，其余的军队也跟着离开了。

除了几个人之外，其他所有希腊军现在都出来了，安那克西部斯手下拉西第蒙军官埃奥考尼库斯站在城门旁准备在所有希腊军都出去后将他们关在门外。此时，安那克西部斯召集将领们和长官们说：“你们可以从色雷斯人的村庄中获得食物，因为他们有大量的大麦、小麦和其他的必需品；当你们将食物准备好后就前去刻尔索尼斯，赛尼司库斯会在那儿给你们发军饷。”士兵中的一些人无意中听到了这些话，他们将这些话告知全军，也或者是长官中的某个人说漏了嘴。与此同时，将领们询问赛特斯，他是把希腊军当敌人还是当朋友，以及他们是穿过圣山前行还是从色雷斯中部绕行。正当他们商讨此事时，士兵们抓起武器跑向城门，想要跑回城墙里面。当埃奥考尼库斯和他身边的人看到重甲兵涌向城门时，他们立刻关闭城门上好横闩。接着，士兵们开始敲城门，叫嚷着把他们关在门外成为敌人的猎物就是在以最不公平的方式对待他们，士兵们还声明，如果里面的人不自动打开城门，他们就会破门而入。一些士兵跑向海边通过码头爬上城墙再进入城市；另外一些恰好还在城墙里面的人知道了城门那儿正在发生的事，就用斧头将门闩砍断打开了城门。然后，所有的士兵一拥而入。

色诺芬看到了发生的一切，他很担心士兵们会在城里大肆劫掠，犯下无法挽回的大错，于是，他也随着人群跑向城门里面。此时，拜占庭人民看到大军强行进入城市时，他们都从集市上逃走了，一些人逃向船只，一些人逃向家里，而另外那些刚好在家里的人却跑了出来；一些人将船只放入水中，准备坐船逃走；所有人都以为这座城市被敌人夺下了，而他们自己即将面临厄运。埃奥考尼库斯逃向了大本营。安那克西部斯坐着渔船绕着大本营航行并立刻派人去请驻守在卡尔西顿的军队前来；因为大本营的军队不足以抵挡希腊军。

当士兵们一看到色诺芬，他们就都向他跑去，大声说："色诺芬，现在有一个机会可以让你成为一个伟大的人。你占有了一座城市，你拥有船只，你拥有钱财，你还有这么多的士兵。现在，如果你愿意，你帮我们一个忙，我们将助你立下丰功伟绩。"色诺芬回答说："你们说得很好，而且我也会照你们说的行事；但如果你们想要达到这个目标，请你们尽快站好队形放下武器。"他希望士兵们先平静下来，他不仅自己下了这个命令，还要求其他的长官也命令士兵们站好队形放下武器。士兵们开始整队，不久，重甲步兵便排成八列阵形，轻盾兵在两翼就位。那个地方叫色雷斯广场，很适合用来整理军队，因为地面平坦，没有房屋。当武器放好，士兵们稍微平静下来时，色诺芬对士兵们说了如下的话：

"士兵们，你们很生气，并认为你们被骗了，这些我都不觉得奇怪；但如果我们因为被骗而报复这里的拉西第蒙人，洗劫这座无辜的城市来发泄怨恨的话，想一想结果会是什么：我们将成为拉西第蒙人及其同盟国公开宣布的敌人。和他们交战将是一种什么性质，我们可以猜到，因为我们还记得最近刚发生的那件事：我们至少有三百艘战舰，一些在海上，一些在码头，我们的大量钱财在阿克罗波利斯，且每年国内外的收入不下一千塔仑特，我们就是以这样的条件和拉西第蒙人及其同盟国对抗；尽管我们有许多岛屿，在亚细亚拥有许多城市，在欧洲也拥有许多其他城市，其中就有我们现在所在的拜占庭，但我们战败了。那么现在，我们能期待有什么命运呢？当拉西第蒙人和阿加亚人联合在一起；当雅典及其当时的同盟国也归属了拉西第蒙；当蒂萨弗尼斯和海岸上所有其他的异族人都是我们的敌人，而波斯王更加是我们的敌人；当所有的敌人联合在一起对抗我们，难道还有人愚蠢到认为我们会战胜他们吗？以诸神的名义，让我们不要成为母国和亲友的敌人，然后像疯子一样行事并屈辱地死去。因为我们所有的亲属都在那些会向我们宣战的城市，如果当我们拥有实力占领异族城市而不去占领，反而要劫掠我们到达的第一座希腊城市，那么，他们向我们宣战就更加理直气壮。对我而言，我宁愿你们在犯下如此暴行之前将我埋入万丈深渊。因为你们是希腊人，我建议你们通过向希腊人的统治者提出意见来获得公平。即使你们还是被不公正地对待而无法获得公平，你们也不能剥夺自己回到希腊的机会。所以，在我看来，我们应该派代表团去见安那克西部斯并告知他，我们来到这座城市不是为了犯下暴行，而是尽我们所能得到你的帮助；如果我们得不到帮助，我们就打算离开，不是因为我们被骗了，而是因为我们愿意服从你们。"

大家都赞同这个提议，他们便派遣了伊利斯人希罗尼穆斯、阿卡狄亚人攸利洛库斯和阿加亚人斐利修斯去传达消息。于是，他们立刻出发了。

不过，当士兵们仍然静坐在那儿时，底比斯人科拉塔达斯来到他们身边；他是一个时常游走于各地的人，不是因为他被希腊驱逐出来了，而是他想当一名将官，他想在任何城市或士兵需要指挥官时主动为其效劳；他来到军队跟前说，他愿意带领军队去那个叫作德尔塔的地方，在那里他们可以发现许多好东西，还说，当他们到达那儿后，他会给军队提供大量的酒肉。士兵们听到这个建议的同时也得到了从安那克西部斯那儿带回来的回复，那就是："如果他们遵照他的意愿行事，他们就不会后悔；而且他会将他们的行为报告给拉西第蒙政府，试着为他们争取到帮助。"于是，士兵们让科拉塔达斯成为他们的指挥官走出拜占庭城，科拉塔达斯说第二天他会带着献祭的牲畜、占卜官、肉和酒来到军队。希腊军一走出城门，安那克西部斯就将城门紧闭，并宣布，在城内发现的任何士兵都将被卖为奴隶。

第二天，科拉塔达斯带着牲畜和占卜官来了，还有二十个人扛着大麦粉，另外二十个人拿着酒；同样还有三个人带有橄榄；还有一人带着尽可能多的大蒜，另外一个人带着洋葱。科拉塔达斯命令把这些东西放下以后，好似准备分发下去，然后，他便开始准备献祭。

与此同时，色诺芬派人请求克里安德为他争取进入城内的权利，他打算从拜占庭离开。当克里安德到来后，他说："好不容易为你争取到进城的权利后，我才来的；因为安那克西部斯说，让士兵们靠近城墙而色诺芬在城墙内是不合适的；而且，拜占庭人分裂成好几股势力，他们互相敌对；但他的命令是，如果你打算和他一起航行，你便进去。"于是，色诺芬向士兵们告别之后就和克里安德一起进入城里了。

第一天，献祭时的预兆不太吉利，所以科拉塔达斯便没有将食物分发下去。第二天，他们在祭坛献祭，科拉塔达斯在头上戴上花冠准备献祭时，达达尼亚人提马宋、阿西那人涅昂和奥尔科美努斯人克里安诺上前告诉科拉塔达斯不要献祭，除非他能给军队提供食物，要不然他就不能做军队的指挥官。然后，他命令将食物分发下去。但他提供的食物还不够每个士兵一天的伙食，于是，他宣布离职，带着牲畜离开了。

第四十五章 色诺芬与赛特斯的协商

现在，希腊军的将领是阿西那人涅昂，阿加亚人弗里尼库斯、斐利修斯、赞提克里斯以及达达尼亚人提马宋。他们行军来到了拜占庭对面色雷斯人的一些村庄扎营。现在希腊将领们出现了一些分歧，克里安诺和弗里尼库斯想带着军队去赛特斯那里，因为赛特斯根据他们的兴趣收买了他们，送了一匹马给其中一位将领，送了一位美人给另一位将领；涅昂想带着希腊军去刻尔索尼斯，因为他想着如果希腊军进入拉西第蒙人的领土，他就能成为全军的总指挥。但提马宋想进入亚细亚，期望走这条路顺便回家，大军和提马宋的想法一致。当他们把时间浪费在讨论上时，许多士兵逃走了；一些士兵卖掉武器尽他们所能航行离开了；其他的士兵加入到了附近的城镇。安那克西部斯听到希腊军分散的消息很是喜悦，如此一来，他就能让法尔那巴组斯满意。

因为安那克西部斯正从拜占庭航行，拜占庭总督克里安德的继任者阿里司塔卡斯在赛济库斯遇到了他，阿里司塔卡斯说安那克西部斯的继任者波卢斯即将进入赫勒斯滂。安那克西部斯希望阿里司塔卡斯将遗留在拜占庭的居鲁士军的所有士兵全部变卖为奴。至于克里安德，他没有卖掉任何人，反而出于同情照顾那些生病的士兵，让当地居民收留他们；但阿里司塔卡斯到了拜占庭之后就变卖了至少四百人。

当安那克西部斯沿着海岸航行到帕柔姆城时，他按照约定派人前去找法尔那巴组斯。当法尔那巴组斯发现阿里司塔卡斯即将成为拜占庭总督而安那克西部斯也不再是海军总司令时，他冷落了安那克西部斯，而和阿里司塔卡斯协商有关希腊军的事宜。

不久，安那克西部斯召唤色诺芬前来见他，力劝其尽一切办法火速航行返回到希腊军中，将军队团结在一起，把尽可能多的分散的士兵聚集在一起，带着他们沿着海岸航行至佩林图斯再立刻进入亚细亚。同时，他给了色诺芬一艘三十桨的帆船和一封信，并派了一个人去告诉佩林图斯的人给色诺芬备马以让他尽快回到希腊军中。然后，色诺芬航行离开抵达军队。士兵们高兴地欢迎着他，打算立刻跟着他穿越色雷斯进入亚细亚。

当赛特斯听说色诺芬归来后，他派了米多萨德斯航行前去见色诺芬，恳求色诺芬带着军队前去找他，承诺可以给色诺芬任何东西。色诺芬的回复是没有任何东西可以改变他的主意，米多萨德斯收到回复便离开了。

当希腊军来到佩林图斯以后，涅昂带着八百士兵撤走了，和其余的军队分开扎营。所有其他的军队一起停留在佩林图斯的城墙之内。

接下来，色诺芬忙于收集船只以便他们能尽快航行进入亚细亚。就在这时，阿里司塔卡斯在法尔那巴组斯的煽动下带着两艘帆船从拜占庭前来，他禁止所有的船家载运希腊军，然后，他来到希腊军那儿命令他们不要进入亚细亚。色诺芬告诉他安那克西部斯希望他们前去。“他派我来到这里，”他又说，“也是为了这个目的。”“安那克西部斯，”阿里司塔卡斯反驳道，“已不再是海军司令官，而我是这里的统治者；如果我发现你们中的任何人出现在海边，我会让他溺水而死。”说完以后，他去了城镇。

第二天，阿里司塔卡斯派人去请希腊军的将领们和长官们前来。当他们来到城墙跟前时，有人告知色诺芬说，如果他进去了，将会被逮捕，要么会在这里受到刑罚，要么会被送去交给法尔那巴组斯。听到这话后，色诺芬让其他人先走，而他想要向神灵献祭。于是，回到军中后，他便献祭请教神灵他是否能将军队带到赛特斯那儿去。他看到带军进入亚细亚是不安全的，因为阿里司塔卡斯掌控着船只；他也不愿去刻尔索尼斯，然后被关在那里；他也不愿带军队去只有向那里的统治者俯首称臣才能得到东西的地方；他也不愿去军队不能获取给养的地方。

当色诺芬正忙于此事时，将领们和长官们从阿里司塔卡斯那儿回来了，他们带回来的消息是，阿里司塔卡斯让他们那会儿走开晚上再去见他。这样一来，阿里司塔卡斯的奸诈行为昭然若揭。因为献祭的征兆表明色诺芬和希腊军可以安全到达赛特斯那里，于是，色诺芬带着其中一位长官雅典人波利克拉底和从除了涅昂以外的其他将领那儿选出的一名大家都信得过的人，在夜间出发去了六十司塔迪亚姆之外的赛特斯的营地。当快要到的时候，他看见了几处营火，但没有守卫在附近，他以为赛特斯已经撤营；当他听到声音和赛特斯身边的人互相发出信号时，他就明白了是赛特斯让把这些火把点燃在夜营地前，这样一来，其他人在夜间就看不见哨兵，也看不到他们有多少人和他们的具体位置，而他们自己的人却能在火光下清楚地看到靠近他们的人。当色诺芬搞清楚状况后，便派翻译官前去告诉赛特斯他到了，希望和他商讨一些事宜。他们询问是不是从希腊军来的雅典人色诺芬。翻译官回答说是的。然后，他们骑上马，快速离开了。过了一会儿，大约两百轻盾兵出现了，他们将色诺芬及其带来的人带去见赛特斯。

赛特斯在一座戒备森严的塔里，塔的周围都是装好马鞍的战马；出于害怕，白天他将这些战马喂饱，晚上则让战马保持警惕。据说赛特斯的其中一个祖先提尔克斯曾在这片地区有大量的军队，但蒂尼亚人消灭了他大部分的士兵还把他所有的辎重夺走了，据说蒂尼亚人是所有敌人当中最可怕的，他们尤其擅长夜袭。

当他们到来后，赛特斯通知说，色诺芬和他任意选择的两个人可以进来。一进来，他们先互相行礼致敬，按照色雷斯人的风俗喝了满满的一杯酒；米多萨德斯一直是赛特斯的使臣，他伴随赛特斯左右。然后，色诺芬开始说："赛特斯，米多萨德斯刚好也在这儿，你第一次派他来见我是在卡尔西顿，你要我带着军队渡河离开亚细亚来帮你，并承诺，如果我那样做了，你会给我一些帮助作为回报。"当他说完以后，他问米多萨德斯他说的是否属实，米多萨德斯回答说是的。"当我从帕柔姆城回到希腊军中时，米多萨德斯第二次来见我，向我保证，如果我将军队带到你这里来，你不仅会在其他方面像朋友和兄弟一样对待我，而且你还会将你所拥有的沿海城镇送给我。"他又问米多萨德斯是否说过此话，米多萨德斯承认他说过。"好，那么，"色诺芬说，"告诉赛特斯第一次在卡尔西顿我的答复是什么。""你的答复是，希腊军将要去拜占庭，所以我们不用因为这个原因就送东西给你或者其他人；你还说，到了拜占庭后，你就要离开军队；所有发生的事情也和你说的一样。"色诺芬继续说："那么，当你来到栖卢勃里亚时，我又说了什么？""你说我的提议是不切实际的，你还说希腊军将要去佩林图斯，然后进入亚细亚。"米多萨德斯答道。"那么，"色诺芬说，"现在我就站在你面前，我们其中的一位将领弗里尼库斯和其中一位长官波利克拉底也在这儿；而且，我们由其他每位将领选出的大家信得过的人组成的代表团还在外面。如果你希望我们商量的事情得到更多人的支持，请把他们也叫进来；波利克拉底，你出去告诉他们我希望他们把武器放在外面；你先把你的剑留在这里，然后你再进来。"

听到这话以后，赛特斯说他很信任雅典人，因为他知道按照血缘关系雅典人是和他有关联的，他也把雅典人当作善良的朋友。后来，当其他人也进来以后，色诺芬首先就问赛特斯希望希腊军为他做什么。赛特斯说：“迈萨德斯是我的父亲，在他的管辖之下有米兰狄太人、蒂尼亚人和特兰尼波赛人。当奥德里西政权衰败后，我父亲被逐出了他的国家，因病而死，而我成为一个孤儿后，由现在的国王米多库斯抚养长大。我长大成人后，不能忍受依靠别人而生存；于是我恳求他给我尽可能多的军队让我自立门户，这样一来，如果我将军队掌控在自己手中，我就可以惩罚那些把我们赶出来的人，而且，我也不用再像一条狗一样看国王的脸色行事。国王依从我的要求给了我步兵和骑兵，天亮之后，你们可以看到这些部队。我现在就依靠这些部队在我自己世袭的领土上以劫掠为生；如果你们能够加入我，在神灵们的帮助下，我就有可能轻易地重获权力。这就是我希望你们为我做的事情。”

“如果我们来帮你，那么，”色诺芬说，“你能给我们的士兵们、长官们和将领们什么回报呢？让我知道，也让和我一起在场的人可以带话回去。”然后，赛特斯承诺他会给每个士兵一个赛济库斯金币，每位长官两个赛济库斯金币，每位将领四个赛济库斯金币，还会给他们尽可能多的土地、成对的牛和一座带城墙的海边城市。“但如果，”色诺芬说，“当我们尝试帮你没有成功，而拉西第蒙人会做些事情阻拦我们，那时我们当中有人希望在你那里避难的话，你会接纳他们驻扎在你的国家吗？”“不仅如此，”他回答道，“我甚至会把他们当作兄弟，我会热情地招待他们，和他们分享我们能获得的一切。至于你，色诺芬，我将把我的女儿许配给你；而且，如果你有个女儿的话，我会按照色雷斯风俗买下她，将我最好的沿海城市比三特城堡赐给你居住。”

第四十六章　希腊军接受赛特斯的提议

听了这话，互立誓言之后，色诺芬一行人便离去了。他们在天亮以前回到了营地，各自向派他们去的队伍汇报了消息。天亮以后，阿里司塔卡斯再次派人来请将领们和长官们前去，但他们拒绝前往，而是将军队召集在一起。所有的军队都来了，除了涅昂的军队，他们现在离希腊军有十司塔迪亚姆之远。当大军聚在一起后，色诺芬站起来说了如下的话：

“士兵们！阿里司塔卡斯掌控着船舰，试图阻止我们航行去我们想去的地方；所以，我们坐船是不安全的。他想要强迫我们穿过圣山进入刻尔索尼斯；如果我们成功穿过那座山抵达刻尔索尼斯的话，他说他将不再像在拜占庭那样变卖你们为奴，也不会再欺骗你们，相反，你们将得到军饷，而且，他也不会再让你们像现在这样食物紧缺。阿里司塔卡斯就是这样说的。另一方面，赛特斯说，如果你们去找他的话，他将帮助你们。所以你们要想好，是现在就做好决定呢，还是先去弄些食物回来再决定。我的意见是，既然我们没有钱来购买食物，他们也不允许我们抢夺食物，我们应该回到那些势力较弱的土著居民的村庄，那些村民会允许我们拿走食物，当我们有了给养之后，我们再听阿里司塔卡斯和赛特斯各自的要求，然后你们再选择你们认为最好的。如果大家觉得这项提议合理的话，请举手示意。”他们都举了手。“那么，”他继续说，“收拾行李，当信号发出后，就跟着你们的指挥官走。”

不久之后，色诺芬走在军队最前面，其他人都跟着他。涅昂和一些其他阿里司塔卡斯派来的人试图劝他们往回走，但希腊军不听他们说的话。当他们前行约三十司塔迪亚姆之远时，碰到了赛特斯；当色诺芬看见赛特斯后，就邀请他骑马过来和他讲话，以便让尽可能多的人听到他为希腊军所作的打算。当他靠近后，色诺芬说：“我们打算去大军可以获得食物的一些地方，在那儿听一听你的提议和拉西第蒙人的提议，然后，我们再决定对我们最有利的路线。如果你能将我们带到一个食物充足的地方，我们将视自己为你们的客人。”赛特斯回答说：“我知道几个连在一起的村庄拥有各种各样的食物，而且离我们不远，我们可以走过去在那里舒服地吃一顿。”“那么，请为我们带路。”色诺芬说。

下午时分，当他们都到达村庄，士兵们聚在一起时，赛特斯说了如下的话：“士兵们，我希望你们跟随于我，我会给每个士兵每个月发一个赛济库斯金币作为军饷，长官们和将领们也有相应的军饷。除此之外，我会授予每位值得褒奖的人荣誉。你们也会拥有像现在这样的酒和肉吃；不过，我们缴获的战利品，我认为还是由我保管着比较合适，我会将战利品卖掉来为你们支付军饷。我们要追击逃走的敌人，找出隐藏着的敌人；至于那些反抗我们的敌人，我们要在你们的帮助下尽力打败他们。”色诺芬询问：“你需要军队从海边跟随你走多远？”他回答说：“绝对不超过七天的行程，通常少于七天。”

然后，谁要是想说话都可以起来发言，大家不谋而合地说赛特斯的提议对他们最有利，因为那时已是冬天，即使想要航行回家也不切实际；而且，即使他们在友好的国家可以通过采购来生存下去也不可能，他们已没有那么多钱，反而他们和赛特斯联合在一起的话，在敌对的国家也能生存下去，还会更加安全，已经有这么多的有利条件，除了这些，他们还能得到军饷，在他们看来，这便是意料之外的惊喜。色诺芬说："如果你们还有什么反对意见，请立刻说出来；如果没有的话，就开始投票。"没有人说反对意见，他就让大家投票，最后的决定是接受赛特斯的提议。色诺芬立刻告诉赛特斯他们将和他并肩作战。

事后，士兵们各自按照连队搭起帐篷；将领们和长官们被驻扎在附近村庄的赛特斯邀请去吃晚饭。当他们走到门口准备进去吃饭时，一个叫赫拉克里的德马龙依族人出现在他们面前。这个人对每个他认为可能拥有礼物赠给赛特斯的人说话，他首先和某个来自帕柔姆的人说话，那个人是来和奥德里西国王米多库斯建立友好关系的，还为赛特斯及其妻子带来了礼物。他说，米多库斯在内陆离海有十二天的行程，因为赛特斯现在拥有了希腊军，他将统领沿海；"所以，他是你们的邻居。"他又说，"他对你们的前程最有影响了，如果你明智的话，你应该将你所买的东西送给他，这会比你将其送给远方的米多库斯更好。"通过这些话，他说服了那些人。接着，他又开始和达达尼亚人提马宋搭讪，因为他听说提马宋有波斯酒杯和地毯。"每当赛特斯邀请人们赴宴时，人们通常都会送礼物给他，"他又说，"如果他在这一带变得强大，他要么可以帮你回归故乡，要么可以让你在这儿过着富裕的生活。"他就是以这种方式为赛特斯请求每一位客人的。同样，他也走到色诺芬跟前说："你来自一座有名的城市，赛特斯对你非常仰慕；也许你也想要在这个地方拥有城堡和土地，就像你们国家的其他人一样。所以，你送赛特斯一份大礼也是合适的，我作为祝福者给你提出这个建议，因为我知道，你送他的礼物越好，你将来从他那里得到的好处越多。"色诺芬听到这话有些担心，因为他从帕柔姆回来时只带了一个仆人和只够旅途上用的钱。

当他们加入进餐时，那里有高贵的色雷斯人，还有一些从某些城市来的大使，晚餐已经为他们准备好，他们围成一个圆圈坐了下来，接着三脚桌也为大家搬进来了。

图为色雷斯地区的古地图，也是色雷斯人的主要活动区域

桌上有大量切成碎块的肉食，还有大量的发酵面包放在肉食旁边。一般桌子会离生客更近一些，因为这是他们的习俗。然后，赛特斯做了如下的事情：他将放在他旁边的发酵面包拿起来切成小块，将其分发给其他人，同样，他也将肉食分发下去，只给他自己留下一点品尝。其他跟前有桌子的人也学着他把东西分发下去。但某个叫阿里司塔斯的阿卡狄亚人是个不同寻常的吃客，他根本不去分发食物，而是在手里拿着一个三夸脱大的面包，在膝盖上放着肉食大吃起来。与此同时，他们以角杯上酒，每个人都喝了一些；当侍酒者拿着角杯走到阿里司塔斯跟前时，他看见色诺芬已经用完餐便说：

“把酒给他，他刚好现在闲着，而我还没吃完呢。”赛特斯听到声音后问懂希腊语的侍酒者，阿里司塔斯说了什么，侍酒者告诉了他。接着，他就大笑了起来。

当侍酒者仍在为大家添酒时，一个色雷斯人带着一匹白马进来了，喝完满满一角杯酒后，他说：“赛特斯，我敬你，我将这匹白马送给你，骑上它后，你可以追击上任何人，而当撤退时，任何敌人都追不上你。”另外一人带了一个侍童送给他，像前一个人一样向他敬酒；又有一人送了一套服装给他夫人。提马宋也向他敬酒，同时奉上一个银杯和一匹值十迈纳的地毯。但一个叫格涅西浦斯的雅典人站起来说：“古时候有一个非常好的习俗，那就是，那些拥有财物的人应该送礼物给国王以表对国王的尊敬，而国王会赏赐东西给那些没有财物的人；所以，我乞求你给我一些东西，这样我也能送东西给你表示敬意。”

至于色诺芬，他正迟疑该怎么办才好，因为作为贵客，他就坐在赛特斯旁边；而赫拉克里德让侍酒者把角杯递给了他。他鼓起勇气站起来，因为他那会儿已经喝了很多酒，端起角杯说：“赛特斯，我把我自己和我的军队赠给你，我们将成为你忠实的朋友，他们当中的任何人甚至都比我更心甘情愿成为你的追随者。他们现在就在你的面前，他们不要求别的，只要求为你赴汤蹈火以表他们的诚意；在他们的帮助下，如果神灵们给的预兆也会吉利的话，你一方面能收复你父亲的大部分失地，另一方面，你还能攻取另外一些地方；而且你同样也能征服许多人，你没有必要通过武力征服他们，而是他们自己会带着礼物来讨好你。”然后，赛特斯站起来和他干杯，和他一起将角杯中的余滴洒在他身上。

不久之后，乐师们进来了，吹着发布信号所用的那种号角和用生牛皮做的那种喇叭，吹奏着有节奏的音乐，就像他们是在弹奏竖琴似的。这时候，赛特斯也站了起来，大叫一声，敏捷地跳出他的位置，就好似在躲避箭支的袭击一样。这时，一队滑稽小丑也进来了。

当太阳快要落下的时候，希腊人站了起来说是该为夜晚安排哨兵和说出口令的时候了。同时，他们还要求赛特斯下令不让任何色雷斯人在夜晚进入希腊营地；“因为，”他们说，“你们的敌人和你们自己都是色雷斯人，我们不好区分。”当他们正往外走时，赛特斯站了起来朝他们走去，一点儿也不像一个喝醉了的人，他把将领们叫回来对他们说：“朋友们，我的敌人现在还不知道我们联合在了一起；那么，如果我们在他们还没有警戒起来或没有防备时突袭他们，我们将会夺取大量的俘虏和战利品。”将领们同意了他的说法并希望他带领他们。“那么，你们准备好一切，”他回答说，“等着我，当合适的时间到了，我会来和你们会合，带领我的轻盾兵和你们，以骑兵引路。”“不过，请考虑一点，”色诺芬说，“我们要在晚上行军，按希腊军的做法是否更好些；因为在白天行军时，不管哪种士兵都适合在地上前行，重甲兵、轻盾兵和骑兵都可以带头走在前面；但在夜晚，我们希腊军的习惯是，我们会让走得最慢的军队走在最前面。这样军队就不容易分散，士兵们也不容易离群而毫不知觉；因为分离的军队会以为彼此是敌人，在不知情的情况下互相伤害。”“你说得很对，”赛特斯回答说，“我会按照你们的习惯来；我也会安排一些年龄较长的人员给你们做向导，他们对这片地区最熟悉；我自己将带着骑兵断后，如果有什么突发情况，我也能很快赶到前面。”出于彼此的关系，他们将口令定为密涅瓦①。此后，他们便去休息了。

到了午夜时分，赛特斯带着穿着护甲的骑兵和配备好武器的轻盾兵来了。当他安排好向导后，重甲兵带头走在前面，轻盾兵跟在其后，骑兵断后。天亮时，赛特斯骑马走到前面赞扬希腊军的这个习惯，他说他以前在夜晚行军时，即使是带着很少的军队，和他在一起的骑兵也会和步兵分散；

① 智慧女神，即希腊神话中的雅典娜。——译者

“但现在，”他又说，“我们在天亮时还是一个整体。现在停在这儿休息一会儿，我去察看这片地区的情况后再回来。”说完此话后，他抄近路骑过一座小山，来到一些积雪很深的地方后，他就察看是否有人的脚印在上面，如果有的话，又是朝哪个方向走的。当他发现没有人走那条路，便很快就回来说：“朋友们，如果神灵们的预兆也是有利的话，一切都将会很顺利，因为我们可以突袭这里的居民。就我而言，我将领着骑兵带路，这样一来，如果我们发现任何人，他就不能逃回去给敌人报信。跟着我，如果走丢的话，就跟着骑兵的脚印走。当我们穿过这些小山后，我们会到达一些储备丰富的村庄。”

中午时分，他已经抵达山顶，纵览了村庄后，他骑马回来告诉重甲兵说：“我现在要派骑兵朝平原飞奔而去，也安排了轻盾兵去袭击村庄。你们也尽快跟上去，如果有敌人反抗的话，你们也能支持他们。”听到这话后，色诺芬从马上下来了。赛特斯询问：“当必须匆忙行动时，你为什么还下马？”“我确信，”色诺芬回答说，“你不仅仅是需要我一个人；如果我下马带领重甲兵前行的话，他们能走得更快。”然后，赛特斯就骑马离开了，提马宋带着四十个希腊骑兵和他一起走了。色诺芬召集了每个连中三十岁以下的士兵上前，带领他们匆忙前行，而克里安诺负责带领余下的希腊军。当他们来到村庄后，赛特斯骑马走到色诺芬跟前说：“色诺芬，你说的都发生了，这里的居民被俘了；但我的骑兵在没有指挥官的情况下跑开了，一些人朝这个方向追击敌人，一些人朝另外的方向追击敌人；我担心，如果敌人将人员聚集在某个地方会对我军造成伤害。我们也有必要留些人员在村庄里，因为村里到处是村民。”“那么，”色诺芬说，“我带着我的军队先去占领高地；同时，你去命令克里安诺将他的队伍沿着村庄边的平原布列。”他们作此部署时，已经俘获一千奴隶、两千头牛和一万头其他牲畜。然后，那天晚上他们就在村里扎营了。

第四十七章　蒂尼亚人袭击希腊军

第二天，赛特斯将村庄全部烧毁了，没有留下一间房屋，他们这样做的目的是为了震慑其余的人，让他们看看不投降会是什么下场，然后，他们撤退了。赛特斯派了赫拉克里德去佩林图斯卖战利品来为军队筹集军饷。赛特斯和希腊军在蒂尼亚人的平原上扎营，蒂尼亚人离开他们的住处逃到山上去了。

那时，下起了大雪，天气非常寒冷，以至于打来做饭的水和容器里的酒都被冻住了，许多希腊士兵的鼻子和耳朵也都被冻坏了。这会儿他们才明白了为什么蒂尼亚人会戴上可以遮住头和耳朵的狐皮帽，而且穿着上遮胸部下遮大腿的大衣；也明白了为什么他们骑马时会穿上长及足部的外衣而不是披斗篷。

赛特斯派了一些俘虏告诉山上的人，如果他们不下来向他投降，他就会烧掉他们的村庄和食物，让他们活活饿死。于是，女人、小孩和老人都下来了，但年轻人在山脚下的村庄里扎营。赛特斯听到他们行动的消息后命令色诺芬带着重甲兵中最年轻的士兵跟着他走。于是，他们夜晚出发，黎明时分抵达了村庄。停留在村庄里的人逃走了，因为山岭就在旁边。赛斯特毫不留情地杀掉了所有他抓到的人。

和赛特斯一起参加这次行动的人中有一个名叫埃皮忒尼斯的奥林修斯人，他非常偏爱小伙子，当他看到一个长得很俊的手里拿着盾牌的小伙子即将被处死时，他跑去找色诺芬并乞求他去为这个俊小伙求情。色诺芬来到赛特斯跟前乞求他不要杀了那个年轻人，同时让赛斯特了解了埃皮忒尼斯的性格，他告诉赛特斯说："埃皮忒尼斯曾经组建了一支连队，他唯一的要求就是士兵们必须长得英俊；而且作为那些士兵的长官，他很英勇。"然后，赛特斯就问埃皮忒尼斯："埃皮忒尼斯，你愿意为这个年轻人而死吗？"埃皮忒尼斯伸出他的脖子回答说："来吧，只要这个小伙子愿意并会对我有所感激。"接着，赛特斯又问那个年轻人，他是否可以杀掉埃皮忒尼斯代替他。那个年轻人不同意，而是恳求他两个都不要杀。然后，埃皮忒尼斯拥抱了那个年轻人，说："现在，赛特斯，你必须为我留下他，因为我不会放弃他。"赛特斯笑了，也就对这件事情睁一只眼闭一只眼了。

赛特斯决定在他们所在的地方扎营，以免山上的人下来从村庄里获得食物。他去地势稍低的平原搭起帐篷。色诺芬选出一些士兵和他们在平原上地势最好的村庄扎营。其余的希腊军则在附近的山民色雷斯人中间驻扎下来。

没过多少日子，蒂尼亚人就从山上下来向赛特斯求和，并交出了人质。同时，色诺芬前去告诉赛特斯说他们扎营的地方很危险，敌人离他们很近，还说，他宁愿在远点的安全据点扎营也不愿在这里的房屋里面临死亡的危险。赛特斯让他不要害怕任何事情，然后又指了指在他手里的人质。从山上下来的一些人也乞求色诺芬帮助他们达成休战协议。色诺芬答应了，他让他们振作起来，只要他们向赛特斯投降，他们就不会受到任何伤害。然而，他们不是来求和的，而是来打探军情的。

白天就发生了这些事情。在第二天晚上，蒂尼亚人从山上下来袭击了希腊军。每一座房屋的主人充当着一位指挥官，不然蒂尼亚人很难在夜晚找到村庄里的房屋，因为房屋的周围都有保护牲畜的高高的栅栏。当他们来到每座房屋门前，一些人用长矛朝门戳去，一些人用他们所带的棍棒敲打着门，而其他人则放火焚烧房屋并指名道姓地让色诺芬出来受死，要不然他们就让色诺芬在这里化为灰烬。不久，火苗从房顶冒了出来，色诺芬及其军队还在房屋里面，穿着护甲，手里拿着盾牌、剑和头盔，此时，一个年龄约十八岁的马西司提人西拉努斯吹起号角，然后，他们都拔出剑冲出去了，附近房屋里的军队也开始朝外冲。蒂尼亚人立刻就逃了，并按照他们的习俗在身后摇晃着盾牌。他们当中的一些人正试着跳过栅栏，因为盾牌挂在桩上，他们就被捉住了；一些人找不到出口也被杀死了；希腊军将余下的人驱逐出了村庄。可是，一部分蒂尼亚人又在黑夜里回来了，当一些希腊军正跑着经过一座燃烧着的房屋时，那些蒂尼亚人朝他们掷标枪，那些在火光中被他们看见的人就成了他们的靶子；他们使两位长官伊利斯人希罗尼穆斯和罗克利斯人条戈涅斯受了伤；但没有人被杀害，尽管一些人的衣服和行李被烧了。赛特斯带着七名骑兵和色雷斯号手来支援他们；当他看到事情的进展时，他命令号手在他前来支援的路上一直吹着号角，这样一来，号角声也能震慑到敌人。当他到来后，他祝贺了希腊军取得的胜利。他还以为希腊军伤亡惨重。

然后，色诺芬要求赛特斯将人质交给他，让赛特斯和他一起行军去山区，如果他愿意的话。于是，第二天，赛特斯将人质交给了色诺芬（人质都是上了年纪的人，据说大部分是那里的山民），带着他的军队和希腊军会合。赛特斯现在的军队人数是以前的三倍，因为许多奥西里德人听说他的事业后都从高地下来为他服役。当蒂尼亚人从山上看到如此多的重甲兵、轻盾兵和骑兵后，他们就下来恳求赛特斯和他们议和，并保证以任何方式为他服务，还要求赛特斯接受他们的誓言。赛特斯把色诺芬叫过来将蒂尼亚人所说的话告诉他，同时，他说，如果色诺芬想要报复蒂尼亚人，他就不和他们议和。色诺芬回答说："如果这些人会成为奴隶而不是自由人，我认为我就已经很好地报复了他们。"但他又补充说，他建议赛特斯以后将那些最有能力伤害他的人扣为人质，而让那些老人待在家中。于是，这部分地区的所有人都向赛特斯投降了。

第四十八章　赫拉克里德的谎言

现在他们越过去前往拜占庭北面的色雷斯地区，进入所称的三角洲。尽管三角洲曾归属于某个古代奥德里西国王提尔克斯，但其现在并不是迈萨德斯的领土。赫拉克里德在这儿带着用战利品换来的财物与他们相会。

赛特斯选出了仅有的六头驴和一些牛，然后，他派人去请色诺芬前来，要求他先为自己选出想要的，再把其余的分给将领们和长官们。

色诺芬回答说："对我而言，你以后再赠东西给我也无妨；将这些都给那些陪我一起跟随你的将领们和长官们吧。"

然后，达达尼亚人提马宋得到了两头驴，奥尔科美努斯人克里安诺得到了另外两头，阿加亚人弗里尼库斯得到了剩下的两头；那些牛就被分给各位长官了。

然而，赛特斯只给了军队二十天的军饷，尽管一个月已经过去，因为赫拉克里德说他只卖到了这些钱。

色诺芬对军饷的匮乏很是担心。于是，他带着责备的语气大声说："赫拉克里德，在我看来，你没有尽到你的职责来为赛特斯的利益考虑；如果你够为他的利益着想的话，你就能带回全额军饷，即使你需要借钱来填补这个空缺，或者你实在没有别的办法筹集到总数，哪怕卖掉你自己的衣服也在所不惜。”

听到责备后，赫拉克里德很是焦虑，害怕他会失去赛特斯的友谊。

从那天开始，他想尽各种办法想让色诺芬在赛特斯跟前失宠。士兵们也开始责备色诺芬，因为他们没有得到全部的军饷。

赛特斯也对色诺芬很不满，因为他总是为士兵们向他讨要军饷。此前，他一直告诉色诺芬说，等他抵达海边，他就会将比三特城、伽诺斯城和涅昂提科斯城赠给色诺芬。

但那段时间过后，他就再也不提那话了，因为赫拉克里德总恶意向他暗示将城堡赠给一支军队的首领并不安全。

于是，色诺芬开始考虑继续北上的征途该怎么安排。与此同时，赫拉克里德把其他将领向赛特斯那儿推，怂恿他们对赛特斯说，他们也能像色诺芬一样有效地带领军队。

他还向他们保证，几天以后，他们会得到两个月的军饷，并建议他们继续为赛特斯服役。就这一点，提马宋回答说：“对我而言，即使给我五个月的军饷，我也不会在没有色诺芬的情况下为赛特斯服役。”

弗里尼库斯和克里安诺也表达了同样的意见。

然后，赛特斯责备赫拉克里德叫他们来时没有叫上色诺芬；于是，他们又派人去请色诺芬单独前来。但色诺芬看出了这是赫拉克里德想让他和其他将领不和的诡计。于是，他前去时，不仅带上所有的将领，还带上了所有长官。由于他们所有人都被赛特斯的言辞说动了，他们都加入了他的征程，穿越色雷斯人的麦林诺法基地区前往萨尔木德苏斯，攸克星海始终在他们右侧。

许多进入攸克星海的船只都在这里搁浅上岸。因为那里的浅滩一直延伸到大海。

居住在那里的色雷斯人用柱子来设立分界线，每伙人只掠夺在他们自己那部分海岸上搁浅的失事船只；但在他们没有立柱子之前的一个时期，据说参与掠夺的人大量死于互相残杀。

他们在这里发现了睡椅、盒子、书本和许多其他的东西，诸如船员放在他们木箱中的东西。征服了这里的人之后，他们就往回走了。

现在赛特斯军队的人数比希腊军人数更多；因为又有许多奥德里西人加入了他的军队，还有其他人一投降就加入到了他的军队。他们在离海有三十司塔迪亚姆之远的栖卢勃里亚北面的平原扎营。

军饷仍没有发下来，士兵们对色诺芬极度不满。赛特斯也不待见他，每当他想要去见赛特斯，赛特斯都以种种借口推托不见。

第四十九章　色诺芬发表演说为自己辩护

这时，两个月已快过去了，提布戎的手下拉西第蒙人卡尔米奴斯和波利尼库斯声明说拉西第蒙人决定向蒂萨弗尼斯开战，而且提布戎已经为了和他交战的事情航行离开；还说提布戎现在需要辅助军队，并承诺会给每个普通士兵每月发一达里克作为军饷，长官是普通士兵的两倍，将领是普通士兵的四倍。

当这些拉西第蒙人到来时，赫拉克里德听说他们是来征集军队的，于是他对赛特斯说这是一件好事情。

“因为拉西第蒙人，”他说，“需要军队，而你不再需要希腊军。所以，你可以将希腊军推给他们，这样你会让拉西第蒙人满意，希腊军也不会再向你要军饷而会离开这里。”

听到这些话语后，赛特斯命令赫拉克里德去将拉西第蒙人带来见他。

当拉西第蒙人告诉赛特斯他们是来收编军队时，他说他会放掉希腊军并愿意成为拉西第蒙人的朋友和联盟，还设宴盛情款待他们，但他没有邀请色诺芬或其他将领赴宴。

当拉西第蒙人询问色诺芬是一个什么样的人时，他回答说，在其他方面他都挺好的，不过，他和士兵们很亲近，“就因为那个原因，”他补充道，“反而对他不好。”

“那么，”他们问，“他是想让士兵们拥戴他吗？”

“当然了。”赫拉克里德回答说。

“那么，他会反对我们将希腊军带走吗？”

“如果你把士兵们召集在一起，”赫拉克里德说，“向他们承诺会发军饷，士兵们就不会听他的而会尽快和你们走。”

“那么，怎样才能将他们聚在一起听我们讲话呢？”他们问。

“明天早上，”赫拉克里德回答说，“我们会把你们带到他们跟前，我保证，他们一看到你们就会马上聚在一起。”那一天就那样结束了。

第二天早上，赛特斯和赫拉克里德将拉西第蒙人带到希腊军跟前，士兵们也被召集在了一起。然后，拉西第蒙人说他们国家决定向蒂萨弗尼斯开战。

“蒂萨弗尼斯曾经伤害过你们，”他们说，“如果你们加入我们的军队，你们不仅能为自己报仇，而且每个人每个月还能得到一达里克的军饷，长官两达里克，将领四达里克。”

士兵们听到这个消息很高兴。一个阿卡狄亚人立刻站起来控告色诺芬。

赛特斯也在场，他想知道这件事情会怎样了结。他站在一个可以轻松听到话语的地方，他身旁有一个翻译官，尽管他自己也能听懂大部分希腊语。

那个阿卡狄亚人开始说：“拉西第蒙人，要不是色诺芬说服我们，把我们带到这里，我们应该早就和你们在一起了，这个严冬我们一直在这里不分昼夜地服兵役；他享受了我们的劳动成果，因为赛特斯给了他好处而剥夺了我们的军饷；我，第一个把话撂在这儿，如果我看到他被石头砸死，作为让我们颠沛流离的惩罚，我想我就相当于得到军饷，也不再为我所受的罪而抱冤了。”

继他之后，另一个人站起来了，接着又有人站起来。

此时，色诺芬说了如下的话：

“一个人真的是可以遇上任何命运，当我自认为我在以最大的热情为你们服务时，我现在却遭到了你们的指控。当我已经出发往家走后，我又倒回来了，不是因为我知道你们处境很好，而是听说你们遇到了困难，我回来的目的也是为了尽可能地帮助你们。当我回到军中时，赛特斯派了许多信使来找我，如果我将你们带到他那里去，他将给我许多好处，但正如你们所知道的，我没有那么做，而是将你们带到了一个我认为可以最快进入亚细亚的地方；因为那对你们来说是最有利的路线，我也知道你们想走那条路。当阿里司塔卡斯带着船只到来后，他阻止你们航行进入亚细亚，然后，我把你们召集在一起商量我们应该采取的措施，这无疑是正确的。后来，一方面，你们听说阿里司塔卡斯希望你们去刻尔索尼斯，另一方面，赛特斯力劝你们与他一起上阵，你们所有人都说你们愿意加入赛特斯，也是你们自己投票选择的那条路。那么，在那样的情况下我将你们带到赛特斯那里去，我在哪一方面不公正地对待你们了？

“当赛特斯就你们军饷的事情食言后，如果我赞许了他的行为，那么，你们有理由控告并憎恶我；但如果我以前是他最好的朋友而现在和他分歧最大，因为我更看重你们的利益而不是他的利益，那么你们有什么理由来责备我？为了你们，我已经和他变成敌对关系。也许你们会说，我已经从赛特斯那里得到了你们的军饷，我只是在欺骗你们。不过，有一点是肯定的，如果赛特斯给了我钱，那么他不会在失掉给我的那部分同时还把你们的钱发给你们；而是，我认为，如果他给我钱的话，他会给我一小部分以此来赖掉你们的一大部分。如果你们认为是这样的话，那么你们有权破坏我和他之间的交易，直接向他索要军饷；因为很明显，如果我从他那里得到了钱的话，在那样的情况下，赛特斯一定会向我追回他的钱，而且，他有正当的理由将其追回，因为我收了他的贿赂而没有办成事。但我很清楚，我没有占有任何属于你们的东西；我可以在所有的神灵面前发誓，我甚至没有得到赛特斯向我承诺的属于我的那一部分钱；赛特斯现在也在场，他也听到我说的话，他知道我有没有说谎；而且，也许你们会更惊讶，我发誓我甚至没有得到和其他将领一样多的东西，不，是没有得到和一些长官一样多的东西。那么，是出于什么动机，我要如此行事呢？士兵们，我想的是，我与他共患难的时间越多，他就越能成为我的朋友，将来他兴旺时就会帮助我。但现在我看到他兴旺后，我才了解了他真正的性情。也许有人会说，'难道你不为自己被这样愚蠢地欺骗而感到羞耻吗？'如果是一个敌人这样欺骗我，那么我的确应该感到羞耻，但如果是一个朋友这样欺骗我，那么应该感到羞耻的人不是我而是他。如果我们要对朋友设防，那么我们最好的设防就是不给赛斯特任何合理的借口来拒绝给我们他允诺过的东西；因为我们既没有伤害到他，忽略他的利益，也没有在他安排的任何任务面前退缩。

"但也许你会说，我应该在那时让他发誓，这样即使他有那个想法，他也不敢欺骗我。关于这一点，听一听下面我说的话：如果你们不是这样极度不体谅我，极度不感激我，我也不会提这些事情。请你们回想一下，当我从拉西第蒙人手中将你们解救出来带去赛特斯那里之前，你们是什么处境？难道在你们靠近佩林图斯时拉西第蒙人阿里司塔卡斯没有通过关闭城门来阻止你们进入吗？难道你们没有在没有墙壁的户外扎过营吗？难道那会儿不是冬天吗？难道你们去采购食物时没有发现只有少量的东西可供购买吗？难道你们采购食物的钱财很充足吗？难道你们不是因为停泊的舰船不让你们航行离开，留在敌人的地区又会遭到大量骑兵和轻盾兵的敌对，而被迫滞留在色雷斯吗？尽管我们有一支重甲队伍可以去村庄里面获取足够多的食物，我们却没有军队来追击或者捕获奴隶或牲畜；因为我发现你们当中已经没有骑兵或轻盾兵了。那么，如果当你们处于这样的困境中，我让你们和拥有你们所需的骑兵和轻盾兵的赛特斯结为联盟，而没为你们争取到军饷，难道我就伤害你们了吗？因为通过这些军队的帮助，你们不仅能从村庄中得到更多的食物，因为色雷斯人被迫匆忙地逃走，还能得到较大份额的牲畜和奴隶。至于敌人，当我们和赛特斯的骑兵结合在一起后，我们就再没有发现敌人，但在那之前，敌人总是带着骑兵和轻盾兵追击我们阻止我们散成小分队去获得较多的食物。如果他保证了你们的安全，而没有另外地给你们支付很高的军饷，难道这就是你们抱怨的大灾难？难道就因为这个原因，你们认为应该将我处死？

“但现在又是在什么样的情况下你们要离开这里呢？难道不是在富足地过完严冬后吗？难道不是在你们从赛特斯那里得到东西之后吗？你们消费的东西属于敌人，而且享用到现在；你们当中没有任何人被敌人杀害，也没有人散失。如果说你们在和亚细亚的异族人交战中已经取得一些荣誉，那么现在你们不仅保有原来的荣誉，还因为征服了欧洲的色雷斯人而增加了新的荣誉。我认为，其实你们应该为憎恶我的那些事情公正地感谢神灵多次保佑。

“关于你们的处境我就谈这些；现在，以神灵的名义，考虑下我的处境。当我第一次起航回家时，我是带着你们的赞扬和尊敬离开的，通过你们也使我在其他的希腊人当中享有盛名。拉西第蒙人也信任我，要不然他们不会请我回到你们当中。但现在，我离开是带着你们在拉西第蒙人面前对我的诽谤，并且因为你们的原因，我还与赛特斯不和。我本想和你们一起好好为赛特斯效力，这样来为我自己和我的子孙谋得保障。我主要是为了你们招致了别人对我的憎恨，而且是比我强大得多的人的恨，当我仍在为你们的好处不断努力时，你们却说出你们对我持有这样的意见。我就在你们手中，我既没有逃跑，也没有试图逃跑；如果你们做了你们所说的事情，你们就是杀害了一个长期为了你们的安全而警惕的人；一个不管分内分外陪伴你们一起经历过许多困难和危险的人；一个在神灵的帮助下多次带领你们打败异族人的人；一个为了不让你们和任何希腊人成为敌人而竭尽全力为你们着想的人。你们要去哪儿，走陆路还是走海路，这些都是你们的自由；现在，当一切东西都大量地呈现在你们面前时，当你们可以航行去你们一直想去的地方时，当拥有最高权力的人恳求你们的帮助时，当他们也向你们承诺了军饷时，当你们认为最适合当将领的拉西第蒙人即将成为你们的指挥官时，是不是在你们看来现在是立即将我处死的好时机？当我们一起经历困苦时，你们不会有这样的想法。那时候，你们称我为亚父并承诺会一直记得我是你们的恩人。但现在，来要你们的人也不缺乏辨别能力，如果你们这样对待我，我认为，他们也不会对你们有什么好评价。”说完以后，色诺芬就没再说话了。

然后，拉西第蒙人卡尔米奴斯站起来说：“二神在上，士兵们，你们没有什么合理的理由来憎恶色诺芬；因为我自己也愿意为他辩护；当波利尼库斯和我向赛特斯询问色诺芬是一个怎样的人时，赛特斯对他无可指摘，只说士兵们很爱戴色诺芬，他还说因为这个原因，无论对于我们拉西第蒙人还是他自己都不那么有利。”继他之后，阿卡狄亚人攸利洛库斯也站起来大声说：“拉西第蒙人，在我看来，你们要向我们表示慷慨的第一步行动应是帮我们向赛特斯索要军饷，不管他同不同意，而且直到你这样做了，你才可以将我们从这里带走。”接着，雅典人波利克拉底站起来为色诺芬辩护：“士兵们，我看见赫拉克里德也在场，是他接收我们努力获得的战利品拿去卖的，但他没有将卖来的钱如数交给赛特斯或者我们，而是自己私吞了一部分。如果我们足够明智的话，我们应该抓住他。他不是一个色雷斯人，他自己作为一个希腊人却这样欺骗希腊人。”

赫拉克里德听到这话后更加害怕了，他走向赛特斯说：“如果我们是聪明人的话，就应该从这里离开，逃出他们的势力。”于是，他们骑上马后就回到自己的营地去了。然后，赛特斯派了他的翻译官阿布罗泽尔模斯去乞求色诺芬带着一千士兵继续留下来为他服役，同时说他会把海边的城堡以及以前允诺过的其他东西送给色诺芬。他也秘密地告诉色诺芬，他听波利尼库斯说，如果色诺芬落入拉西第蒙人手中，他肯定会被提布戎处死。许多其他人也来告诉色诺芬他成了别人诽谤的对象，他应该加强防范保护自己。听到这些话以后，色诺芬杀了两头牲畜向宙斯献祭，请示神灵是接受赛特斯提出的条件留下来更好，还是和希腊军一起走更好。宙斯的指示是他最好离开。

第五十章　色诺芬对赛特斯的演说

赛特斯在很远的地方扎营；希腊军在一些村庄里扎营，打算就此补充大量给养，然后行军去海边。这些村庄是赛特斯赐给米多萨德斯的；当米多萨德斯看到希腊军在他的村庄里大肆挥霍时很不高兴，于是，他带了一名很有势力的从内地来的奥德里西人和大约五十个骑兵前来，叫色诺芬从营地里出来。色诺芬带着一些长官和其他一些适当的人出来见他。米多萨德斯说："色诺芬，你们如此糟蹋村庄对我也太不公平了。我代表赛特斯和这位内陆国家米多库斯国王的代表通知你们离开这里；如果你们不离开这里，我们将不允许你们继续掠夺；如果你们在这里作恶，我们将保卫自己把你们视为敌人。"听到他的警告后，色诺芬说："你这样说真是令人痛心，我都不想回答你，但为了这个年轻人我要作出回答，让他知道你们是什么样的人，以及我们是什么样的人。在还没有和你们结成联盟之前，我们穿越这片地区时会在我们认为合适的任何地方，想抢什么就抢什么，想烧什么就烧什么；你们作为使者来到我们军中时，你们和我们在一起扎营就不用担心敌人；但你们的人从来不踏入这片地区，就算你们冒险来到这里，你们也习惯露营，而且不给马解下缰绳，因为这片地区的人比你们强大。当你们和我们结成联盟以后，在我们的帮助和神灵的保佑下，你们攻占了这片地区，但现在你们要将我们从这片土地上赶走；而我们将这里视为我们用武力夺来的地方，因为你们也清楚，敌人没有强大到可以驱逐我们。而你们想要驱逐我们，既不礼待我们，又不给一些好处作为我们帮你们夺取这个地方的回报，反而在我们即将离去之时连我们在这里扎营都不肯。你说这样的话就是在藐视神灵也是不尊重陪你一块儿来的这个人，因为他现在看见你们拥有大量的财富；而在我们成为联盟之前，正如你们所承认的那样，他看见你们是靠掠夺为生。但你何必要对我这样说话，因为我再也不是希腊军的指挥官，而拉西第蒙人才是。你把希腊军交给拉西第蒙人想让他们带希腊军离开时，都没让我先向希腊军辞职，那样一来，即便我把军队带来给你们时遭到他们的恼恨，现在我该投他们之所好来恢复他们的好感了。”

当那位奥德里西人听到色诺芬如是说以后，他说：“米多萨德斯，当我听到这样的叙述后，我感到无地自容。早知道事情是这样，我肯定不会陪你来，我现在马上就离开；如果我帮助你驱逐我的国王米多库斯的恩人的话，他绝对不会赞成我的行为。”说完这些话后，他便上马离开了，除了四五个人之外的其他骑兵也跟他一起走了。但米多萨德斯仍然要求色诺芬去叫那两个拉西第蒙人来见他，因为他们对这片地区的掠夺让他不安。色诺芬带着几个最能干的人和他一起来找卡尔米奴斯和波利尼库斯，告诉他们米多萨德斯想和他们谈谈，意图警告他们离开这片地区，就像他警告色诺芬一样。“所以，我认为，”色诺芬继续说，“你们也许能为希腊军索回军饷，如果你们说：希腊军恳求你们帮他们从赛特斯那里要回军饷，不管他同不同意；希腊军保证兴高采烈地跟随你们只要你们帮他们办成这件事；在你们看来，他们说的话是公平合理的；你们也已经向他们承诺，直到他们得到公平的对待，你们才会离开。”拉西第蒙人回答说，他们会这样讲，还会另加一些有说服力的言辞；然后，他们带着所有适当的人选陪他们立刻出发了。

当他们到来后，卡尔米奴斯说：“米多萨德斯，如果你们有什么要对我们说的，请讲；如果没有，我们有话要对你讲。”米多萨德斯非常恭顺地回答说：“我要说的是，赛特斯也这么说，我们希望那些已经成为我们朋友的人不会在你们手中遭受伤害；不管你们对他们造成什么伤害，你们也是在同时伤害我们，因为他们是我们的盟友。”“那么，”拉西第蒙人说，“当这些为你们作出贡献的希腊军得到他们应有的报酬之后，我们准备离开；如果他们没有得到，我们将代替他们向那些违背誓言不公正对待他们的人实施报复。如果你们也是其中之一，我们就从你们开始为他们讨回公道。”“米多萨德斯，”色诺芬继续说，“你愿意让这片地区你说是你的朋友的人们来决定是你们离开合适，还是我们离开合适吗？”米多萨德斯不同意这个提议，他想尽办法促使两个拉西第蒙人去找赛特斯要军饷，还说他认为他们会成功地说服赛特斯；如果他们不能的话，他请他们派色诺芬和他前去，并答应支持他们的要求。同时，他请求他们不要烧毁村庄。

然后，他们让色诺芬和那些最符合条件的人组成代表团一同前去。当色诺芬来到赛特斯那里，他说：“赛特斯，我来这里不是为了向你提出要求，而是，如果我能的话，会让你信服一点，我代表士兵们向你索要你承诺过给他们的军饷，你没有正当理由生我的气。我认为让他们得到军饷不只对他们好，而你发军饷给他们对你也一样有利；因为在众神灵的保佑下，是他们帮助你显赫起来，让你成为广袤的土地上大量人民的国王，这样你的名声就不会被人类忘记，不管是好名声还是坏名声。在我看来，拥有这种条件的一个人，不被别人认为忘恩负义是很重要的；拥有六千士兵的赞许也是很重要的；最重要的是，你要向别人表明，你是一个一言九鼎的人。因为我知道，言而无信的人说的话是毫无力量、毫无影响、毫无荣誉的；而那些实事求是的人说的话则比其他人说的话更有效果，如果他们想要办成什么事也更容易些；如果他们想提醒某个人他应尽的责任，他们的威胁话语所起的作用不亚于其他人实际的惩处；而且，如果这样的人作出承诺，他们的话语所起的作用不亚于其他人立马的馈赠。想想你自己的情况：在你还没有成为我们的盟友之前，你支付了什么给我们？你知道你没有支付任何东西给我们；但因为大家相信你会说话算话，你才诱使这么多的人加入你的军队和你一起并肩作战，为你征服了一座王城，这座王城不仅仅值五十塔仑特，而是五十塔仑特的许多倍，而你应支付给士兵们的也不过是五十塔仑特。那么，我们对你的信任就被这点军饷给卖掉了，然而也是依靠那份信任我们为你夺取了王国。

“也请你回想一下，那时候你认为获得现在你所征服和拥有的土地是一件多么大的事。我也很清楚，你宁可要现在的成就，也不愿要多于所欠军饷许多倍的钱财。那么，对于我来说，不能保持现在的权力比起不能获得现在的权力是一件更不利的事情，也是一件更丢面子的事情；就像一个人从富有变贫穷比他从来都没富有过更痛苦，就像一个人从国王沦为平民比他从来都没有登上王位更痛苦。而且，你也知道，那些现在成为你臣民的人不是出于对你的爱戴而归顺于你，而是因为迫不得已而归顺于你，如果你没有什么力量可以震慑他们，他们会竭力让自己重获自由。如果他们看到希腊军和你有深厚感情，你要求希腊军留下，希腊军就愿意留下，或者在必要的时候，希腊军也会很快回到你身边，并且他们发现其他人听到了关于你的许多好话也愿意随时加入你，或者，如果他们对你形成了不好的看法，并相信没有其他人会来帮助你，因为现在发生的事情让你成了一个不诚信的人，而且希腊军比你还受你的新臣民爱戴；那么，你试想一下，在那种情况下，他们就会受到更多的约束，也就会更多地为你的利益考虑。这些人不是因为他们军队的数量比我们少而顺从于你，而是因为他们缺乏领导。那么现在，值得担心的事情是，他们会选择我们当中的一些被你不公正对待的人为指挥官，或者他们会选择比他们实力更强的拉西第蒙人成为领导，因为一方面，我们的士兵答应热忱地为拉西第蒙人服役，只要他们从你那里索回你所欠下的军饷；而另一方面，由于拉西第蒙人需要我们的军队，他们就同意了这个条件。毫无疑问的是，刚刚才沦为你的臣民的色雷斯人比起和你一起并肩作战，他们更愿意和你交战；因为，如果你是统治者，他们就是被奴役的命运，但如果你被征服了，他们就获得了自由。

“如果你认为这片地区归属于你，就需要为它的将来作长远打算的话，你想怎样才能更好地让其免遭祸害呢？如果这些士兵得到军饷后平静地离开，你的国土就不容易受到伤害；要不然，他们留下来与你为敌，你就需要供养另一支比希腊军数量更庞大的军队来与之对抗。怎样花钱更多呢？一是把欠这些人的钱交付给他们；二是欠着这些人的钱不还，与此同时，去雇佣更强大、人数更多的队伍来与之抵抗。

“但在赫拉克里德看来，这笔钱是一笔巨款。毫无疑问，在你来说，获取或者支出这笔钱是一件小得多的事，还不到我们来之前你获取或支出数额的十分之一。因为实际的数量不能决定是多还是少，而是付款人或收款人的能力大小决定是多还是少。然而你现在每年的收入比起你过去所积累的所有财产都要多。

“赛特斯，我是站在朋友的立场在为你的利益考虑，以便你无愧于神灵们赐予你的优势，而与此同时，我也不会丢失我在希腊军中的所有声誉。你完全可以肯定，如果现在我想伤敌，我无法靠这支军队达到目的，如果我想再次帮助你，也是心有余而力不足了；这就是军队对我的感情状况。我也请你和洞察真相的诸神见证，我没有因为士兵们的原因从你那里获得任何东西，我也从来没有要求你把你欠他们的军饷给我据为己用，我也没有要求你把承诺的东西给我。我也向你发誓，即使你主动提出要支付军饷给我，我也不会接受，除非你也同时将士兵们的军饷发下去；因为把我自己的事情解决好，而让他们的事情还处于令人不满的状态是不体面的，尤其当我还受到他们尊重的时候更是如此。

“不过，对于赫拉克里德来说，与不择手段地获取钱财相比，似乎其他每件事都是小事。但我认为，赛特斯，没有什么东西比美德、公正和慷慨更可敬、更光荣的了。一个拥有这些品德的人是真正富有的人，因为他有朋友，也会有更多的好心人想成为他的朋友；如果他发达，就会有许多人与他同享富贵；如果遭遇厄运，他从来不会缺人帮助。

“如果你不能从我的行动上看出我是你真正的朋友，也不能从我的言语中发现这一点，那么请你一定好好想想士兵们是怎么说我的；你那时候也在场，也听到了那些意图诽谤我的士兵所说的话。他们向拉西第蒙人控告说，我更尊敬你而不是他们；他们也控告说我更关心你的事情的进展而不是他们的进展；他们还说我从你那里获得了礼物。那么，你认为他们为什么要控告我，说我从你那儿收受了礼物呢？是因为他们看到我对你不怀好意，还是因为他们看到我以极大的热忱为你办事呢？其实，我认为，所有的人都应该对帮助过自己的人怀有感恩之心。在我还没有帮你之前，从表面上、言语上和好客的行动上，你都是盛情地款待我，并一直不停地承诺会给我丰厚的回报；而现在，当你完成了你的夙愿，我已经尽我所能地使你成为伟人，难道你还忍心让我在士兵当中不受尊重吗？尽管如此，我还是相信时间会教会你去支付军饷，而你也不能忍受看见那些曾经自愿帮你的人心中对你大加指责。那么，当你支付军饷时，我恳求你使我在士兵心目中具有我们结交时你对我的信任。”

听完色诺芬的话语后，赛特斯责备了负责这件事的人，所欠的军饷没有在很久以前发下去就是因为他的缘故，每个人都认为这里指的是赫拉克里德。“因为，”赛特斯说，“我从来没打算剥夺士兵们的军饷，我现在就给他们。”然后，色诺芬说：“既然你已经决定要支付，我乞求你通过我来支付，不要因为你使我在军中变了地位而跟我们刚来到你这儿时不一样。”

赛特斯回答说："通过我的办法，你在军中的荣誉不会受到任何影响；而且，如果你能带着一千重甲士兵留下来跟着我，我就会把城堡和我向你承诺过的每样东西都给你。""不能这样，"色诺芬回答说，"还是让我们离开。""但我知道，"赛特斯回答说，"你留下来和我在一起比你离开更安全。""感谢你对我的关心，"色诺芬回答道，"我不可能留下来；不过，请你相信，任何时候我得到更多的荣誉，我都会照应你。"然后，赛特斯说："现钱我没有太多，我给你一塔仑特金钱；但我有六百头牛、四千只羊和一百二十个奴隶；把这些带着，并把那些背叛你的人作为人质带着，然后离开。""如果这些还不够支付军饷，"色诺芬大笑着说，"我应该说这一塔仑特是给谁的呢？这对我来说是个祸害，我最好还是小心别在回去的路上被石头砸死了。你也是听到过那些威胁的。"那天剩下的时间他们就待在原地。

第二天，赛特斯将他承诺过的牲畜交给了他们并派人和他们一起赶着牲畜。士兵们直到此刻还在说色诺芬去和赛特斯生活在一起了，还得到了赛特斯向他许诺过的东西；不过，当他们看见色诺芬回来后，他们很高兴地跑过去迎接他。当色诺芬一看见卡尔米奴斯和波利尼库斯时，他说："通过你们的影响，我们为军队获得了这些财产，我将其交给你们，请你们发放给士兵们。"于是，拉西第蒙人接收了这些牲畜，指定售卖人员去卖掉它们，他们招来了许多责备。至于色诺芬，他不再参与这些事情，只是准备回家的事情；因为雅典还没有宣布对他流放的判决。但他在营中的朋友决定来见他，乞求他不要抛弃他们直到他把军队带去交给提布戎。

第五十一章 袭击阿西达提斯

从这里出发，希腊军航行来到了兰普萨库斯，此时占卜官弗利亚斯人攸克里德斯前来见色诺芬，攸克里德斯是《梦想吕西姆》的作者克里戈拉斯的儿子。他祝贺色诺芬安全回来，并询问他得到了多少金子。色诺芬发誓说他连回家的路费都不够，除非他卖掉自己的战马和随身物品。攸克里德斯不相信他说的话。当兰普萨库斯人送礼物给色诺芬之后，色诺芬正向阿波罗神献祭时，他让攸克里德斯站到他旁边，攸克里德斯看到牲畜的迹象后才相信色诺芬是真的没有钱。“但我相信，”他又说，“即使钱财来到你身边，也有一些障碍，而且，你自己本身就是障碍。”色诺芬同意了他这个说法。“宙斯神，”攸克里德斯说，“是你旅程中的一个障碍。”然后他又问色诺芬是否向那位神灵献祭过，并说：“正如我习惯在家乡为你献祭的那样。”色诺芬回答说，自从他离家以后，他就没向那位神灵献祭过。然后，攸克里德斯就建议他像以前那样向那位神灵献祭，说这样会对他有好处。第二天，来到奥弗律尼后，色诺芬举行献祭，并按照家乡的习俗供奉了全猪，得到了好兆头。

就在同一天，提布戎所派来的官员比昂和瑙西克雷德斯为军队带来了饷银。色诺芬盛情款待了这些人，他们赎回了他在兰普萨库斯以五十达里克卖掉的那匹马（他们猜测出色诺芬是由于缺钱而卖掉马的，因为他们听说他颇爱此马），并将马送还于他而不要任何赎金。

从那里他们行军经过了特罗阿德，穿越了伊达山，先到了安坦德鲁斯，然后，沿着海岸前行，他们到达了吕底亚的提勃平原。从那儿出发行军穿越阿德拉米图和赛托努斯后，来到了凯库斯平原，从而抵达米西亚的波尔加姆斯。

色诺芬在这里受到海伦斯的热情款待，海伦斯是耶利多里人大龚基卢斯的夫人，也是戈尔基昂和小龚基卢斯的母亲。她告诉他平原上有一位叫阿西达提斯的波斯人，如果他带着三百士兵在夜里袭击他的话，他就能捕获阿西达提斯和他的妻儿以及他的大量财产。为这件事，她派了她堂弟和一个她很尊重的名为达夫拉戈拉斯的人做向导；带着这两人，色诺芬向神灵献祭。在场的占卜官伊利斯人巴西亚说兆头很好，他们可以轻易地抓到那个人。于是，晚饭后，色诺芬便出发了，带着和与他最亲近的一直以来是他朋友的长官们，以便为他们做件好事。其他人也硬要过来加入他们的队伍，这样人数就达到了六百；但长官们遣他们回去，这样他们就不能分到战利品了，长官们已经视战利品为他们的囊中之物。

当他们大约在午夜时分抵达那个地方时，城堡附近的奴隶和大部分的牲畜逃跑了，他们并不在意这些，只管俘获阿西达提斯本人和他的财物。但由于他们不能强攻这个城堡，因其又高又大，设有防卫墙，还有勇士保卫，所以他们决定挖通城堡的墙壁。城墙有八个砖那么厚；破晓时，他们挖出了一个洞口；当洞口打开后，里面就有人用肉叉扎穿离洞口最近的那个人的大腿；从那时起，敌人就一直射箭，让人无法靠近。因为敌人大声叫喊并用火炬发出信号，所以伊塔梅尼斯便率军前来支援敌人，还有从科马尼亚来的一些亚述重甲士兵和八十个希坎尼亚骑兵，他们都是波斯国王的雇佣兵；还有其他的轻盾部队和骑兵，总计达八百人，其中一些来自帕尔提纽姆，其他的人来自阿波尼亚和附近各地。

现在是该希腊军考虑如何撤退的时候了；他们捕获了眼前的牛和羊将其和奴隶放在一起，把它们四面围起来，随军向前离去，他们这样做不是因为他们急于获取战利品，而是如果他们丢下这些东西离去，他们的撤退看上去就是逃跑，那样一来，敌人就会变得更加胆大，他们自己的人就会灰心；而他们现在的撤退就像是他们在防守捕获到的东西一样。不过，当小龚基卢斯看见希腊军人数很少，追在他们后面的敌人数量庞大时，他违背他母亲的意愿，带领自己的队伍冲上前去，想要分一杯羹；普罗克利斯也是这样，达马拉图斯的后裔透忒拉尼亚也从哈里萨那前来助战。此时，色诺芬及其军队被敌人的箭支和石头不停地袭击，他们围成一圈行进以便盾牌可以遮挡那些投射物，好不容易才渡过了凯库斯河，几乎一半的人都受了伤。在这次事件中，司腾法利亚人阿加西亚因为一直冲在前面与敌人交战而受了伤。但他们最后安全撤退了，还得到了两百奴隶和足够献祭用的牲畜。

第二天，色诺芬献祭了，并在夜晚带领全军出动，打算尽可能远地走进吕底亚以便使阿西达提斯不会因为他们的接近而害怕，从而放松戒备。不过，阿西达提斯听说色诺芬又进行献祭，打算攻击他，而且会带着全军回来时，便离开了他的城堡，扎营在小城帕尔提纽姆下方的一些村庄。色诺芬的军队在这里包围了他，并俘获他和他的妻儿、他的战马以及他所有的财产；这样一来，第一次献祭的兆头也算是证实了。

然后，他们又行军回到波尔加姆斯；在这里，色诺芬该向神灵致敬了；因为拉西第蒙人、长官们、其他的将领们和士兵们都同意让他先挑最好的战马、牛和其他的东西，这样一来，他现在也能对别人进行赏赐了。

不久之后，提布戎来接收了军队，将其和其他的希腊军队合并起来，前去与蒂萨弗尼斯和法尔那巴组斯交战。

我们所经过的国王的各个地区的统治者是：吕底亚的阿尔忒弥斯；弗里吉亚的阿塔卡玛斯；拉孔尼亚和卡帕德西亚的弥特拉达特；西里西亚的叙涅西斯；腓尼基和阿拉伯的德尔尼斯；叙利亚和亚述的贝尔叙斯；巴比伦的赫巴瑞斯；梅迪亚的阿巴赛斯；法西亚的提里巴组斯；帕弗拉戈尼亚的科律拉斯；拜占庭的法尔那巴组斯；以及欧洲的色雷斯人赛特斯。

来回的全部路程是两百一十五天的行军，一千一百五十五帕勒桑的距离，三万四千六百五十司塔迪亚姆，来回总共花费时间一年零三个月。

AFTERWORD
后 记

《波斯帝国王位争夺战回忆录》是古希腊著名的历史学家、军事家、苏格拉底的学生色诺芬的传世名著。色诺芬曾参加希腊雇佣军远征波斯帝国的战争，而本书正是记录了希腊雇佣军从波斯帝国腹地穿过美索不达米亚、亚美尼亚抵达黑海，返回希腊的充满冒险的传奇经历。本书由东华大学的张静端老师、西北大学的孙立佳老师、西北政法大学的徐秉鹏老师合作翻译而成。其中，卷一、卷二、卷三、卷四、卷五共25.7万字由张静端老师负责翻译，卷六共4.1万字由孙立佳老师负责翻译，卷七共5.9万字由徐秉鹏老师负责翻译。本书虽然经过长期的耕耘最终得以面世，但限于所学，不足之处在所难免，还请读者朋友们提出宝贵意见。